A E
& I

El mercenario de Granada

Autores Españoles e Iberoamericanos

Juan Eslava Galán

El mercenario de Granada

Este libro no podrá ser reproducido, ni total ni parcialmente, sin el previo permiso escrito del editor. Todos los derechos reservados

© Juan Eslava Galán, 2007
© Editorial Planeta, S. A., 2007
   Diagonal, 662-664, 08034 Barcelona (España)

Ilustración del interior: © Ana Miralles

Primera edición: marzo de 2007
Segunda impresión: mayo de 2007

Depósito Legal: B. 24.393-2007

ISBN 978-84-08-07173-0

Composición: Rali, S. A.

Impresión y encuadernación: Cayfosa-Quebecor, S. A.

Printed in Spain - Impreso en España

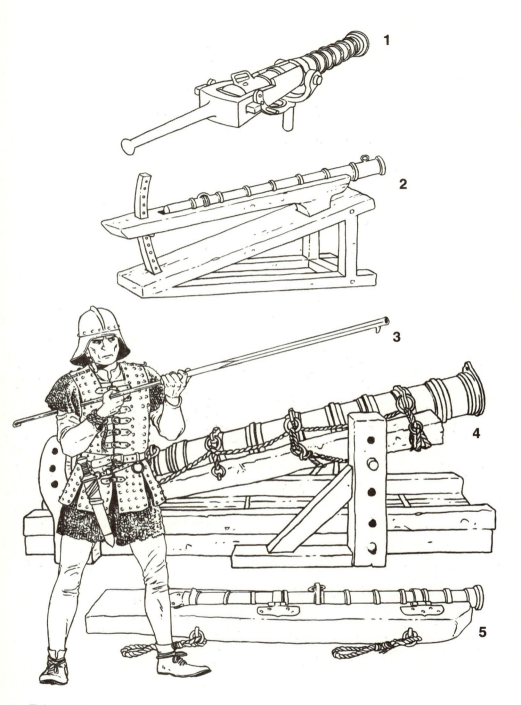

1. Falconete
2. Ribadoquín
3. Espingarda
4. Bombarda
5. Pasavolante

CAPÍTULO PRIMERO

Primero de mayo de 1487

El embajador de Granada contempló las ruinas del hipódromo. Aquella vasta extensión de terreno cercada por un graderío había representado, en su día, el poder y la grandeza del imperio que dominaba el mundo.

Constantinopla, Bizancio, o Estambul, la nueva Roma. Toda aquella riqueza había caído en manos de los turcos hacía medio siglo, con sus palacios, iglesias, bibliotecas, almacenes, mármoles y estatuas.

Los sucesivos pobladores de la ciudad habían arrancado las placas de mármol para revestir con ellas sus palacios y sus casas. El mortero del relleno quedaba a la vista, lleno de agujeros habitados por lagartos y sabandijas. En las grietas erosionadas por el tiempo crecían higueras locas y malas hierbas.

—Los imperios ascienden, alcanzan su plenitud y luego declinan y mueren. Son como las personas. Ésa es la ley de la vida —murmuró el embajador.

El embajador representaba a Granada, un pequeño reino musulmán en apuros. Después de cinco años en guerra con cristianos más poderosos que él, no podría sobrevivir si no lo socorrían sus correligionarios del otro lado del mar.

Había mucho que ver en Estambul, pero el embajador

se enclaustró en su posada en espera de que Bayaceto se dignara recibirlo. Al octavo día, cuando ya empezaba a impacientarse, preguntó por él un emisario de palacio, un hombre joven, ataviado con la librea roja y verde del sultán, al que escoltaban cuatro jenízaros gigantescos, con grandes bigotes y gorros altos.

—Me llamo Al-Koudi —se presentó el emisario, que era griego converso—. El Gran Señor te recibirá hoy.

—¡Oír es obedecer! —respondió el embajador inclinándose protocolariamente ante los colores del Gran Señor.

Mohamed Ibn Hasin, el embajador de Granada y su criado Jándula se habían alojado en el *han* de los Tracios, un patio caravanero donde solían hospedarse los mercaderes ricos y los visitantes solventes. En la planta baja había un baño con sus cuatro salas, sus barberos y sus perfumistas. Ibn Hasin y Jándula se asearon, se ungieron y vistieron las ropas ceremoniales que reservaban para la gran ocasión.

Topkapi, la ciudad palatina integrada por varios palacios y diversos edificios administrativos, está en el extremo de Estambul que mira al mar.

—¡Topkapi! —anunció Al-Koudi con orgullo—. ¡Muchas ciudades del mundo cabrían enteras en este recinto!

Atravesaron tres vastos patios con edificios y dependencias administrativas medio ocultos por frondosos jardines y arboledas. Había mucha gente, ataviada con vestiduras ceremoniales, cada cual según su categoría social. Algunos estaban solos y paseaban de un lado a otro con aspecto preocupado —memoriales enrollados saliendo del pecho o de la manga—; otros conversaban en corrillos sin levantar la voz y guardaban respetuoso silencio cuando pasaban jenízaros o miembros del palacio, diferenciados por sus libreas y por la forma de sus turbantes.

—Hoy es día de audiencia —explicó el griego—. Puede entrar todo el mundo, pobre o rico, musulmán o no, con la condición de que no alborote.

En la segunda explanada, Al-Koudi señaló una puerta de altos batientes.

—*Babusselam* —informó—, «la puerta de la felicidad». El que la traspasa verá al Gran Señor. El Gran Señor es generoso y devoto. Seguramente os concederá lo que le pedís.

Jardineros, criados y secretarios deambulaban por las avenidas y los senderos. Los trabajadores, con diligencia; los funcionarios, con distintos grados de parsimonia, adecuados al rango de cada cual.

Los visitantes cruzaron ante el arsenal. La armería de los jenízaros era una antigua iglesia bizantina rematada por una cúpula de cebolla. Al pasar por la puerta de la tercera explanada, los sobresaltó la visión de tres cabezas de hombre recién cortadas, cubiertas de moscas, sobre un montón de arena. Un corrillo de curiosos las contemplaba.

—Estos tres eran gobernadores de provincias que metieron mano en los impuestos del Gran Señor —informó Al-Koudi, como de pasada.

Llegaron a un vestíbulo de hermosa arquitectura, el techo adornado con mocárabes rojos y azules.

—Preparaos para entrar en el *diván* —aconsejó Al-Koudi.

Los visitantes se compusieron los vestidos y el tocado. A una señal de Al-Koudi, los corpulentos porteros de librea roja abrieron la puerta dorada, cada uno empujando un batiente.

El *diván* era una enorme sala azul resplandeciente de mármoles y tapices. El trono estaba al fondo. Un sillón bizantino de oro y gemas sobre una elevada tarima forrada de púrpura. Hasta treinta funcionarios y dignatarios, los altos cargos de palacio, charlaban en voz baja, apenas un susurro, en el otro extremo.

—Allí tenéis al Gran Señor —murmuró Al-Koudi señalando discreto, con la cabeza, el mirador del fondo, una terraza dorada desde la que dos personajes contemplaban la panorámica de los tres mares turcos: el Mármara, el Bósforo y el Cuerno de Oro. Los dos conversaban de espaldas a la sala. Uno era corpulento, solemne y barbudo, ataviado con un manto dorado; el otro delgado, no muy alto, con una túnica de seda simple, sin adornos, el rostro fino, la barba recortada, con aspecto de sastre o de músico, le pareció al andalusí.

—No os confundáis —le advirtió el griego, adivinándole el pensamiento—. El que parece un pavo real es el Gran Visir; el que viste con modestia y sencillez es Bayaceto II, el Gran Señor. —Y al mencionar su nombre se inclinó reverente.

El Gran Señor jugaba distraídamente con una sarta de marfil, una especie de rosario, mientras contemplaba el tránsito incesante de embarcaciones de diversos calados, desde chalupas de recreo a galeras de guerra que parecían menos de lo que son al pasar junto a las panzudas naos genovesas atracadas en los muelles de Pera. Al otro lado del estrecho verdeaba la costa de Asia, con la mancha blanca de Scutari, el pueblo de las afamadas doncellas.

Bayaceto abandonó su ensimismamiento, regresó a la sala y se sentó en el trono. El Gran Visir permanecía a su lado, de pie.

Bayaceto II, el Gran Turco, el hombre más poderoso de la tierra, según decían, era un hombre joven, delgado, de piel nacarada y nariz aguileña, los ojos vivos, oscuros. Bajo su túnica asomaba una camisa sencilla. Se tocaba con un enorme turbante de seda verde. Aunque era joven, tenía los ojos enrojecidos por la vigilia.

Cesaron las conversaciones y todo el mundo se volvió para atender al Gran Señor. Al-Koudi había instruido a los visitantes sobre el protocolo. Dentro del *divan* debían seguir al mayordomo, aquel hombre rechoncho con la túnica verde, cuando se acercara a ellos. El Gran Señor atendió primero a varios funcionarios y embajadores.

—Ése es el *klizar agasi*, el vigilante de las mujeres —indicaba Al-Koudi—. Ayuda a la *valide sultane*, la madre del sultán, a dirigir el harén, administra las ciudades santas y vigila la educación de los príncipes.

—¿Es un puesto importante? —preguntó Ibn Hasin fingiéndose interesado.

Al-Koudi le dirigió una mirada sorprendida.

—¿Importante, dices? El más importante. Ese hombre tiene que pacificar a trescientas concubinas y esclavas y, lo más difícil de todo, atender las quejas de las dos rivales del harén, la *sultana valida*, la reina madre, y la primera *kadín*, la esposa del sultán. ¡Suegra y nuera conviviendo, imagínate!

Cuando le tocó el turno a Ibn Hasin, el maestro de ceremonias se acercó a él, lo tomó de la manga y lo llevó al estrado imperial. Jándula, el criado, los siguió con las arquetas de palosanto en las que llevaba los reales presentes.

El maestro de ceremonias se detuvo en el borde de la alfombra dorada que tapizaba la tarima real, cuidando de no pisarla. A una señal suya, Jándula extendió un chal de seda en el suelo de mosaico y depositó sobre él las arquetas abiertas: una contenía una daga granadina con empuñadura de oro adornada de perlas, rubíes y zafiros; la otra, monedas de oro acuñadas para la ocasión y piedras preciosas montadas en guirnaldas.

Granada no nadaba en la abundancia en aquellos tiempos, pero el rey había sido generoso a fin de ganarse la benevolencia del Gran Señor.

A una señal del visir, dos jenízaros de la guardia tomaron el regalo y lo aproximaron a los pies de Bayaceto.

El secretario de cartas se adelantó, recogió de manos de Ibn Hasin la misiva bermeja de la cancillería de Granada, cortó con unas tijeritas de oro la cinta del sello, desplegó el papel y se lo entregó abierto al Gran Visir quien, volviéndose a Bayaceto, leyó en voz alta, con entonación:

«En el nombre de Alá, el clemente, el misericordioso, el rey de Granada, Mohamed el Zagal, de la estirpe de al-Nasir, a su hermano y señor Bayaceto, el sultán de los turcos, el señor de la Gloria, la espada del islam, el terror de los infieles; el paladín de la Justicia, el amado por su pueblo; el amparo de los creyentes. Dice y declara: los cristianos, malditos de Satán, como una plaga maligna, atacan y devastan mi reino. Los castillos y las ciudades caen uno tras otro. Nuestra situación es angustiosa. Los perros politeístas profanan las mezquitas, instalan campanas en los minaretes, abrevan sus piaras de cerdos en las fuentes de abluciones. Sus caballos defecan sobre las esteras de oración. En los caminos de mi reino sólo se escuchan lamentos de padres y suspiros de doncellas reducidas a esclavitud. Angustiado por los padecimientos de mi pueblo, solicito tu ayuda, Gran Señor, nuestro hermano de Oriente. Si no nos auxilias, Granada caerá en poder de Fernando el próximo verano.»

Bayaceto escuchó con atención, el rosario de marfil enroscándose y desenroscándose en su dedo índice. Al término de la lectura se quedó pensativo unos instantes. Miró a Ibn Hasin fijamente mientras olisqueaba una bolita de sándalo.

—Veo que tu señor se encuentra en situación apurada —suspiró.

Lo dijo en turco. Junto al Gran Visir había aparecido el trujamán o traductor del Gran Señor, un erudito judío experto en lenguas.

—Así es, Gran Señor —respondió Ibn Hasin, y refirió concisamente las estrecheces que padecían en Granada, desgarrada por una guerra civil al tiempo que tenía que defenderse de los cristianos.

—¿Una guerra civil? —inquirió Bayaceto arqueando una ceja.

—Sí, Gran Señor, el sobrino del rey, Boabdil, la maldición de Alá sobre él, se ha rebelado, vendido al oro cristiano, y quiere entregar el reino a los cristianos.

El trujamán de Bayaceto traducía las palabras del embajador. El Gran Visir asentía lentamente.

—Conozco vuestro conflicto y lo lamento en mi corazón —dijo el Gran Señor llevándose la mano al pecho.

Ibn Hasin comprendió que el Gran Turco estaba informado de los apuros de Granada. No obstante le transmitió el discurso que llevaba preparado:

—Fernando, el rey de los cristianos, tiene más de doscientos cañones con los que arrasa nuestros castillos y destruye los muros de nuestras ciudades. En Granada apenas disponemos de cincuenta cañones. Mi señor el sultán de Granada suplica a su hermano el Gran Señor, que cuenta con la mejor artillería del mundo, que le suministre cañones, técnicos y artilleros para remediar nuestra carestía.

Bayaceto formuló un par de preguntas generales y despidió al embajador con la promesa de una pronta respuesta.

CAPÍTULO II

Transcurrieron dos semanas antes de que el griego compareciera nuevamente en la fonda.

—¡Alégrate! —le dijo a Ibn Hasin, tras la zalema—: el Gran Señor no puede conceder a su hermano, el rey de Granada, los cañones que solicitaba, ni la cuadrilla de técnicos que imploraba, pero le envía a Orbán, el herrero. Debemos recogerlo en Edirne, que los griegos llamamos Adrianápolis.

—¿Un hombre solamente? —preguntó Ibn Hasin, visiblemente decepcionado.

—¡Será más que suficiente! —respondió Al-Koudi intentando comunicar su oficioso entusiasmo—. Él instruirá a vuestros herreros en los secretos de la tormentaria. Nadie sabe de eso más que Orbán.

Salieron al día siguiente. Al-Koudi llevaba consigo seis mulas y dos criados, uno rubio, grandón, y el otro negro, más menudo.

Edirne, la antigua capital del reino, donde los herreros y artilleros del Gran Señor tenían sus cuarteles, dista dos días de Estambul. El camino era bueno, una antigua calzada bizantina, con firme de losas, que discurría a la sombra de cipreses centenarios. En verano los campesinos instalaban puestos de melones y granadas y de trigo tostado con miel.

Durante el camino, Al-Koudi informaba al embajador de Granada sobre los herreros del Gran Señor.

—Estos herreros búlgaros, el clan de los Orbán, llevan varias generaciones al servicio del Gran Señor, que los trata con deferencia y los incluye en el censo del ejército, con todas sus pagas y privilegios, aunque no dependen del *aga* de los jenízaros ni de nadie, sino directamente del sultán. En lo tocante a sus creencias, no son musulmanes ni cristianos. Adoran a los dioses de los metales y la naturaleza, el fuego, el agua, la esfera y a antepasados ilustres que protegen a su descendencia desde la otra vida. No se mezclan con nadie para que no se divulguen sus secretos. Se casan con mujeres que traen de Bulgaria, todavía niñas, mirando que tengan la cintura estrecha y los tobillos finos, porque las turcas no les gustan. Las encuentran bisontonas, mucha pechuga y culo escurrido. El Gran Señor los protege y les reconoce sus leyes y sus jueces.

A media mañana llegaron al Valle del Hierro, un poblacho desperdigado en medio de un llano. Los hornos de fundición ardían, dispersos, elevando aquí y allá columnas de humo negro. Una hilera de chopos y álamos señalaba el curso de un río mediano que movía los mazos de las herrerías y los molinos del mineral. Un manto sucio de hollín y herrumbre tapizaba la tierra.

Todo el valle era un inmenso taller donde se fabricaban no solamente cañones sino corazas, capacetes, cotas de malla, lanzas, puntas de flecha, frenos de caballo, ruedas de carro, hachas, azadones, espuelas y todo el material que requerían los ejércitos del Gran Señor. También, en horas libres, sartenes, paletas, asadores, braseros y tenacillas de tocador que vendían en zocos y mercados.

El embajador de Granada lo observaba todo, en especial los famosos cañones turcos. Había muchos en distinto grado de acabado, pero ninguna bombarda de recámara como las que usaban en Granada.

—No las fabricamos ya —dijo Al-Koudi—. La artillería del Gran Señor ha abandonado aquellas antiguallas. Ahora estamos en el tiempo de los pasavolantes, de las cerbatanas y ribadoquines de diferentes calibres. Y falconetes con sus recámaras pulidas de bronce y sus raberas figurando dragones, los dientes temibles de las galeras del Gran Señor.

Había más hierro y más poder en aquel valle del que soñara Ibn Hasin ver en todo el reino de Granada.

Llegaron a una plaza polvorienta. Algunos ancianos conversaban a la sombra de un sicomoro, sentados en poyos de piedra. Guardaron silencio cuando vieron aparecer a los guardias del sultán.

—Que Alá os guarde —los saludó el trujamán negro—. Buscamos a Orbán, el herrero.

—Yo soy Orbán —se presentó uno de los ancianos—. Y tú debes de ser el enviado de Granada que esperamos —le dijo a Ibn Hasin.

Ibn Hasin hizo un signo de asentimiento abriendo los brazos.

Orbán era un hombre de casi sesenta años, de complexión robusta, bien parecido, el cabello plateado y abundante.

—No soy yo el que os acompañará a Granada, sino uno de mis hijos —advirtió Orbán—. Este muchacho os llevará a él.

Los amigos del anciano intercambiaron miradas. A Ibn Hasin le pareció sorprender alguna disimulada sonrisa.

—Yo había venido por Orbán, el perito en cañones y pólvoras —observó Ibn Hasin, molesto.

—Mi hijo sabe cuanto yo sé y es más joven para soportar el viaje —replicó Orbán—. Por otra parte, el Gran Señor ha dispuesto que sea él el que os acompañe. Las decisiones del Gran Señor no se discuten.

Ibn Hasin comprendió que Bayaceto rehusaba desprenderse del jefe de sus artilleros. Granada tendría que arreglarse con uno de los hijos.

Se despidieron y siguieron al guía. A otro lado de la aldea, un sendero polvoriento atravesaba un llanete desarbolado en el que humeaban los chiscos de los carboneros.

—¿Orbán? —señaló un carretero—. Allí lo tenéis, en aquel cuartel.

El herrero vivía en una casa de buenas proporciones aunque deslucida por grandes desconchones que dejaban ver los adobes desgastados.

Salió un criado viejo que renqueaba de una pierna.

—¿Quiénes sois?

—Venimos por Orbán el chico —dijo el trujamán negro.

Se sentaron en un poyo, a la sombra del alero, mientras el criado entraba en busca de Orbán. Regresó poco después y cuchicheó algo al oído del trujamán.

—Orbán no puede recibiros —tradujo el negro.

Ibn Hasin se levantó impaciente. Sacó del pecho el salvoconducto y lo desplegó ante los ojos del viejo.

—¡Pregúntale a este esclavo cómo osa contrariar una orden del Gran Visir! —le dijo al negro.

El trujamán tradujo. El cojo miró con severidad al extranjero y se encogió de hombros:

—Lo encontraréis en la primera puerta, pasando esa tapia —dijo apartándose para facilitarle el paso.

Un embajador de Granada no se rebajaba a registrar una casa zarrapastrosa.

—¡Ve a ver si vive alguien ahí dentro! —le ordenó al trujamán.

El trujamán obedeció con presteza. Al cabo de un poco salió.

—No hay nadie, señor. Solamente un borracho tirado en un camastro. Le he preguntado por Orbán, el hijo, y asegura que es él.

Ibn Hasin titubeó antes de aventurarse en aquel antro, pero al final entró seguido por su criado. El inmueble estaba en un lamentable estado de abandono. En un cuarto oscuro, sin ventanas, un hombre yacía sobre un camastro alto de madera. La habitación apestaba a orines rancios, a sudor y a vino.

—¿Eres tú Orbán, el hijo, el herrero? —preguntó Ibn Hasin.

El hombre entornó los ojos y miró de arriba abajo a quien le hablaba. Se dio la vuelta y soltó un sonoro eructo.

—Borracho como una cuba, amo —observó Jándula.

—Te advierto que no me moveré de aquí hasta que hables —advirtió Ibn Hasin.

El criado cojo reapareció con una tisana humeante.

—Esperad fuera, señor —suplicó.

Salieron y esperaron. Al cabo del rato apareció Orbán, algo más recompuesto, con grandes ojeras y barba de dos días. Se dejó caer en el poyo de piedra y se sostuvo la cabeza con las manos.

—¡Menuda curda lleva! —murmuró Jándula—. Como para salvar Granada.

Ibn Hasin fulminó a su criado con la mirada.

—Soy Orbán —silabeó el borracho con voz vacilante.

Aquél era Orbán, el hombre por el que Ibn Hasin había cruzado el mar, treinta días de mareo en un cascarón veneciano sintiéndose morir y vomitando por la borda hasta el calostro que mamó de su madre.

Orbán tenía entonces cuarenta y dos años. De mediana estatura, de complexión fuerte, con el rostro ancho de los búlgaros, la nariz un poco aguileña y los ojos pequeños, con unos párpados excesivamente carnosos que parecían pesarle y daban a su mirada un aire vagamente melancólico.

Orbán había recibido una comunicación del visir de los jenízaros y estaba al corriente de todo.

Hablaba un árabe sibilante, con aspiraciones suaves, a la manera de los eslavos. Los búlgaros del Valle del Hierro no se relacionan mucho con los turcos y conservan su idioma, pero Orbán sabía algo de latín, de griego y de árabe. Su padre había contratado un preceptor siciliano para sus hijos.

—Un viaje de dos meses me han dicho —murmuró Orbán.

—Poco más de un mes, si hay suerte en los vientos —respondió Ibn Hasin.

Miró a Jándula. El criado se adelantó con una bolsa de monedas, el presente para el artillero.

Orbán sopesó la bolsa en su mano tiznada de herrero como si la estuviera tasando. Se la devolvió a Ibn Hasin.

—No tenéis que pagarme —explicó—. Ya me mantiene la mesa de Bayaceto.

Rechazaba el regalo. Sorprendido, Ibn Hasin comenzó a entender que quizá aquel miserable borracho no era tan despreciable como había pensado en un primer momento.

Notó que Orbán nunca decía Gran Señor, como los otros cortesanos. Él llamaba al sultán por su nombre: Bayaceto.

Ibn Hasin entendió. El herrero era un hombre digno y libre que sólo aceptaba órdenes de su señor natural, el sultán.

A Ibn Hasin le pareció un poco brusco, pero ya le había advertido Al-Koudi que ése era el carácter de los búlgaros.

—Saben más que nadie de metales, de fraguas, de hornos de fundición y de pólvoras, pero, debido a su oficio, y a los extraños ritos que practican, viven alejados de las gentes, como una tribu salvaje, y desdeñan el pulimento de la cortesía. Es posible que no le entusiasme la idea de acompañaros —había advertido Al-Koudi—. La misión en Occidente lo apartará de la tumba de su mujer. Los búlgaros son muy obsesivos con los muertos. Creen que el espíritu del difunto permanece en la tierra cuidando de sus deudos mientras éstos realicen las ofrendas y observen los ritos.

Almorzaron al otro lado del valle, en una aldea de casas de piedra en medio de un joven bosque de castaños y encinas que reproducía el lugar búlgaro del que procedían los Orbán. A medida que se le disipaba la borrachera, el herrero se mostraba más comunicativo.

—El sultán Mohamed II plantó estos árboles para complacer a mi abuelo, Orbán *el Quemado* —explicó.

Dos criados tracios sirvieron un almuerzo sustancioso: kebab, shoarma, imán de berenjenas y kaygana, una especie de buñuelos. Después de comer, Orbán se ausentó, en compañía de su criado cojo, pero antes de mediodía regresó a lomos de un caballo estepario, pequeño y robusto como él. Lo acompañaban dos muchachos, sus hijos, Orbán, de veintidós años, y Mircea, de dieciocho. Estaba sobrio. Se había bañado y vestía decentemente con túnica, dalmática y botas de viaje. Saludó con la mano en el pecho y dijo:

—Podemos partir.

Cruzaron el pueblo hasta la plaza de los sicomoros, donde los viejos proseguían su tertulia. Orbán abrazó a su padre en una breve despedida. Sus hijos y sus criados se habían unido a los curiosos que contemplaban la comitiva desde los soportales de la casa comunal. Se había corrido la voz de que Orbán el joven iba a una guerra distante de la que probablemente no regresaría. Tras los saludos y las despedidas subió a su caballo y agitó las riendas. El animal comenzó a andar. Orbán hizo un ademán de despedida que abarcaba toda la plaza. Su padre, sus hijos y el resto de los presentes levantaron la mano derecha: adiós.

CAPÍTULO III

Faltaban cuatro días para que el barco zarpara. Los viajeros se hospedaron en el *han* de los genoveses, al otro lado del estrecho, en el puerto de Pera.

Al día siguiente de la llegada, Al-Koudi se entrevistó con Orbán.

—Intenta no emborracharte esta noche —le dijo—. Mañana vendrás a Topkapi. El Gran Visir quiere verte.

—¿El Gran Visir? —preguntó Orbán desconcertado—. Quizá me confunde con mi padre.

Al-Koudi sonrió debajo de su mostacho griego.

—No. Él te escogió para Granada. Sabe quién eres. Quiere hablar contigo.

Al día siguiente, dos jenízaros acompañaron a Orbán hasta la cancillería de Topkapi, donde el Gran Visir, rodeado de ministros y secretarios decidía sobre los asuntos del imperio.

El Gran Visir era un anciano alto vestido de seda verde, con un turbante rematado en cono, a la manera turca. Levantó la mirada de un documento que estaba examinando y contempló a Orbán con interés.

—¡Ah, Orbán el joven! ¿Cómo está tu padre? ¿Va todo bien por el Valle del Hierro?

—Está muy bien, señor.

—Ven conmigo. Alguien quiere conocerte.

Atravesaron un jardín interior y se internaron por un

estrecho pasillo abovedado. Dos jenízaros abrieron una puerta de hierro que comunicaba con una fronda de palmeras, terebintos y árboles de raras especies, además de fuentes de mármol con figuras de mujeres desnudas, esculturas paganas prohibidas por el Libro. Al fondo, en una terraza enlosada de pórfido que se asomaba al mar, había un hombre todavía joven con las manos en jarras. Orbán reconoció a Bayaceto II. El Gran Señor vestía una sencilla túnica blanca. De vez en cuando se llevaba a la nariz una bolita de madera fragante.

—Recuerda que debes postrarte a seis pasos de distancia del Gran Señor —advirtió el visir—. Y no te incorpores hasta que él te lo mande.

A la distancia protocolaria, Orbán se arrodilló y extendió las manos delante de las rodillas como había visto hacer a su padre en las contadas ocasiones en que lo acompañó en sus visitas a la corte.

Graznó una gaviota con un sonido parecido a una risa sardónica.

—El herrero Orbán, Gran Señor —anunció el visir.

Bayaceto no se dignó mirarlo. Durante unos segundos permaneció de espaldas contemplando el estrecho surcado de naves, sus dominios. Después se volvió e invitó a alzarse al visitante con un gesto de la mano blanca y delicada.

—Acércate.

Orbán se acercó hasta cuatro pasos de distancia y se llevó la mano al corazón y a la frente al tiempo que se inclinaba. Bayaceto le devolvió distraídamente el saludo.

—Paseemos por la galería —dijo—. Hace un día espléndido.

La galería era un amplio espacio enlosado con vistas al mar de Mármara. A trechos regulares había cañones sobre cureñas móviles. Dos jenízaros conversaban en la garita. Cuando vieron aparecer a Bayaceto adoptaron una actitud reverencial, las manos sobre la guarda de sus sables.

Bayaceto y Orbán pasearon en silencio escuchando el rumor de las olas y el graznido de las gaviotas. Finalmente Bayaceto se detuvo y se volvió hacia el herrero.

—¿Te han explicado en qué consistirá tu trabajo?

—Sí, Gran Señor, los cristianos tienen artillería gruesa y los musulmanes de Granada solamente piezas de pequeño calibre. Tendré que fabricar hornos capaces y enseñarles cómo fundir.

Bayaceto sonrió.

—Eso es lo que ellos quieren, en efecto, pero tu misión irá un poco más lejos. —Se llevó la bolita de madera a la nariz aguileña y aspiró lentamente el perfume que desprendía al calor de la mano—. Nuestras naves disputan a las de Fernando el mar de Sicilia. Dentro de poco es posible que firmemos treguas con el sultán de Egipto. Entonces todo nuestro poder podrá descargarse en el mar de Sicilia. Tendremos que guerrear con Fernando. Por eso nos conviene conocer su artillería y la capacidad de su ejército. ¿Comprendes?

—Comprendo, Gran Señor.

—En la mesa de la guerra te tienen por un borracho —prosiguió Bayaceto—. Antes eras un digno sucesor de tu padre, ¿qué te ha pasado?

Bayaceto se inclinó sobre un parterre, cortó una ramita de arrayán y se la llevó a los labios. Miró a Orbán en espera de su respuesta.

—No sé, Gran Señor. Quizá he visto demasiada sangre. Llevo guerreando desde los once años.

Bayaceto parpadeó y se inclinó levemente, como admitiendo que era una explicación plausible. Tornó a contemplar el mar, la distante ribera de Pera, donde los gallardetes genoveses flameaban sobre los mástiles de las galeras.

—Esta grandeza que nos rodea procede de la guerra —dijo. Su voz sonaba suave y persuasiva—. Somos turcos, nuestro oficio es la guerra y en ello reside nuestra grandeza. Somos los herederos de los persas, de los romanos y de los griegos. La guerra nos ha engrandecido. El día que dejemos de conquistar, seremos un pueblo de siervos. Ése es el destino de las naciones. Tú eres búlgaro, Orbán, una estirpe de herreros dominadores del fuego. Mohamed II ganó Constantinopla con los cañones de tu abuelo. Algún día yo ganaré Roma o Viena con los tuyos, o mi hijo las ganará con los cañones que forje tu hijo. Realiza tu trabajo con celo. A tu regreso tendrás riquezas y honores y una mujer que haga olvidar a la que has perdido.

—¡Oír es obedecer! —respondió Orbán.

Bayaceto extendió la mano y Orbán se la besó. La audiencia había terminado. Hizo la zalema y se retiró caminando sin dar la espalda.

CAPÍTULO IV

En el puerto de Konstokalion reinaba una actividad de hormiguero. Cientos de estibadores descargaban mercancías, fardos, vasijas y toneles de las panzudas naves arrimadas al muelle.

—Yo me quedo en Estambul —había advertido Ibn Hasin—. La segunda parte de mi embajada consiste en adquirir cobre y estaño para Granada. Una nave genovesa te llevará a mi señor al-Zagal. Mi criado Jándula te acompañará y te servirá. Únicamente ocúpate de su manutención y permítele que te sise algo de dinero de los recados. Es ladrón, como todos los criados, pero tiene ingenio y te servirá bien.

Lista para zarpar, *La Golondrina* aguardaba a sus últimos pasajeros. Orbán contempló la imponente carraca, de mil quinientos toneles, artillada con cuatro pasavolantes y seis falconetes. El puente de popa era tan alto como un edificio de cuatro pisos. Sus tres mástiles aparejaban seis enormes velas cuadradas. Media docena de pasajeros, acodados en el pasamanos del castillo, contemplaban el trajín de los marineros, descalzos y medio desnudos, que ejecutaban las órdenes. En cuanto Orbán subió a bordo, el capitán, un armenio moreno y gordo llamado Nicéforos, mandó retirar la pasarela y largar amarras.

Varios empleados del puerto empujaron la nave con

largas pértigas para despegarla del muelle. Una racha de viento hinchó la vela mayor.

—¡Buen augurio, *signore*! —le gritó a uno de los pasajeros que parecía de cierta autoridad, un hombre alto que contemplaba la faena desde el castillo de popa. Orbán supuso que sería el armador. Los marineros griegos se santiguaron a la manera ortodoxa, de derecha a izquierda.

Cuando salieron a la mar abierta y la enorme vela central se hinchó de viento, Nicéforos dejó el resto de las faenas al cuidado de su contramaestre y fue a saludar a Orbán.

—Señor, os presentaré a vuestro compañero de viaje.

Lo llevó hasta el hombre alto que contemplaba el mar desde el fanal de popa. El que le había parecido armador era Ennio Centurione, agente de la Compañía del Azúcar genovesa, con el que compartiría camareta. Centurione era bien parecido, la nariz recta, la piel blanca, los ojos claros y vivos. Bajo su gorra de terciopelo adornada con una perla asomaba una media melena castaño oscuro casi femenina. Pronto encontraron conexiones familiares. Su tío, Renzo Centurione, había suministrado durante años sal de China al padre de Orbán. Después, los Centurione habían cedido ese negocio a los Pallavicino, otra compañía genovesa más establecida en Pera, el emporio comercial frente a Estambul.

Sal de China. Así llamaban los Orbán al nitrato potásico, el componente esencial de la pólvora.

Después de varios días de cabotaje, Centurione había referido a Orbán todos sus viajes y navegaciones.

A sus treinta y cuatro años, Centurione había recorrido gran parte del mundo: conocía todos los puertos de la Hansa germánica, desde Nantes al mar Báltico y los del Mediterráneo desde Tánger a Kaffa, en el mar Negro. Los Centurione constituían una de las más potentes sociedades anónimas de Génova, con agentes y cónsules en los más importantes puertos del Mediterráneo e incluso en las ciudades del interior, tanto en la parte cristiana como en la musulmana. No había mercadería que no interesara a los Centurione: tejidos de Flandes, armas de Milán, sal de Silesia (que les llegaba en nutridas recuas a través de los Apeninos y ellos la distribuían por vía marítima, desde Génova), corcho de Portugal, lana y mercurio de Castilla, coral de Túnez; seda, frutos secos y azúcar de Granada; pimienta, nuez y clavo de Levante; y hasta oro sudanés, que llegaba por las rutas de las caravanas hasta Orán.

El capital de los Centurione estaba dividido en veinticuatro partes o kilates, que se repartían los primos y parientes de Ennio. Él mismo compartía con sus dos hermanos la propiedad de medio kilate. Era suficientemente rico como para retirarse del mercadeo y vivir de las rentas y a veces soñaba con hacerlo, en una residencia campestre, mirando al mar, dedicado a la caza, a la lectura y a la música, pero su inquietud y su deseo de conocer mundo lo mantenía en el negocio.

—Nunca podré asentarme. Sólo me siento bien en otra parte —reflexionaba, con un punto de melancolía.

Pasaban los días en el mar con sus islas, sus cabos y sus ensenadas. La carraca genovesa navegaba con buen viento, cortando la mar tranquila con su quilla que imitaba las líneas hidrodinámicas del pecho del cormorán.

Orbán hablaba poco. Prefería escuchar. A veces, solo, en la toldilla de popa o en la amurada del tajamar, se abismaba en sus pensamientos, la mirada fija en las olas. Aspiraba el viento yodado del mar y meditaba.

Lo asaltaba el recuerdo de Jana, su mujer, aquellas manos suaves que lo consolaron en noches de pesadilla, los dedos sabios que masajeaban su espalda, su cuello tenso, su cabeza dolorida cuando lo asaltaban amargos recuerdos. Rememoraba episodios medio olvidados de su vida, apuntes inconexos, escenas que se representaban en sus sueños, espectros antiguos que regresaban a él desde la nada de la muerte.

Desde muy joven, Orbán había servido al Gran Señor en las campañas contra los húngaros. Sus cañones habían demolido murallas de ciudades cuyo nombre olvidó, habían arrasado las almenas de castillos que parecían inexpugnables; sus minas, embutidas en galerías subterráneas, habían volado torres construidas para desafiar los siglos. Orbán había atravesado con sus bocas de fuego campos sembrados de cadáveres, había contemplado hombres despedazados por la metralla, había vivido el horror de los saqueos, los incendios, los empalamientos y las matanzas. Una vez, en una iglesia de Split, la sangre le llegaba a los tobillos, tan densa y persistente que tuvo que tirar los zapatos.

Navegaron a través del Egeo, seguidos de bandadas de gaviotas chillonas. Eran los últimos días de la primavera. Atrás quedaron los perfiles familiares de las islas griegas.

De nuevo en el mar, dejaron atrás los acantilados de Creta y ya no vieron tierra durante muchos días.

Los recuerdos de pasadas campañas acudían a las vigilias de Orbán, sólo atemperados por el alcohol. Percibía, sobre la salmodia de las olas, los aullidos lastimeros de los moribundos. En medio del horror, en medio del clamor de la victoria, Orbán se había sentido ajeno a los triunfos y a las recompensas. Nunca se lo había confiado a nadie, por miedo a no ser cabalmente entendido, pero la gloria militar y el halago del Gran Señor lo dejaban indiferente. Las había observado en su padre y en su abuelo y siempre le habían parecido migajas miserables que alimentaban el orgullo de una casta extranjera sometida a la esclavitud del poderoso. Orbán, en medio de los tambores y los cantos de victoria, sólo alimentaba la esperanza de regresar lo antes posible al Valle del Hierro donde lo esperaban los brazos hospitalarios de Jana, ver crecer a sus hijos, seguir aprendiendo los secretos del bronce, del hierro, de la forja, de la pólvora.

Los búlgaros creían que el espíritu del difunto acompaña a los vivos y vela por ellos durante medio año. Luego se debilita y vuela a la mansión del fuego. Por eso los funerales y el duelo duran seis lunas. Habían transcurrido dos años desde que Jana falleció, de sobreparto, y Orbán no había superado el dolor de su pérdida. Cuando dormía con una prostituta de Pera, en sus visitas a la capital, no podía evitar el recuerdo de la esposa muerta, cuyas canas contaba en sus noches insomnes, después de las caricias.

Orbán hubiera preferido no moverse del Valle del Hierro, pero los designios del Gran Señor no se discutían. «Oír es obedecer.» Y ahora se veía sobre aquella flotante montaña de madera, rumbo a los confines del mundo, Granada, un lugar del que sólo tenía vagas y fragmentarias noticias, el país de la seda y del azúcar.

—¿Conoces Granada? —le preguntó a Centurione.

Estaban sentados en el banco del castillo de proa, a la sombra del trinquete. Solían pasar allí la mañana, a veces charlando, a veces mirando el mar en silencio, a veces jugando a las damas. Abajo, en la camareta que compartían, el ambiente era asfixiante debido a los intensos olores de la bodega.

—La conozco —dijo el genovés—, es un país montañoso, no muy extenso. Por un lado lo cierran montañas coronadas de nieve y por el otro una costa cálida en la que crecen las palmeras y la caña que produce el azúcar. En los días claros se columbra África. El país está bastante poblado. Habrá media docena de ciudades grandes y hasta cien aldeas. Los granadinos son gente laboriosa. Es el último reino moro que queda en Europa. Hace cinco años que está en guerra con los reinos cristianos y parece que lleva las de perder.

—¿Por qué? ¿No saben defenderse?

—Se defienden muy bien, pero los cristianos son más fuertes, tienen más hombres, más caballos, más naves y más artillería. Más recursos. Y más crédito. Supongo que por eso te envía el Gran Señor. Los moros necesitan artillería.

Centurione bebió un sorbo de agua aromatizada con jarabe de rosas que le presentaba su criado en una copa de cristal.

—Durante doscientos años, Granada se ha mantenido en medio de los reinos cristianos porque pagaba un tributo anual de veinte mil doblas de oro. Ahora ese comercio está en manos de las compañías genovesas y pisanas, a través de sus consulados comerciales en Orán, y no llega tanto oro a Granada. Fernando, el rey cristiano, ha decidido que es el momento de sacrificar la gallina. Granada nos enseña la inconsistencia de los reinos que dependen de una voluntad —reflexionó Centurione—. El último rey, Muley Hacén, ya sesentón, se encaprichó de una esclava cristiana, la hizo su favorita y abandonó por ella a Aixa, su mujer. Ya sabes lo que pasa con los viejos que se casan con una joven...

—No, no lo sé.

—Se creen jóvenes, quieren ser jóvenes y reproducen las locuras de la juventud —dijo Centurione—. Muley Hacén quiso ser guerrero nuevamente para que su joven esposa lo admirara. Pensó que podía dejar de pagar a los cristianos. Los embajadores de Fernando le habían propuesto prolongar la tregua entre los dos reinos siempre que Granada pagara sus parias. Muley Hacén creyó que Fernando e Isabel habían quedado exhaustos tras su guerra con la nobleza y con Portugal. Es lo que pasa con los moros: cualquier ofrecimiento de paz lo interpretan como debilidad. Además, Muley Hacén despidió groseramente al embajador de Castilla. Le dijo: «Dile a tu señor que los reyes de Granada que pagaban parias, han muerto ya, y que el rey de ahora, yo, forjo lanzas en lugar de acuñar doblas.»

—¿Y qué respondió Fernando?

—No respondió nada. El muy zorro respetó las treguas, sin parias, en espera de mejor ocasión para cobrárselas. Otros dicen que replicó: «He de arrancar uno a uno los granos de esa Granada», pero yo creo que ésa es una invención de sus cortesanos, ahora que están en guerra.

—Creo que les va mal. A los moros —dijo Orbán.

—Mal es decir poco, amigo mío. La guerra contra los cristianos es la lucha del cántaro contra la piedra, sólo puede terminar con el cántaro hecho añicos. Además, son tan torpes que pelean entre ellos, lo que favorece más aún al cristiano. Muchos notables de Granada partidarios de Aixa la Horra, la reina, que pertenece a una antigua familia, decidieron deponer a Muley Hacén y entronizar a Boabdil, el hijo mayor de Aixa.

—¿Y qué ocurrió?

—Muley Hacén descubrió el pastel y encarceló a Aixa la Horra y a Boabdil. Boabdil escapó, descolgándose con una sábana, levantó un ejército de descontentos y obligó a Muley Hacén a refugiarse en Málaga, al amparo de su hermano el Zagal, el jefe de sus tropas.

—¿Es un buen capitán ese Boabdil? —sugirió Orbán.

—Se deja guiar. Sabe más de palomas, de caza y de harenes que de batallas. De hecho, se le subió la victoria a la cabeza y pensó que podría derrotar a los cristianos, pero Fernando aniquiló su ejército y lo apresó. Muley Hacén aprovechó esta circunstancia para recuperar Granada.

—¿Qué ha sido de Boabdil?

—El zorro de Fernando negoció con Aixa la Horra su

liberación, a condición de que se reconociera vasallo de Castilla. También acordaron que Boabdil y los suyos se mantendrían al margen de la guerra entre Granada y Castilla.

Asintió Orbán, comprendiendo.

—Hace unos meses, Muley Hacén, viejo y desanimado, abdicó en su hermano el Zagal. Mientras tanto los cristianos, cada día más fuertes, prosiguen sus conquistas. Ya se han apoderado de gran parte de la costa occidental. Ahora asedian Málaga, la perla del reino.

—¿Disponen de muchos cañones?

—No entiendo mucho de esos asuntos, pero sé que los agentes de Fernando compran salitre y cobre en los reinos cristianos y también sé que contratan artilleros franceses y tudescos. Supongo que por eso solicitó el Zagal artilleros al Gran Señor, para tratar de equilibrar las fuerzas.

Asintió Centurione.

—¿Y el Zagal? ¿Dónde está?

—¿El Zagal? Quizá esté en Almería, nuestro puerto de destino.

—Almería... —repitió Orbán.

—Te gustará. Es una ciudad azul y blanca, luminosa, un espejo de plata que refleja la mar tranquila.

CAPÍTULO V

Navegaron muchos días sin avistar tierra, hasta que aparecieron, verdes y grises, los promontorios de Sicilia. Nicéforos, el capitán, no ocultaba su preocupación.

—¡No te duermas, bribón! —le gritaba al grumete de la cofa.

—No me duermo, jefe.

—Ahí arriba, todo el día meneándosela, y en cuanto me descuido se me duerme —se quejaba Nicéforos.

Aquellas aguas, tan próximas a Túnez, estaban infestadas de piratas. *La Golondrina* enarbolaba en su palo mayor la enseña de Génova, que disponía de capitulaciones y tratados secretos con casi todos los poderes del mar, pero, a pesar de ello, nadie podía garantizar que no fueran atacados por algún pirata rebelde a cualquier obediencia.

Orbán se mostraba más comunicativo que en los primeros días, al menos con Centurione. El mercader y el artillero pasaban las horas bajo la toldilla de popa, a veces charlando, a veces leyendo. Centurione poseía un gastado ejemplar de los viajes de Marco Polo.

—Un antepasado mío viajó también a China —comentó Orbán.

—¿A China? —se sorprendió el genovés—. ¿Era mercader?

—No sabemos bien lo que era. Quizá solamente herrero, como todos los de la familia. Él trajo de Oriente los conocimientos de la pólvora.

Hasta entonces Orbán se había mostrado reservado en lo tocante a la familia. Aquella tarde habló francamente. Quizá necesitaba abrir su corazón.

—Hubo un tiempo en que el Arte Real se consideraba cosa del diablo —dijo, mirando al mar—. ¿Qué otra cosa podía pensarse de un polvo negro que, metido en un tubo de hierro, produce un estampido formidable, capaz de romperte los tímpanos, y lanza por el aire una bola de piedra o de hierro dejando tras de sí un hediondo olor a azufre?

—¡El perfume del infierno! —comentó Centurione.

—En otra circunstancia los reyes y los predicadores nos habrían quemado por brujos —prosiguió Orbán—, y hasta es posible que los primeros artilleros terminaran sus días en la hoguera, pero hoy los reyes nos necesitan y nos miman porque su poder depende enteramente de nuestra capacidad para derruir los muros y los castillos.

—La *Ultima ratio regis* —dijo Centurione—, el Arma del Rey, como la llaman los españoles.

—El primer rey que comprendió el valor del cañón fue Mohamed II, *el Grande*, el sultán de los turcos —prosiguió Orbán.

Centurione conocía la historia. El Gran Mohamed. Un hombre de veintitrés años, pálido y de aspecto enfermizo, pero sus decretos no se discutían y los poderosos temblaban en su presencia. En una ocasión convocó en plena noche a su anciano visir, Chalil. Asustado por aquel requerimiento intempestivo, el visir se apresuró a reunir sus oros y llenó con ellos una bandeja con la que esperaba aplacar la cólera del joven sultán. Pero Mohamed II rechazó airadamente el obsequio. El visir se excusó aludiendo a la antigua costumbre de hacer regalos al sultán. «¡Yo no quiero monedas de oro! —replicó el sultán—. ¡Quiero Constantinopla!»

Mohamed soñaba con conquistar Constantinopla, la nueva Roma, la ciudad más bella, la más rica del mundo. De noche paseaba, sin séquito, por la ribera de Anadolu Hisar, vestido modestamente, con un junco en la mano. Pasaba las horas contemplando las luces de la ciudad, al otro lado del Bósforo. La deseaba como se desea a una mujer.

Constantinopla había sufrido muchos asedios a lo largo de su historia, pero era inexpugnable. Sus murallas eran más fuertes que las de Babilonia.

—¡Las murallas de Constantinopla! —recordó Orbán—. Las he recorrido muchas veces con mi padre. Mi padre es maestro mayor de las obras del Muro: siete kilómetros de doble muralla, la primera de veinte metros de altura, la segunda de quince, las dos jalonadas por imponentes torres y precedidas por un amplio foso de veinte metros.

—Creía que vuestro oficio, el de los Orbán, era destruir muros, no arreglarlos —se extrañó Centurione.

—El que sabe matar sabe dar la vida —sonrió Orbán—. Los artilleros saben lo que hace fuerte un muro y lo que lo debilita.

Centurione se interesó por la hazaña del primer Orbán, el que entregó Constantinopla al Gran Señor.

—Mohamed disponía de treinta bombardas de recámara, los cañones de entonces —explicó el herrero—, pero no conseguía acercarlas a menos de cien metros de la muralla. Los tiros se quedaban cortos y los proyectiles llegaban sin fuerza. No le servían de nada. Entonces un mercader varego de los que vendían yeguas frisonas a los turcos, le habló de mi abuelo, Orbán *el Quemado*.

»—Conozco un hombre que te fabricará cañones tan grandes que con pocos tiros abrirás una brecha en esa muralla.

»—Si eso que dices es cierto te cubriré de oro. Tráemelo —respondió el sultán.

»—El hombre está en Bulgaria. Pertenece a una casta de herreros que adoran a Satán —advirtió el varego.

»—No me importa. Tráemelo. Si puede demoler estas murallas lo tomaré bajo mi amparo y lo haré rico. A él y a su descendencia.

»El mercader varego regresó a Bulgaria con una embajada cargada de regalos. No le resultó fácil convencer a mi abuelo Orbán *el Quemado,* que nunca había salido de su valle, donde poseía minas de salitre y de sal, bosques tupidos, arroyos y caza, todo lo que él ambicionaba en el mundo. "Sólo necesito siete palmos de tierra" —solía decir.

»Le llamaban Orbán *el Quemado* por la quemadura que le cubría desde la cabeza, calva y grande, hasta la cintura debido a una explosión de pólvora. Eso le ocurrió de mozo, cuando trabajaba con su padre. La pólvora había penetrado bajo la piel y esa parte la tenía más oscura, como un tatuaje azulado. Era tuerto, a consecuencia del accidente, pero el ojo sano, siempre inflamado, despedía fuego. Sus hijos lo obedecían al instante, sin rechistar, y si algo no salía debidamente temblaban en su presencia.

»En mi familia todos los primogénitos nos llamamos Orbán y los segundos suelen llamarse Mohamed, en memoria del Grande que nos sacó de la servidumbre del *kan* búlgaro y nos trajo a Constantinopla. No somos musulmanes ni somos cristianos, aunque creo recordar a una abuela mía poniendo lamparillas de aceite a un santo barbudo pintado en una tabla. Los herreros no debemos adorar a ningún dios porque la creencia perjudica el Arte. Eso lo había establecido el primer Orbán, el abuelo o el bisabuelo del *Quemado,* el que viajó a Oriente y aprendió el Arte. Sus descendientes lo hemos observado hasta hoy.

»Mi abuelo Orbán *el Quemado* se estableció en Adrianópolis, en las herrerías del Gran Señor. Allí fue donde fundió *la Apolonia*, una bombarda de bronce como no se había visto antes. La llamó así en memoria de una mujer que había quedado en Bulgaria. El sultán emplazó la bombarda en el fuerte de Anadolu Hisar. A los pocos días una nave veneciana de las que llevaban víveres a la ciudad sitiada se aventuró por el Estrecho. Mi abuelo hizo los cálculos, apuntó, disparó la bombarda y la nave se partió en dos.

—¿Se fue a pique?

—En un parpadeo. Entonces Mohamed le ordenó que fundiera otra bombarda el doble de grande.

»—No sé si resistirá, Gran Señor —advirtió mi abuelo.

»—Tengo fe en ti, búlgaro. La nueva bombarda llevará el nombre del Profeta.

»—Eso no es posible, señor —replicó mi abuelo con firmeza—. Las bombardas tienen nombre de mujer.

»—En ese caso se llamará *la Mahometa*. Con ella me ayudarás a demoler los muros de Constantinopla, *la Mahometa*.

»Mi abuelo regresó a Adrianápolis y tardó cuatro meses en hacer una bombarda como jamás se había visto en el mundo: cincuenta palmos de largo y cuatro de calibre. El grosor del bronce era un palmo. La probaron y era capaz de arrojar un bolaño de doce quintales a quinientos metros de distancia. Entre tiro y tiro la cubrían con mantas aceitadas, para evitar que se resquebrajara si se enfriaba bruscamente. Hacía ocho disparos al día.

»El Gran Señor se impacientaba. "¿No puedes disparar a menudo, por lo menos diez veces al día?" Los turcos lo miden todo por decenas, los dedos de las manos. Orbán *el Quemado* intentó aumentar la cadencia. Entonces *la Mahometa* reventó y mató a veintidós hombres, entre ellos al propio Orbán. La bombarda se perdió, pero ya la gran muralla se había desplomado y los jenízaros se precipitaron por la brecha gritando: ¡*Yagma, yagma!* (¡Botín, botín!). Así fue como la ciudad de los mil años vino al poder de los otomanos.

En la toldilla Centurione leía un librito de versos. Orbán, con amistosa familiaridad, se inclinó para ver la portada.
—Los sonetos de Petrarca.
—¿Los conoces?
Titubeó Orbán antes de responder. Luego asintió y dijo:
—Un capitán veneciano a sueldo del conde válaco los llevaba en su equipaje.
A Centurione le pareció que no era ésa toda la historia
—¿Y qué fue de ese capitán veneciano, si puede saberse?
—Perdió los versos —dijo Orbán.
Se quedó mirando al mar infinito. Era la hora de la tarde en que desaparecen las gaviotas. Hubiera dado cualquier cosa por un trago, pero el capitán controlaba férreamente la bodega.
Orbán regresó a la historia del capitán veneciano.
—Los hombres de Mohamed lo empalaron. Tardó dos días en morir. Yo me quedé con los sonetos, pero hacía tiempo que no los veía. Debieron de perderse en casa de mi padre.
Se produjo un silencio profundo, incómodo, entre los dos hombres.
—¡Cuánto hemos visto! —comentó Centurione—. Si alguna vez envejezco tranquilo en la casa de la calle de Poniente, quizá escriba lo que he visto, como hizo Marco Polo.
—Yo, sin embargo, nunca escribiré lo que he visto —dijo Orbán—. Por otra parte no creo que el sultán lo consintiera. Mejor que los recuerdos mueran con uno.
—¡Seamos optimistas! Quizá algún día se acaben las

guerras. El mundo es cada vez más de los mercaderes y los mercaderes abominamos las guerras.

Orbán lo miró de hito en hito.

—¿De veras lo crees? Yo más bien creo que los mercaderes provocan las guerras, los mercaderes y los predicadores. Por otra parte, las guerras no pueden acabarse. Los musulmanes sólo dejarán de guerrear cuando todos los cristianos se hayan convertido a la fe de Mahoma.

—¡Eso es imposible! —objetó Centurione—. Quizá algún día los creyentes comprendan que las religiones deben convivir pacíficamente.

—¿Convivir pacíficamente? —repitió Orbán con sorna—. Yo no soy musulmán, pero he nacido bajo el islam y llevó toda la vida combatiendo a sueldo de los turcos. En ese tiempo he aprendido algo. El islam es ecuménico, o sea, aspira a imponer su verdad en el mundo. Para estos efectos el mundo se divide en islámico o *dar-al-Islam*, «la casa del islam», y *dar-al-harb*, «la casa de la guerra». Esta «casa en guerra» pertenece por derecho al islam, al que la comunidad musulmana está obligada a incorporarla en cuanto las circunstancias lo permitan. Luego está un tercer territorio en el que los musulmanes son minoría y han establecido una especie de tregua con el entorno, como sucede en algunos estados cristianos que toleran comunidades musulmanas. En cuanto se crean fuertes, se sublevarán contra sus anfitriones. La religión los obliga.

En estas conversaciones pasaban los días Orbán y el genovés. Se anudaba entre ellos una sólida amistad basada en la mutua admiración y en la coincidencia de muchos juicios.

Terminando el mes de julio, con mucho sol y grandes calores, llegaron al puerto de Cagliari, en Cerdeña, donde los genoveses tienen almacenes.

Cagliari no era gran cosa. Había poca gente y desconfiada. Las mujeres estaban guardadas en sus casas y evitaban salir si no era con escolta masculina. Había un mercado junto a la iglesia, con algunos puestos de repollos y pepinos, pero las verduleras eran viejas y feas. A las putas del berreadero las administraba un síndico y había que pagar sólo por verlas. Jándula merodeó por el puerto y encontró una galera ruin, de las que comerciaban en salazón, en la que faenaba un compatriota, uno de los Dubyan de Loja recientemente emigrado a África. Fue conocer a un paisano y empezar a contarle miserias. Jándula lo llevó a *La Golondrina* para que comunicara las últimas novedades a Orbán y a Centurione.

—¡Malos tiempos para los creyentes! —dijo el hombre—. ¡Que Alá, el clemente, el misericordioso, se apiade de nosotros! Fernando ha sitiado Málaga con más de treinta mil hombres. El Zagal le ha confiado la defensa a Ahmed el Zegrí y se ha establecido en Almería.

—¡La guerra cunde mucho en estos tiempos! —comentó Centurione.

Orbán asintió. A lo mejor, cuando llegara, todo habría concluido y podría regresar al Valle del Hierro junto a los suyos. Era poco expresivo Orbán. Parecía que lo mismo le afectaba una buena noticia que una mala.

A Centurione también le resultaba indiferente la suerte de la guerra. Él llevaba su flete a Almería y tanto le daba comerciar con cristianos como con moros. Su compañía mantenía agentes y cónsules en las dos partes. Ganara un bando u otro, él obtenía beneficios.

Navegaron pasadas las Islas Baleares, por el mar de Aragón, donde se cruzaron con un par de navíos artillados que, al distinguir las enseñas de Génova en el palo mayor, los saludaron y los dejaron pasar.

Anocheció a la vista de los promontorios de Levante, sin luces ni faros, por miedo a los piratas.

La chusma marineril iba contenta, olfateando tierra.

—Mañana llegamos a Almería —anunció Centurione.

CAPÍTULO VI

—¡Valle de Almería! —recitó Centurione en perfecto árabe—. Cuando te contemplo vibra mi corazón como vibra al ser blandida una espada de la India... Es de un poeta de aquí —aclaró.

Amanecía sobre el mar rutilante y tranquilo. Una suave brisa hinchaba las velas de *La Golondrina* mientras se deslizaba camino del puerto. La bahía de Almería brillaba al fondo. Orbán contempló el paisaje inhóspito, pedregoso y seco de la nueva tierra a la que lo enviaba el Gran Señor. El desierto se abatía desde las montañas ocres bajo un cielo azul purísimo.

Miró la ciudad. Las altas murallas color tierra que bajaban a los valles y trepaban a las montañas apenas permitían ver las terrazas enjalbegadas con cenefas azules y algunas cúpulas de azulejos. Media docena de alminares finos delataban las mezquitas. Algunas manchas de verdor, de las que destacaban palmeras de largos y flexibles troncos, señalaban los jardines de los palacios.

Había a lo largo del atracadero media docena de grandes barcos de transporte venecianos y genoveses y varias galeras ligeras musulmanas. Mientras *La Golondrina* atracaba, una multitud de desocupados acudió a observar la maniobra. Los pasajeros se despidieron de Nicéforos y desembarcaron. En el puerto pululaban gentes de dispares procedencias. Además de los mercaderes de las naciones cristianas que allí mantenían sus cónsules y sus oficinas, había una muchedumbre de tipos andrajosos y sucios que merodeaban de un lado para otro o hacían corrillos.

—Ésos son los *muhaidines,* los voluntarios de la Guerra Santa —señaló Centurione—. Desde que empezó la guerra no dejan de llegar desharrapados de todo el islam ansiosos de participar en la *yihad*, contra Fernando.

Permanecieron dos días en Almería. Orbán aprendió a reconocer a las distintas naciones por su atuendo y por los rasgos raciales: egipcios, tunecinos, númidas o sitifienses, todos barbudos y sucios, todos con la mirada enfebrecida de los creyentes dispuestos a dar la vida por Alá. El barrio genovés, antes próspero, estaba de capa caída, con muchas casas cerradas.

—Se han ausentado algunos, por la guerra —explicó Centurione—, pero los que quedamos seguimos con el negocio.

Cuando el muecín llamaba a la oración, los *muhaidines* abarrotaban las mezquitas o se echaban al suelo en la calle, donde les sorprendía el rezo, mirando a la Meca rozando la frente con los guijos del empedrado en cada plegaria. Competían por lucir un callo frontal mayor que el de los otros devotos. El resto del día, los *muhaidines* deambulaban detrás de sus imanes como un rebaño obediente, a ratos recitando la salmodia de las suras del Corán, a ratos tumbados en las plazas a la sombra de las palmeras, malcomidos y taciturnos. Se contentaban con un puñado de gachas de harina. Pocos poseían algo más que su fe y su entusiasmo. Iban a la guerra armados sólo de garrotes, de hondas de esparto o de un cuchillo mohoso con el que esperaban degollar a algún caballero cristiano.

—Alardean de su vocación de mártires —explicaba Centurione—. En realidad, sospecho que a muchos los mueve la codicia del botín o el amor a la aventura. Se creen sus propias mentiras y confunden la realidad con el deseo.

Creen que pueden derrotar a Fernando e invadir las tierras cristianas como hicieron antaño. Evocan a Tarik, a Almanzor y a otros capitanes victoriosos del pasado. Sólo algunos, los más fanáticos, han venido a que Fernando los envíe al paraíso.

Orbán observó que los *muhaidines* más acomodados (éstos abundaban menos, dado que la fe flaquea al contacto con las riquezas) se hacían acompañar por soldados, caballos y vituallas y se alojaban en las abundantes fondas de la ciudad.

Habían entregado el salvoconducto al oficial del puerto. El sultán de Granada convocó a Orbán al día siguiente en la alcazaba. Precedidos por un mayordomo, Orbán y Jándula atravesaron un patio con naranjos y limoneros y una fresca sala sin ventanas, iluminada por lámparas de aceite.

Al-Zagal era alto y membrudo, muy pálido, bien parecido. Los mofletes del rostro le hubieran conferido una expresión bondadosa si no fuera por su mirada honda, en unos ojos hundidos y orlados de ojeras cárdenas.

Cuando el mayordomo anunció a Orbán, al-Zagal dejó el papel que tenía entre las manos. Miró al herrero búlgaro de arriba abajo, sin delicadeza, con la misma mirada apreciativa con que un tratante contempla el caballo que va a comprar. Dejó traslucir cierta decepción. Orbán, consciente de que su apariencia física era más bien mezquina, se había puesto su traje de respeto, de lino azafranado con un bordado púrpura en torno al cuello. Disimulaba su baja estatura con un turbante de seda terminado en gorro cónico, a la manera turca, pero, a pesar de todo, seguía siendo un hombre de poca presencia, de facciones vulgares que habrían convenido más a un hortelano analfabeto que al perito ducho en los misterios de la ciencia tormentaria. No obstante, el sultán ocultó su decepción y saludó al recién llegado llevándose la mano al corazón y a la boca. Orbán imitó el gesto y añadió una escueta reverencia.

—¿Hablas árabe? —preguntó al-Zagal.

—Por lo menos lo entiendo un poco, *mawlana* —respondió Orbán en su árabe sibilante, esforzándose en pronunciar correctamente—. Mi ayudante —se volvió hacia Jándula, que permanecía junto a la entrada, con la mirada en el suelo, en actitud humilde— se ha esforzado en enseñármelo, pero no sé si habré sido un buen alumno.

Por un instante, al-Zagal posó en el criado su mirada feroz. Luego se desentendió.

—Yo esperaba que el Gran Sultán nos enviara a tu padre —declaró—. El que demolió las murallas de Constantinopla.

—Ése fue mi abuelo, *mawlana* —repuso Orbán— y ya murió. Ahora el que está a cargo de los cañones de Bayaceto es mi padre, pero es viejo y no ha podido venir. Bayaceto me envía a mí. He aprendido a su lado y al lado de mi abuelo desde que me salieron los dientes.

—¿Sabes todo lo concerniente a los cañones?

—Soy herrero, *mawlana*. Toda mi vida la he pasado en el ejército de los turcos. Sé de fundición, de forja, de pólvora, de muros y de fosos.

—¿Y de espingardas?

—También, claro, *mawlana*. La espingarda es el futuro de la guerra —repuso Orbán—. Desterrará a la ballesta.

Aquella apreciación agradó a al-Zagal. Seguramente había llegado a la misma conclusión después de una vida de lucha como general de Muley Hacén. Miró a Orbán con menos arrogancia y con una curiosidad nueva.

—Te he llamado para que instruyas a mis artilleros.

—Creí que necesitabas cañones, *mawlana*.

—Y los necesito. Necesito de todo: cañones y gente que sepa dispararlos. Lo que tengo deja mucho que desear, pero ahora la prioridad es defender Málaga, que está sitiada por los cristianos. Si perdemos Málaga perdemos todo el reino porque es nuestro puerto comercial y nuestro principal enlace con el Magreb. Fernando ha reunido un gran ejército, diez hombres por cada uno de nosotros, con muchos cañones y muchas embarcaciones. Quiere tomar Málaga a cualquier precio.

—*Mawlana*, no conozco la situación aquí y apenas puedo opinar, pero cuando se tiene poca artillería lo mejor es combatir en el campo.

—Fernando se ha vuelto cauto y rehúye las batallas campales —dijo al-Zagal en un tono menos engolado—. Se ha propuesto conquistar mis castillos y mis ciudades una a una. Está contratando artilleros en Flandes y Alemania y ha construido dos hornos para fundir cañones. Tiene más tropas y más artillería que yo. La tropa no me preocupa porque nosotros somos mejores, pero los cañones... el futuro es de los cañones.

Orbán convino en que era así.

—Antes de ponerte al frente de mi artillería quiero que vayas a Málaga y le muestres lo que sabes a mi artillero mayor —prosiguió al-Zagal—. Si eres fiel y no me decepcionas volverás a Estambul rico y honrado.

Orbán asintió con una reverencia.

La audiencia se prolongó más de lo calculado para desesperación del mayordomo, que tenía esperando a varios magnates mucho más importantes que aquel herrero vestido de provinciano rico. A medida que avanzaban en la conversación, Orbán se preguntaba si el Zagal estaba en sus cabales. A veces se interrumpía como si perdiera el hilo del discurso, y miraba fijamente al interlocutor con aquellos ojos como ascuas que parecían implantados directamente en el cerebro.

Llevaban una hora hablando. Hacía calor. Orbán se pasó el dedo por las cejas para contener el sudor. Al-Zagal sonrió ligeramente y chascó dos dedos. Aparecieron en el umbral del patio el mayordomo y dos criados con sendos vasos de horchata fresca en bandejas. Al-Zagal le ofreció uno a Orbán y bebió del otro.

Un mercenario cenete descabalgó a la puerta y, tras hacer la reverencia, se acercó a al-Zagal y le murmuró algo al oído.

—El hombre que te va a introducir en Málaga acaba de llegar —dijo al-Zagal—. Saldréis mañana por la noche, para evitar las naves de Aragón que patrullan en la costa.

Uno de los secretarios salió del escritorio con una carta en la mano. Al-Zagal la leyó por encima y estampó su sello sobre la cera blanda. Se la entregó a Orbán.

—Esto te abrirá todas las puertas. Mi mayordomo satisfará tu primera paga como oficial de mi guardia.

Le hizo una zalema y se despidieron. De regreso a la fonda, Orbán buscó a Centurione y le contó la audiencia real.

—¿Te envía a defender Málaga? —dijo Centurione torciendo el gesto—. Será una tarea ardua. Los moros aniquilaron un ejército cristiano hace años cerca de Málaga, en la Ajarquía. Cayeron muchos primos y amigos de Fernando. Ahora Fernando quiere vengar aquella derrota y vincula su revancha a Málaga.

—¿Por qué?

—Porque los prisioneros de la Ajarquía, la flor y nata de Castilla, se subastaron en el mercado de esclavos de Málaga. No quisiera estar en la piel de los malagueños en los meses que vienen.

—Podrán capitular si ven que no pueden defenderse —supuso Orbán.

Centurione apuró su vaso.

—No sé cómo hacéis las cosas en Turquía, pero aquí la costumbre es que cuando una ciudad resiste hasta el final, el que la asalta pasa a cuchillo o esclaviza a sus habitantes. Es para descorazonar a otras ciudades y persuadirlas para que se entreguen sin resistir.

—¿Y qué pasa cuando se entregan?

—En este caso, el vencedor respeta las vidas y los bienes muebles. Sospecho que Fernando prefiere tomar Málaga por las armas y esclavizar a sus defensores para que sirva de escarmiento a otras ciudades.

Aquella noche Centurione invitó a cenar a Orbán en el patio de los genoveses, como se llama la gran fonda de almacenes y aposentos que los mercaderes de Génova poseen junto al puerto. Fue una cena espléndida, con vinos dulces de Italia, jamón curado a la pimienta, morcilla de cebolla y piñones y otros manjares terrenales vetados a los creyentes que aspiran a ingresar en el paraíso de Mahoma. A los postres, cuando se despidieron los invitados más ancianos, llegaron músicos de pandero y chirimía que acompañaron la actuación de juglaresas y bailadoras.

La animadora se llamaba Naryin, «junquillo», y tenía una voz tan prodigiosa que inspiraba los sentimientos más puros en los corazones de los oyentes. Cantaba canciones de amor desesperado que aludían a su pasado misterioso. La habían secuestrado los piratas de Orán cuando era mozuela y la adquirió en el mercado de esclavas de Túnez el hijo del caid de Bugía, un pollancón robusto, guapo, apuesto y aficionado a la poesía, a los caballos de raza, a tañer el laúd y a oler nardos, del que la muchacha se enamoró perdidamente. El joven, por su parte, concibió tan devastadora pasión por ella que la misma reiteración del amor, todo el día dale que te pego en el campo de pluma, le produjo primero un desprendimiento de retina, después un desriñonamiento y una hernia discal y, finalmente, lo condujo a la muerte, deslechado y anémico. Ella juró frente al cadáver no entregarse a otro hombre y consagrar el resto de su vida al recuerdo de aquel amor desgraciado, lo que cumplía a pesar de las tentadoras ofertas que recibía de hombres pudientes locos de amor y de deseo que ponían una fortuna a sus pies a cambio de una noche de pasión.

—Desde que él murió soy virgen —replicaba ella.

Tenía la viuda los ojos grandes y oscuros, orlados de sedosas pestañas, la nariz recta y marfileña, los labios sensuales y gordezuelos, los dientes parejos y blancos, la sonrisa cautivadora, el cuello largo, los hombros moldeados, los pechos grandes y grávidos, el talle estrecho, con un vientre terso y ligeramente abombado, las caderas anchas y rotundas, los muslos largos y carnosos, las piernas bien modeladas y los pies pequeños y juguetones, con las uñas pintadas de carmín. Cuando bailaba la danza del vientre movía con tal sensualidad sus encantos, al compás de una collera de colgantes con cascabeles de cobre, que provocaba relinchos y gorjeos guturales en la audiencia masculina. Ante ella perdían su gravedad jueces, notarios y magistrados y hasta los eunucos sentían renacer la ausente natura.

Orbán aunque anonadado ante la belleza de Naryin, no habló mucho, como solía cuando estaba algo bebido, pero miraba con interés el espectáculo. Le pareció a Centurione que una de las danzaderas que acompañaban a Naryin, una morenita de amplio pandero, había llamado su atención. Se inclinó sobre él, le puso una mano sobre el brazo y le dijo:

—Si te apetece esa muchacha, podrá pasar la noche contigo.

—Te lo agradezco —dijo Orbán—, pero prefiero dormir solo.

Titubeó Centurione:

—¿Y un muchacho imberbe?

—Me gustan las mujeres —replicó Orbán con su media sonrisa—. Lo que pasa es que hoy no me apetece.

Centurione se asombró, una vez más, de las extrañas costumbres de los herreros búlgaros, gentes capaces de guardar ausencias a una esposa muerta.

Los herreros búlgaros creen en los espíritus que habitan el fuego y los metales, y en las almas de los difuntos que acompañan y protegen a los vivos. Por eso Orbán les hablaba a los cañones entre dientes en una lengua ininteligible, búlgaro quizá, lo que sorprendía a los que lo consideraban un hombre prudente y de seso.

Aquella noche, cuando terminó la jarra de vino, Orbán se despidió y marchó a la alcazaba, Jándula a su lado, alumbrándole el camino con una linterna de aceite. En el puerto reinaba cierta animación porque la taberna de los francos estaba atestada de marineros procedentes de una docena de barcos de distintas naciones.

Orbán y su criado recorrieron en silencio las calles desiertas, atravesaron un par de plazuelas con bultos de gentes durmiendo al raso, bajo las estrellas, para escapar del calor de las casas, y se encaminaron a la cuesta empedrada que conduce a la alcazaba. El portero los reconoció y les franqueó la entrada. Subieron al pabellón que les habían asignado y se acostaron, Orbán dentro, en un camastro con colchoneta, y el criado fuera, junto a la puerta, sobre una manta doble.

Al día siguiente, Centurione invitó a almorzar a Orbán en una sala baja de la fonda de los genoveses. Les montaron la mesa junto al pozo con brocal de piedra donde metían las frascas de vino a enfriar. El búlgaro y el genovés charlaron como viejos amigos.

—Me he informado un poco de cómo están las cosas en Málaga —dijo Centurione en tono confidencial—. Parece que la gente, los mercaderes, los artesanos, los hortelanos y los pescadores, apoyan a Boabdil. No es que Boabdil les parezca mejor que su tío, es que declarándose sus súbditos se ponen a salvo de los cristianos. El mercader Alí Dordux, la mayor fortuna de la ciudad, envía constantes correos a al-Zagal para denunciar los atropellos de los cenetes, pero al-Zagal hace oídos sordos. Le da igual lo que ocurra con tal de que la ciudad resista. Quiere que los cristianos se rompan los dientes contra sus muros.

—¿Quiénes son esos cenetes?

—Cenetes. Bárbaros africanos reclutados en las montañas del Atlas. Son como vuestros jenízaros. Hace mucho que Granada los emplea como mercenarios. Los califas de Granada no pueden pasar sin ellos porque son los que les aseguran el sometimiento de la población y las únicas tropas válidas para lidiar contra los cristianos.

El mesonero puso sobre la mesa el cordero a la miel, la hogaza de pan blanco y dos copas de vino. Centurione había dispuesto que el maestresala retirara la botella y no volviera a servir para evitar que Orbán se excediera. Los dos amigos se centraron en la comida durante un buen rato, cada cual atento a su plato, sin cambiar palabra.

Cuando el maestresala retiró el servicio, Centurione apuró la media copa de vino que le quedaba, se enjugó los labios con un paño y prosiguió.

—Los cenetes son gente fiera. Además en Málaga hay muchos hombres desesperados que no esperan compasión de los cristianos: hay muchos judaizantes escapados de la inquisición de Sevilla, los helches o renegados y bastantes bandoleros (monfíes, como ellos dicen) huidos de la serranía de Ronda después de perpetrar fechorías contra sus correligionarios y contra los cristianos. Lo que quiero decirte con esto es que probablemente será un largo asedio y a lo mejor cuando pasen unos meses, el bloqueo aragonés se hace más impermeable y no te es posible escapar de la ciudad.

Orbán apuró su copa con aire melancólico.

—Bueno. No creo que me pueda ocurrir algo más grave que la muerte.

Los postres transcurrieron en un silencio sombrío. Después Orbán se despidió de Centurione con un abrazo amistoso.

—Espero que volvamos a vernos —dijo Centurione.

Orbán asintió en silencio.

Ya salía cuando Centurione lo contuvo por el brazo.

—Raramente me equivoco al juzgar una persona, ese ojo que debe tener todo buen mercader, pero cuando te vi borracho la primera vez pensé que eras un pobre hombre, una burla que los turcos hacían al sultán de Granada.

—¿Y ahora has cambiado de opinión? —preguntó Orbán con sorna.

—Ahora pienso otra cosa. He aprendido de ti.

—Yo también he aprendido de ti.

—¿Por qué te emborrachas?

Orbán miró al suelo. Quizá nunca se había hecho aquella pregunta.

—Porque cada día me levanto y tengo que fingir que creo en algunas cosas —murmuró al fin.

—¿Y no crees en ellas? —dijo el genovés—. Eso me ocurre también a mí.

—Pero yo no creo en ninguna.

Centurione asintió. Nuevamente hicieron la zalema y se despidieron.

CAPÍTULO VII

Al amanecer, Orbán y su criado recogieron sus pertenencias y se encaminaron al puerto acompañados por uno de los secretarios de al-Zagal. Había una flotilla de faluchos con la que los moros enviaban refuerzos a Málaga, burlando el bloqueo cristiano. Un marino experto, Ahmed al Faqundi, aguardaba a Orbán para trasladarlo a Málaga. Antes de despedirse, el secretario entregó a Orbán una carta bermeja, su presentación para Ahmed el Zegrí, el alcaide de Málaga.

Salieron del puerto a fuerza de remo, que manejaban al Faqundi y su ayudante. Cuando estuvieron lejos del promontorio sacaron los remos de sus chumaceras, los depositaron en el fondo de la embarcación e izaron una vela triangular con la que navegaron todo el día, Orbán y su criado debajo de la toldilla, en la popa, porque el sol pegaba fuerte, y al Faqundi y su hombre en la proa, atentos a la navegación. No se alejaron mucho de la costa. Cuando empezaba a oscurecer columbraron las luces de Motril y desembarcaron en una cala de difícil acceso, invisible desde tierra. Allí se estuvieron todo el día siguiente. Había una gruta con un manantial de agua dulce y en los charcos dejados por la marea alta abundaban los cangrejos. Encendieron una pequeña fogata e hirvieron unas docenas.

Mientras esperaban a que oscureciera, para reanudar

el viaje, al Faqundi ofreció a su pasajero un puñado de higos secos.

—Has de saber, señor, que en Málaga te esperan con impaciencia. Fernando nos tiene muy aquejados con sus cañones. Cercados por tierra y aislados por la flota aragonesa que vigila el mar, sólo podemos sobrevivir si derrotamos a Fernando. Yo vi las cosas venir, hice mi equipaje y me retiré a tiempo. He dejado a un primo en Málaga que vela por mis intereses. Si los cristianos se van, que lo dudo, regresaré y recuperaré lo mío. Si no se van, de todos modos lo daba por perdido. Lo más importante es lo que llevamos dentro de la camisa, después de todo.

Anocheció. Al Faqundi se levantó y dijo:
—Es la hora.

Partieron nuevamente y navegaron toda la noche sin perder de vista las luces de la costa hasta que empezó a clarear el nuevo día y al Faqundi se arrimó a otra ensenada donde aguardaron, al abrigo de unas rocas, a que oscureciera, como la víspera. Después zarparon nuevamente costa adelante, sin luces que los delataran. Divisaron a lo lejos docenas de luminarias, inmóviles como estrellas.

—Son los fanales de los navíos cristianos —dijo al Faqundi—. Dicen que hay hasta cuatrocientos. De noche están quedos, pero de día patrullan el mar para evitar que la ciudad reciba refuerzos.

Vieron también las fogatas de los campamentos cristianos en torno a la ciudad, cientos de ellas a distintas alturas, sobre cerros y valles. Con precaución, se ciñeron a la costa. La noche estaba oscura, pero la espuma brillaba al golpear contra las rocas con un fulgor fosforescente.

Entraron en Málaga a oscuras, en aquel puerto que de día está lleno de gente y de luz más que ningún otro. Unos guardias los ayudaron a amarrar la lancha. Avisaron al caid del puerto.

—Un artillero que manda al-Zagal —lo presentó al Faqundi después de la zalema—. Trae cartas para el Zegrí.
—¿Urgentes?
—No.
—Pues entonces tendrá que dormir en el cuerpo de guardia. El muro portuario está cerrado. Son órdenes.

El cuerpo de guardia era amplio y cómodo, con una fila de camastros separados por mantas. Durmieron mejor que en el barco, una noche suave, después de los grandes calores de los días precedentes. Orbán se levantó cuando empezaba a amanecer y subió a la azotea para contemplar la ciudad. De un lado el mar color violeta que se adensaba entre nieblas, del otro la ladera empinada de roca parda sobre la que se levantaban, cercanos y unidos por una muralla, los dos castillos, Gibralfaro y el Risco. El caserío estaba cercado por una muralla con ochenta y tres torreones. El castillo de Gibralfaro era una alcazaba independiente con su propio circuito de murallas, de treinta y dos torreones. Una ciudad fuerte, pensó Orbán, pero las ciudades fuertes se desploman frente a los cañones y, al parecer, Fernando había concentrado toda su artillería delante de aquellos muros.

Contempló Orbán el caserío blanco que se extendía entre Gibralfaro y el mar, un abigarrado conjunto de casas, en su mayoría modestas, con terrados lisos y tejados, sobre el que destacaba media docena de minaretes con el remate de azulejos que brillaban al sol. Las manchas oscuras de los huertos ocupaban casi tanto espacio como las viviendas. Sobre las bardas terrosas sobresalía el verdor de las palmeras, los naranjos y los cidros. Al fondo, más allá del puerto, los tejados rojos de las atarazanas parecían ocupar buena parte de la ciudad.

Orbán y su criado desayunaron sendos tazones de leche y rebanadas de pan tostado regadas con aceite y miel. En ello estaban cuando llegó un enviado del alcaide.

—El Zegrí te aguarda en el arsenal.

Se les agregó una escolta de tres cenetes enjutos, el rostro huesudo, los ojos pequeños y vivos. Orbán no supo discernir si eran morenos, con la piel atezada por el sol, o simplemente sucios. Llevaban perpuntes de cuero y zaragüelles amplios.

Cruzaron un mercado con una docena de puestos de verduras mustias y frutas pasadas. Al paso de los cenetes, los viandantes se apartaban con una expresión de temor o respeto.

En el palmeral, junto a la mezquita mayor, se congregaba una multitud de enlutados *muhaidines* llegados de muchos lugares del islam para combatir en la *yihad,* los que anhelan el martirio para ganar el paraíso.

Un anciano de elevada estatura, vestido como un mendigo, la barba gris y sucia casi por la cintura, la mirada de fuego, predicaba:

—¡Malagueños! ¿Hasta cuándo cerraréis vuestros corazones a Alá, el clemente, el misericordioso? ¿Hasta cuándo fingiréis ignorar que si os veis así, en trance de ser devorados por los lobos cristianos, se debe a vuestros pecados? ¡Os habéis apartado de Alá, el clemente, el misericordioso, para entregaros al vicio y a la molicie! ¡La música y los cantos de los borrachos se escuchan más que la voz del muecín llamando a la oración! ¡Pensáis solamente en dar placer a la carne, en las sedas, los lujos y los aretes de las orejas, en danzarinas y en el vino! ¡Olvidáis a los huérfanos y las viudas que a vuestro alrededor pordiosean! El que da y quita os vuelve la espalda. Lo que tenéis se lo debéis a Alá, el providente. ¡Ni el sudario con el que os van a enterrar es vuestro! ¡Abominad de las sedas y de los ungüentos, sacad del arca la túnica sencilla de vuestros abuelos, orad y seguid los preceptos y él fortalecerá vuestro brazo con un nuevo vigor para que rompáis los dientes a los perros cristianos y liberéis la ciudad y la tierra de al-Andalus!

El arsenal estaba junto a las atarazanas, en la parte llana de la ciudad, cerca del puerto. El portero reconoció a los cenetes y franqueó la entrada. Atravesaron un patio amplio empedrado en el que media docena de africanos, todos entecos y morenos, barrían los cagajones de las bestias. Uno indicó dónde estaba el jefe.

—Ésta es la casa de la pólvora —informó el guía.

El Zegrí inspeccionaba la instalación de un molino en la fábrica de la pólvora. Lo acompañaba su artillero mayor, Alí *el Cojo*.

El Zegrí leyó la carta bermeja del califa que el búlgaro le entregó. Le ofreció asiento a Orbán en un poyo del amplio zaguán y se sentó a su lado. Bajo su túnica corta se adivinaba una cota de malla. Era delgado, alto y fuerte, de rostro agradable, con una barbita pelirroja recortada por un peluquero. No parecía militar. A Orbán le recordó un famoso poeta turco que componía alabanzas a Bayaceto. Sin embargo, el Zegrí dirigía la defensa de la ciudad con mano de hierro. Aquella mañana había hecho degollar a cinco acaparadores y a un encubridor.

—¿Qué tal el viaje? —preguntó con una sonrisa amable, como si realmente le importara. No prestó atención a la respuesta del herrero—. El Zagal piensa que los turcos entendéis de cañones tanto como los germanos o como los milaneses. ¿Es eso cierto?

—No sé cuánto entienden los milaneses —respondió Orbán precavido.

Se sonrió el Zegrí.

—En ese caso te mostraré tu taller.

Se levantó y le indicó que lo siguiera. Se internaron en el polvorín seguidos por Alí *el Cojo* y dos oficiales.

En una estancia había varios barriles de pólvora. El Zegrí destapó uno y sacó un puñado de polvo negro.

—¿Puedes decirme si esta pólvora es de buena calidad?

Orbán tomó un poco de pólvora y se la extendió por la palma de la mano. La examinó a la luz que se filtraba por una alta lumbrera, la olisqueó.

—No es mala, pero tampoco es buena.

—Se la compramos a los pisanos. Ellos nos venden pólvora de segunda y nos la cobran como si fuera de primera. Seguramente reservan la mejor para Fernando. En adelante tú supervisarás los envíos antes de aceptar el pago.

—No creo que el defecto sea de los pisanos —dijo Orbán—. La pólvora que ellos fabrican es toda de la misma calidad. Lo que varía es el cuidado que le dan los clientes.

—¿Insinúas que no cuidamos bien nuestra pólvora? —intervino Alí *el Cojo*.

Era un hombre de cierta edad, de complexión fuerte, cejijunto, con un turbante pringoso calado hasta las cejas, con el pie sin coyuntura porque se lo aplastó el retroceso de un cañón.

—No, no insinúo nada —respondió Orbán sin alterar su voz—. Lo que ocurre es que cuando la pólvora recorre grandes distancias pierde calidad y hay que adobarla.

—¿Adobar la pólvora? —rezongó Alí *el Cojo*—. ¡Nunca he escuchado una tontería mayor! ¿Qué haces? ¿Le añades salitre o azufre?

—La pólvora pisana es buena —insistió Orbán—. No hay que añadirle nada. Sólo hay que empastarla y granearla para que sus componentes se compensen. Con el vaivén de los barcos y de las carretas, los componentes tienden a separarse y los que pesan más se van al fondo. De ese modo pierde entereza y no arde como debiera.

Alí *el Cojo* iba a replicar, pero el Zegrí se lo prohibió con un gesto.

—¿Tú sabes mejorar esta pólvora? —preguntó.

—Ése es mi oficio.

—Pues entonces dime lo que necesitas y ponte manos a la obra hoy mismo.

—Necesitaré seis peones y un maestro artillero ayudante que entienda bien el oficio. Creo que Alí es la persona adecuada. En Almería me lo han encomiado mucho por sus conocimientos. Quizá podamos aprender el uno del otro.

Alí *el Cojo* se sintió abrumado de gratitud. El herrero búlgaro acababa de alabarlo ante el Zegrí. Después de todo, quizá no había venido a arrebatarle el puesto sino, simplemente, a aportar ciertos secretos de un oficio que en Oriente estaba más adelantado.

—Por mí no hay inconveniente —concedió—. Te ayudaré en lo que necesites y te comunicaré mis conocimientos. Los de Oriente sabéis algunos trucos, pero aquí conocemos otros.

—Estoy convencido de eso —reconoció Orbán, conciliador.

El Zegrí formuló todavía algunas preguntas sobre cañones, calibres y alcances. Ya estaba convencido de que Orbán entendía de cañones, pero quería darle la impresión de que él tampoco ignoraba la esencia de aquellos arcanos. Orbán respondía de manera concisa y clara. Daba la impresión de que conocía el tema hasta en sus más recónditas formulaciones. El Zegrí no disimulaba su entusiasmo. Lo invitó a inspeccionar la artillería. Alí *el Cojo* lo acompañó a la muralla, servicial y amistoso. Iba diciendo el nombre de cada pieza, sus defectos y lo que se podía esperar de ella. En Málaga abundaba el material defectuoso, cañas de bombardas con el ánima desviada y otras que no admitían más que media carga o estallarían.

Se detuvieron ante una hermosa pieza de bronce, con la culata recorrida por un complicado relieve floral.

—Éste se lo compró Muley Hacén a un mercader egipcio, que lo estafó miserablemente. Lo llamamos *el Bizco* porque, si te fijas, está un poco doblado de vicio. El proyectil se desvía hacia la derecha, pero yo he aprendido a corregirlo y lo apunto a unas cuantas brazas del blanco. Así no falla, porque además es de los que más alejan. Tiene la cámara muy sana.

Subieron al castillo de Gibralfaro por el sendero de servicio, al pie de la muralla. Desde la torre mayor se divisaba el campo. La mirada perita de Orbán recorrió el relieve. Los cristianos habían talado las huertas del Acíbar, con sus higueras que daban unos higos dulces y los allozares que cubrían las colinas en torno a Málaga. Habían establecido dos campamentos. En perfecta formación, como los surcos de una besana, se alineaban cientos de tiendas de lona de colores pardos, algunas más oscuras de pelo de cabra, procedentes de botines musulmanes. Entre ellas quedaban amplias avenidas señaladas con gallardetes para que la caballería pudiera circular sin estorbarse. Frente a Gibralfaro había un cerro que habían protegido con cavas, cestones y barreras. En la cúspide, medio ocultas tras lienzos y manteletes basculantes, reconoció las bombardas, la famosa artillería de Fernando.

—El cerro de los Lirios —dijo Alí *el Cojo*—. Le costó mucha sangre ganarlo al marqués de Cádiz. Los cristianos lo llaman el cerro de san Cristóbal.

Rodrigo Ponce de León, el marqués de Cádiz, era el principal general de Fernando. A Orbán le sorprendió que su acompañante supiera los nombres de los caballeros cristianos.

—Es que son ya muchos años guerreando y les vamos conociendo las mañas. Ellos también nos las conocen a nosotros, claro —señaló la meseta plana de san Cristóbal—. Ahí tienen la artillería pesada, aunque ahora no se ve.

—¿Qué clase de artillería pesada?

—Siete bombardas enormes, las *siete hermanas Jimenas* que trajeron desde Vélez en barcos. Fernando ha echado mano de todos los cañones que había en el reino, incluso unas viejas bombardas que quedaron en Algeciras cuando la tomaron los cristianos, hace más de cien años. Ha instalado dos talleres que no dan abasto y además compran bombardas en el extranjero. Hace poco llegaron dos carracas flamencas con trigo y bombardas de bronce. La pólvora la guardan en cuevas que han excavado en el lado opuesto del cerro.

CAPÍTULO VIII

El calor era agobiante a finales de julio. Cantaban las cigarras en los descampados, se buscaban la vida las hormigas y las moscas invadían las salas umbrías. Mucha gente dormía fuera de las casas, en las azoteas o en los jardines. Los *muhaidines* aspirantes a mártires de la *yihad* pernoctaban en la calle, acampados en torno a las fuentes hasta que la primera oración los despertaba y comenzaban su salmodia mirando a la Meca. El ambiente de la ciudad se enrarecía de día en día en la medida en que escaseaban los víveres y los cristianos se mostraban cada vez más decididos a no levantar el campo hasta cobrar la ciudad.

—Se van las golondrinas —se quejaba Jándula—. En este tiempo solía yo cosechar hortalizas y frutas en el huerto de mi señor. ¡Cómo echo de menos las verduras! La parte de la vida militar que peor llevo es lo de comer gachas a todas horas.

—Nosotros somos afortunados —replicaba Alí *el Cojo*—. Esos que deambulan por calles y plazas no tienen ni siquiera harina.

Orbán ocupó unos aposentos vacíos de la casa de la pólvora. Dormía al raso, en un camastro que Jándula le instalaba en la azotea, con una alcarraza de agua a la cabecera, sobre el pretil, donde la brisa del mar la refrescara. En la duermevela, después de contemplar el manto oscuro del mar con las distantes lucecitas de los barcos aragoneses que parecían otro firmamento, Orbán se imaginaba que regresaba a Edirne, al Valle de los Herreros, a la tumba de Jana. Otras veces se figuraba que Jana vivía, y la rememoraba en los distintos estados de ánimo que cabían en ella, Jana riente, Jana enfadada, Jana absorta.

Jana desnuda, en verano, cuando bajaban al arroyo de Kalindros, cerca de la represa, donde los surcos de piedra conducían el agua a los molinos. Jana y Orbán solían sestear en el alto de Amiros, bajo las ramas del higuerón. En la reja del caz el agua formaba un remolino sobre el que flotaban las manzanas blancas, ácidas, tan ricas, que el viento derribaba de los árboles. Orbán le presentaba la mejor a Jana, tras comprobar que no estuviera agusanada, y donde ella mordía con su boca fresca posaba él después los labios. Su mordisco, que abarcaba el de ella, alcanzaba al corazón de la manzana, con sus semillas negras y su carne aromática y prieta.

Había mucho trabajo en el arsenal, especialmente en la casa de la pólvora. Orbán enseñó a Alí *el Cojo* y a Jándula a apellar la pólvora. La extendían al caer la tarde sobre grandes lienzos que ocupaban todo el patio empedrado para que el relente nocturno la humedeciera.

—Cualquiera diría que estamos echando a perder la pólvora —comentaba Alí *el Cojo* preocupado.

—Sin embargo la estamos adobando —explicaba Orbán—. Cuando acabemos con ella será más potente que antes y se podrá trasladar de un lado a otro sin que se separen sus componentes.

Orbán distinguía entre pólvora propiamente dicha, que para él se limitaba al carbón y al azufre, de la sal de China, como llamaba al salitre. Alí *el Cojo* se mostró un alumno aplicado. A los pocos días lo distinguía él también y miraba con cierto desprecio a los que continuaban llamando pólvora a la mezcla real.

Había faena en los molinos de la casa de la pólvora. La pólvora de los lienzos amanecía húmeda, pero luego el sol abrasador la secaba. A la caída de la tarde se habían formado unos grumos o galletas que los operarios trituraban en el molino de piedra (1).

Había que triturar los grumos de pólvora con cuidado, en morteros de mano hasta reducirlos a polvo fino.

Un día Alí *el Cojo* invitó a almorzar a Orbán y a Jándula. Alí vivía en el barrio alto, el racimo de casas que descienden de Gibralfaro, a mitad de la cuesta. Tenía un criado y una esclava muda que atendía a los dos hombres de la casa, en noches alternas. Era Alí un hombre pacífico, moderadamente aficionado al vino, aunque acudía puntualmente a las oraciones y el viernes no faltaba en la mezquita.

—Yo hubiera querido ser adalid, porque mi padre pasó media vida en un morabito —confesó—. Era un hombre muy severo, Alá lo tenga en su gloria, que me había inculcado el amor a la milicia, pero recién cumplidos los diez años un carro de aceituna me pasó por encima y hubo que cortarme medio pie. Me metí de ayudante en una herrería y acabé de cañonero de Muley Hacén.

—Creía que tu cojera te la había provocado la caída de un cañón —dijo Orbán.

—Eso es lo que digo cuando no hay confianza, pero tú ya eres como mi hermano.

Orbán sintió la cálida amistad del artillero, aquel hombre retraído que jamás abriría su corazón. Alí escanció vino en las dos copas y bebió de la suya hasta la mitad antes de proseguir:

(1) De este modo los tres componentes se unen de forma más estrecha y estable: el azufre humedecido impregna las partículas porosas del carbón. El grano grande favorece la circulación del oxígeno y permite que la ignición alcance 2.000 grados, una combustión desconocida hasta entonces. (*N. del a.*)

—Tenía una huertecilla en los Vélez. Allí, por este tiempo, llega la brisa del mar y sopla entre los abedules. Cada tarde una lechuza se posa en el emparrado y te mira con los ojos grandes. Me gustaría saber quién sestea bajo aquella parra que planté con mis manos. Ya nunca volveré allí.

Alí se fue adormeciendo. Entre sueños murmuró: «bocas recién besadas estercolan la tierra».

Orbán se levantó en silencio y le hizo una señal a Jándula: «Marchamos.» El criado de Alí abrió la puerta.

—Le dices que nos fuimos —susurró Orbán.

En las calles desiertas restallaba el sol del verano. La luz dolía en los ojos. Apestaban las basuras recalentadas en el regato seco. Los perros que antes las devoraban habían desaparecido. Y los gatos. Padecía hambre la ciudad. El Zegrí había prometido mantener Málaga hasta el último aliento y era hombre de palabra.

Llevaba Orbán un mes en Málaga y apenas conocía la ciudad. Por la mañana bajaba al molino de la pólvora donde pasaba el día trabajando, con una breve siesta después del almuerzo. A la caída de la tarde, pasado el calor, llegaba el muchacho de la taberna del puerto con un cuartillo de vino. Lo pagaba, se encerraba en su habitación y pasaba el resto de la tarde canturreando en su idioma, hablando a veces en voz alta y emborrachándose. No volvía a aparecer hasta la mañana siguiente, muy temprano, cuando desayunaba pan tostado con aceite antes de dirigirse al arsenal. Pocas veces cenaba, si acaso algún fiambre, una sardina ahumada y un trozo de pan con aceite y miel. No se interesaba por ninguna mujer a pesar de que había abundancia de ellas en el barrio del puerto, no sólo las putas, sino muchas decentes que, impulsadas por el hambre, se entregaban por una hogaza de pan o medio queso.

Jándula se había acostumbrado a respetar su soledad cuando lo encontraba absorto en sus pensamientos.

—Es raro el turco —comentaba a veces con Alí *el Cojo*—. Será que los humos de la pólvora hacen loquear a la gente.

—¡Más humos que llevo yo respirados...! —decía Alí *el Cojo*—. Lo que le pasa a Orbán es que ha visto mucho mundo y las gentes así nos cerramos a la vida.

Jándula le había tomado aprecio y temía que aquella existencia insana minara su salud. No sabía si era un hombre solitario que prefería apartarse de la compañía humana o si aquella soledad era coyuntural, la propia del borracho en tierra extraña, lejos de los suyos. Jándula, desde que cobró cierta confianza, se lo había dicho algunas veces:

—Un hombre de tu edad, todavía firme para la lid, no es sano que pase el día trabajando como una bestia para quedar extenuado por la noche y empaparse en vino en lugar de entregarse al placer y a todo lo bueno que tiene la vida. Hay un tiempo para el trabajo y otro para el placer. El propio Mahoma dice que el placer es bueno y santo puesto que Alá lo ha dispuesto para sus criaturas.

Orbán sonreía y replicaba:

—Pero yo no soy musulmán, recuérdalo, y por lo tanto vivo al margen de los consejos del Profeta.

Otras veces decía:

—No tienes por qué velar mi sueño, si te apetece salir en busca de mujeres eres muy libre.

Pero Jándula le había cobrado afecto y cuando estaba en medio de la refriega amorosa lo asaltaba una especie de remordimiento. «Yo aquí pasándomelo bien y Orbán solo como la luna, aferrado a un recuerdo como si la vida tan pródiga y hermosa hubiera dejado de tener sentido, seco como la pólvora.»

Ésa era la vida de Orbán, el búlgaro.

Hasta el día en que se cruzó en su vida aquella mujer.

Había pasado la mañana en el arsenal y se dirigía con Jándula a Gibralfaro cuando se topó con ella al cruzar el mercado.

—¿Ocurre algo, amo? —dijo Jándula al verlo palidecer.
—Esa mujer... —murmuró.

Una mujer joven que discutía con el pescadero. Bajo la túnica azul añil se adivinaba un cuerpo hermoso de firmes muslos y armonioso trasero si bien los pechos podrían haber sido algo más grandes. No costaba imaginar una piel suave para los ungüentos, los aromas y las caricias.

Ya era hora de que se fijara en una mujer, pensó Jándula.

Ella terminó de regatear, pagó, depositó su pescado en el cenachillo de palma que llevaba al brazo y reanudó su camino. Orbán la siguió, a prudente distancia, la suficiente para no perderla de vista, con Jándula detrás. Recorrieron la calle de la Parra y atravesaron la alcaicería. La mujer no se detuvo. Se internó por el callejón del Codo y dobló tres o cuatro esquinas de la medina hasta llegar a un portón azul. Dio dos golpes de aldaba y un esclavo negro le abrió un postigo. Entró y el postigo se cerró a su espalda.

Eso fue todo. Orbán y Jándula permanecieron allí, indecisos, hasta que Orbán reaccionó, como volviendo de un sueño.

—Verdaderamente es ella... —dijo—. Si no la hubiera visto muerta, si no hubiera amortajado su cadáver, si no hubiera besado sus labios yertos, si no hubiera acariciado sus brazos fríos, habría jurado que es ella.

—¿Quién? —preguntó Jándula.

—Jana, mi mujer.

Aguardaron un rato, inútilmente, a ver si se abría la puerta y aparecía nuevamente la mujer que se parecía a

Jana. Después de insistir mucho, Jándula consiguió despegar de allí a su amo. Los esperaban en Gibralfaro donde el maestro de obras Ahmed Qasi dirigía la apertura de troneras bajas para los espingarderos, según las trazas de Orbán.

El resto del día el herrero búlgaro estuvo ensimismado y poco comunicativo. Absorto por completo en el recuerdo de aquella mujer.

Por la noche, después de la cena frugal, le dijo a Jándula:

—Averigua quién es.

Jándula había amistado con un pícaro llamado Bagadadi que a veces le suministraba grifa de la buena. Bagadadi se había criado en la calle y conocía por su nombre a todos los habitantes de la ciudad. Jándula invitó al pícaro a un tazón de ajoblanco fresquito en el puesto de la mezquita del Puente, junto al zoco de los caldereros. Se sentaron en el poyete, cada cual con su taza en la mano, y Jándula fue al grano. En cuanto le dijo dónde vivía la mujer misteriosa, Bagadadi la identificó.

—Se llama Isabel de Hardón —informó entre dos sorbos—. Es una esclava cristiana.

—¿Una esclava? —se extrañó Jándula—. Iba vestida como una mujer libre, y de posibles.

Bagadadi se rió como si hubiera oído algo gracioso.

—Es que es la concubina favorita de Ubaid Taqafi —hizo un gesto obsceno—. La capturaron hace cuatro años, cuando la madre de todas las batallas en la Ajarquía. Ella tenía veinte años y era la barragana de un obispo. La llevaron a Gibralfaro, con el resto de los prisioneros, y fue la primera persona por la que preguntaron los alfaqueques que vinieron al rescate, pero Ubaid Taqafi se había encaprichado de ella y rechazó todas las ofertas. El obispo envió varias veces al alfaqueque, siempre con una oferta más sustanciosa, doscientas doblas creo, pero a Ubaid Taqafi le sobra el dinero y siempre dijo que nones.

—Razonable —dijo Jándula—. Es que es muy hermosa.

—Hermosa, sí, pero bastante arisca. A Ubaid Taqafi le gusta que sea así y la tiene en tanto aprecio que un día la matará a palos.

—¿Cómo es eso?

Bagadadi apuró de un trago el ajoblanco del fondo de la taza. Eructó apreciativamente.

—¡Qué rico estaba el jodido!

—¿Por qué la va a matar a palos? —insistió Jándula.

—Le ha salido rebelde y él se enfada de vez en cuando y le da una buena tunda de correazos cuidando de no dejar señales. Ubaid Taqafi es muy rico y le sobran las esclavas más jóvenes y sumisas que ella, pero Isabel es su favorita. Cuando uno se acostumbra a un coño, eso es lo que pasa, que a los demás parece que les falta algo.

Aquella noche Jándula informó a Orbán. El búlgaro no hizo ningún comentario. Sólo repitió un par de veces el nombre de la mujer: Isabel.

—Es un nombre bastante corriente entre las cristianas —le dijo Jándula—. Así se llama la mujer de Fernando, la reina de Castilla, y así se llamaba, cuando era cristiana, Aixa, la mujer de Muley Hacén, que Alá tenga en su gloria, antes de hacerse musulmana.

Conversaron de otras cosas, pero la conversación regresaba indefectiblemente a Isabel y a su entorno.

—Ese Ubaid Taqafi pertenece al grupo de Alí Dordux, el cabecilla de los mercaderes que quieren pactar con Fernando —dijo Jándula—. Al-Zagal no se atreve a atacarlos porque dominan las reservas de grano de la ciudad, y si no fuera por ellos ya nos habríamos muerto de hambre, pero es del dominio público que ellos preferirían pactar con Fernando para conservar sus propiedades. Son todos muy ricos y les da igual que los gobierne un cristiano o un musulmán, con tal de conservar sus negocios.

CAPÍTULO IX

Las *siete hermanas Jimenas* tronaron tres veces a lo largo de la mañana. Los veintiún impactos se concentraron en una de las barreras exteriores de Gibralfaro, en la que produjeron graves destrozos. Desde las almenas, los guardas cenetes veían llegar los bolaños de granito con su zumbido característico, parecido al que produce un manto de seda al desgarrarse.

—Todos aciertan en el mismo lienzo, con poca variación —comentó Jándula, como para asegurarse de que se encontraba a salvo, a cincuenta pasos del blanco.

Estaban en la terraza almenada de una de las torres de la alcazaba. Cuando se disipaba la nube de humo en el cerrete de los Lirios veían hormiguear a los artilleros de Fernando detrás de los cestones, obedeciendo las órdenes del artillero jefe, un hombre alto, de perpunte dorado, con plumas en la cimera y un bastón de mando en la mano.

Él personalmente acercó la vara de hierro con la punta al rojo vivo al oído de la bombarda principal. Rugió el cañón escupiendo un chorro de fuego y humo.

Tembló la muralla al impacto. El muro quedó reducido a un montón de escombros.

Orbán asistía a la actuación de la artillería cristiana con distante interés. Al primer disparo se apostó en una torre lateral desde la que se observaba mejor al enemigo.

El Zegrí no tardo en aparecer con cara de haber dormido mal y su habitual escolta de cenetes. Se situó junto a Orbán.

—Aquel más alto que lleva un bastón en la mano es Francisco Ramírez de Madrid —lo señaló.

El jefe de los artilleros de Fernando era un guerrero experimentado y buen conocedor de su oficio. Dirigía a sus hombres con autoridad, señalándolos con el bastón. Orbán podía adivinar sus palabras: tú limpia la caña, tú cubre con mantas el cañón.

—Los abrigan para que no se resfríen —bromeó Alí *el Cojo*—. ¡Con el calor que hace!

Orbán lo miró, sorprendido.

—¿No sabes por qué hacen eso?

—No, no lo sé —admitió *el Cojo* encogiéndose de hombros.

—Porque si no abrigas las bombardas gruesas se enfrían demasiado rápidamente y acaban por agrietarse a los pocos disparos.

—Lo que le pasa a algunas de las nuestras —comentó *el Cojo*—. Si hubieras llegado antes tendríamos más bombardas.

Lo había dicho en presencia del Zegrí. Las reservas del primer momento habían desaparecido. Ahora Alí *el Cojo* se había convertido en el más fiel colaborador de Orbán. Incluso a veces rivalizaba con Jándula por servirlo.

El resto de la mañana Orbán estuvo más atento a cómo dirigía el fuego Ramírez de Madrid que al fuego mismo y a sus efectos sobre las defensas de Gibralfaro. Esa parte parecía no importarle. Intentaba conocer a su oponente.

Cuando cayó la noche, el Zegrí convocó al herrero.

—¿Qué te ha parecido la artillería de Fernando?

—Tienen bombardas potentes y saben usarlas —dijo Orbán.

—¿Qué necesitas para construir una bombarda igual de potente que las pueda alcanzar?

—Eso llevaría unos cuantos meses, y quizá para cuando las tengamos sea tarde.

El Zegrí lo fulminó con la mirada.

—¿Tarde? —rezongó—. ¿Por qué va a ser tarde? ¿Quién te ha contado que nos vamos a rendir? ¡Funde tus bombardas lo antes posible y no te preocupes de ninguna otra cosa! Yo he tomado este cargo con la obligación de morir defendiendo mi ley y la ciudad y la honra del que me lo entregó.

Orbán asintió.

—En ese caso, primero tendré que construir los hornos y acopiar mucho carbón y el metal, varios quintales de cobre y mucho estaño.

—Pide todo lo que necesites. Hazme una lista. Pero no quiero dilaciones ni pretextos. Ninguna cabeza está segura aquí y la tuya es como las demás.

Orbán no dijo nada, pero le sostuvo la mirada al Zegrí durante unos segundos.

—Si no tienes otra cosa que decirme, regresaré a la faena.

El Zegrí hizo un gesto displicente con la mano. Estaba furioso y lo enfurecía aún más la aparente indiferencia del búlgaro.

A la mañana siguiente, el Zegrí envió al herrero una hermosa sandía. Era su manera de disculparse por la brusquedad de la víspera.

Orbán organizó un equipo de trabajo para construir los hornos, junto al puerto, según las trazas que él mismo dibujó con ayuda del maestro de obras Ahmed Qasi. Otro equipo fabricaría carbón de buena calidad. Afortunadamente disponían de abundante leña en las atarazanas y en otros depósitos de la ciudad. El tercer grupo congregó a quince herreros de Málaga, el gremio al completo. Tras unos días de prácticas, para que comprendieran su método de trabajo, los puso a fabricar espingardas. Orbán había diseñado una espingarda más ligera que la que se estilaba entonces, sin armazón de madera, con la caña algo más larga. También instruyó a nuevos espingarderos en el manejo del arma y rescató muchas espingardas cristianas, de las tomadas al enemigo en el descalabro de la Ajarquía, que estaban oxidándose en los depósitos del arsenal.

Le parecía un atraso que todavía los musulmanes usaran honderos en tiempos de la ballesta y de la pólvora.

En cuanto a los metales, Orbán envió un par de cartas al Zagal solicitando más cobre, todo el que se pudiera allegar. A pesar del bloqueo, las pateras continuaban llegando al puerto, las noches sin luna, con vituallas y *muhaidines* zarrapastrosos y hambrientos, deseosos de inmolarse frente a los cristianos para convertirse en mártires de la fe.

Las noches de Orbán se habían vuelto inquietas. A pesar de que se acostaba agotado por un día de intenso trabajo, no conciliaba fácilmente el sueño. Hacía esfuerzos por beber menos, casi siempre fallidos. Algunas noches le daban las tantas de la madrugada bajo el manto de estrellas, en su camastro, las manos bajo la nuca pensando en la cautiva cristiana, en Jana, en la misteriosa identidad que creía descubrir entre las dos mujeres. ¿Era un milagro del amor que se hubiera encarnado en Isabel de Hardón? Había oído, una vez, a un juglar griego, en la plaza de Yenikapi, en Estambul, que cada persona tiene en el mundo un doble exacto porque la naturaleza gusta de los juegos especulares y de las simetrías. Pero el mundo es tan vasto que raramente uno se encuentra con su doble. ¿Quizá fue designio de los providentes dioses que el rey de Almería solicitara ayuda de Bayaceto y que Bayaceto decidiera enviarlo a él en lugar de su padre y que finalmente al-Zagal lo empleara en Málaga, todos propiciando el ciego destino que había dispuesto que él, que lloraba cada noche la pérdida de su amada, volviera a encontrarse con ella, en la misma forma, aunque en muy distinto lugar y en medio de adversas circunstancias?

Una mañana, mientras desayunaba su tazón de leche de cabra y tostadas de pan con aceite, le preguntó a Jándula:

—¿Tú crees que podría comprarle la esclava a Ubaid Taqafi?

Jándula le dirigió una mirada conmiserativa.

—¿Tanto te ha trastornado esa mujer, amo? ¡Verdaderamente estás loco! Ubaid Taqafi no se desprenderá de ella por todo el oro del mundo. Oro es lo que le sobra y, como ves, en las presentes miserias, no tiene dónde gastarlo.

Parecía conformarse Orbán, pero seguía rumiando sus pensamientos, pensando maneras de acercarse a la esclava, imaginando trazas para conseguirla y llevarla al Valle del Hierro, cuando terminara su misión en Occidente.

Orbán era un hombre de método y rutinas. Se despertaba a la misma hora, desayunaba y se iba al arsenal a vigilar las herrerías y la casa de la pólvora. A media mañana cruzaba la ciudad, siempre a pie, y se dirigía a la muralla. Regresaba al arsenal a la hora de la siesta y a media tarde inspeccionaba de nuevo las herrerías y subía a Gibralfaro. Cada día, en un momento u otro, informaba al Zegrí de la marcha de los trabajos que tenía encomendados. Después de aquel encuentro con la esclava cristiana cambió su costumbre. El paseo del arsenal a la muralla se alargó para incluir los lugares donde podía tropezarse con ella y la rutina se alteró para amoldarse a las horas en que ella solía salir, a media mañana o a media tarde.

Desde entonces menudearon los encuentros fugaces, sin ponerse previamente de acuerdo. Él sabía dónde podía encontrarla y ella sabía dónde podía buscarla su desconocido admirador. Isabel se había informado sobre la identidad del herrero turco que la seguía por mercados y callejas.

Un día Jándula regresó del mercado alborozado.

—¡Amo, noticias frescas! Anoche huyeron en un bajel cristiano Ubaid Taqafi y otros pocos traidores de los de Alí Dordux, el rico.

—¿Y Alí Dordux?

—Ése no, aunque es el jefe, se ha quedado, haciendo protestas de fidelidad a al-Zagal. No se quiere despegar de sus almacenes.

—¿Ubaid Taqafi se ha marchado, dices?

—Ha desertado.

—¿Con...? —titubeó Orbán.

—No. ¡Ahí está lo bueno! ¡A su esclava la ha dejado atrás! Dicen que después de embarcar su tesoro regresaba por ella, cuando dieron la alarma, el puerto se llenó de antorchas y, viendo el peligro que corría, prefirió regresar al barco.

No se hablaba de otra cosa en Málaga. El Zegrí hizo decapitar a cinco mercaderes atrapados cuando pretendían abandonar Málaga y encarceló a una docena de sospechosos. Alí Dordux no se atrevía a salir de su palacio, guardado por una escolta de mercenarios negros. Aunque no había pruebas contra él, todos los huidos eran gente de su cuerda. Se rumoreaba que estaban en tratos secretos con Fernando, que una comisión se había entrevistado con el rey cristiano en Tordesillas.

Aquella noche, Orbán soñó que él e Isabel se encontraban. Él la había seguido por las galerías cubiertas de la alcaicería. Entre el gentío, la perdió de vista. La buscó en un par de tiendas donde podía haber entrado, sin encontrarla. Le había perdido la pista. De pronto, al girarse, se dio de bruces con ella.

—¿Por qué me sigues, hombre? —le preguntó la muchacha mirándolo directamente a los ojos.

Orbán se sonrojó tan violentamente que le pareció que las orejas le iban a estallar.

—Te llamas Isabel —balbució—. No sé por qué te sigo. Me desvelo por las noches pensando en ti.

—Te llamas Orbán, el herrero. Me han dicho que has venido de muy lejos para construir cañones. Vistes como un pordiosero pero en tu tierra eres un gran señor.

—¿De verdad visto como un pordiosero? —preguntó Orbán casi aliviado por el giro frívolo de la conversación.

—No, no es cierto —concedió ella con una sonrisa—, lo que pasa es que se nota que no tienes una mujer a tu lado. Vas un poco desaliñado. Y ese turbante de la cabeza te envejece, aunque supongo que lo llevas para parecer más alto.

—Es que en mi tierra todos lo usamos.

Pasó algún conocido y la mujer se alteró visiblemente.

—¡Tengo que marchar! —dijo, cortante.

—¿Podremos vernos otro día?

—No sé. Ahora tengo que irme.

Fue todo. Cuando despertó del sueño se sintió feliz. Le parecía que era premonitorio de un próximo encuentro. Quizá ella era así, tan dulce, la voz ligeramente ronca, como arenosa, hablando árabe con un fuerte acento de Castilla.

Estuvo unos días sin verla. Ella apenas salía. Cuando reapareció llevaba puesta la túnica azul añil del primer día.

CAPÍTULO X

Sucedieron unos cuantos días tranquilos. Los cristianos estaban fortificando su campamento, sin prisa. En medio de esos preparativos, el Zegrí se impacientaba por ver actuar a su artillero jefe. Quería probar la famosa pólvora graneada.

A primeros de agosto, cuando rompen los huevos de la culebra y saltan de sus nidos los pollos del águila real, Orbán apareció una mañana recién afeitado y con el pelo recortado, bajó al polvorín y escogió un barrilete de pólvora. Lo destapó, introdujo una mano en él y se tiznó la cara.

—¿Y eso, amo? —preguntó Jándula.

—Te guarda de la acidez del humo, pero no te guarda de las preguntas de los bobos.

—Ya veo que estás de humor —dijo Jándula. Y se alegró de corazón de que el artillero hubiera cambiado su natural melancólico.

—Es que hoy nos consagraremos al Arte Regia, Jándula.

Se volvió hacia los oficiales.

—Que lleven este barril a Gibralfaro —ordenó—. Hoy vamos a probar un par de tiros.

—Te advierto que los tiros siempre se quedan cortos —advirtió Alí *el Cojo*—. Nuestros cañones no alcanzan hasta el campo cristiano. Francisco Ramírez de Madrid calculó nuestro alcance en los primeros días del asedio y señaló con estacas el perímetro seguro. Las tiendas y los pertrechos de Fernando quedan del otro lado, a salvo.

Orbán lo miró sonriente, con aquellos ojillos arrugados surcados de rayitas negras de carbonero.

—A pesar de todo, probaremos. Ya hemos mejorado la pólvora y hoy mejoraremos el cañón. Con un poco de suerte vamos a alcanzar la meseta del cerro de san Cristóbal, quizá más.

Había en la torre más avanzada de Gibralfaro dos bombardas de recámara de mayor calibre, con bolaños de granito, pero Orbán las ignoró. Se fijó en dos pasavolantes largos, *la Fogosa* y *la Temeraria*. Hacía tiempo que no se disparaban porque los cristianos evitaban el lado escarpado de Gibralfaro y se limitaban a bombardear las murallas que miraban al cerro de san Cristóbal, fuera del alcance del castillo.

Orbán examinó las piezas cuidadosamente, primero la superficie exterior, después el interior de la caña, con ayuda de una lamparilla que había fijado en el extremo de un escarbador. Realizaba las operaciones con soltura, como el que las ha practicado a menudo toda su vida. Descubrió una grieta casi imperceptible cerca del fogón de *la Temeraria*. La descartó.

—Dispararemos *la Fogosa* —dijo—. Lo primero, limpiarla.

Alí *el Cojo* ordenó a uno de los servidores que introdujera el escobillón.

—No, no —dijo Orbán—. Cuando digo limpiarla es limpiarla: a ver, una zalea.

Del cuerpo de guardia le trajeron una piel de oveja curtida. La hizo trizas y ató unas tiras de vellón al extremo libre del palo. Sumergió el atadijo en un cubo de aceite y tal como lo sacó, chorreando, lo introdujo en el cañón. Baqueteó enérgicamente una docena de veces, presionando a lo largo de todo el tubo, primero verticalmente y luego en círculos. Cuando lo extrajo, el vellón estaba teñido de óxido. Cambió las tiras de vellón y repitió la operación un par de veces. Sudaba copiosamente. Cuando ya no desprendía óxido la caña, terminó de limpiarla con la escobilla y examinó nuevamente el interior. Alí *el Cojo* lo miraba hacer con una expresión entre perpleja y cínica. No le parecía bien que Orbán, su oficial superior, se rebajara al ejecutar personalmente un trabajo que correspondía a los subalternos.

—¡Ahora está limpio! —dijo Orbán—. Pasemos a la carga.

En la casa de la pólvora, Orbán había enseñado a los artilleros a calcular las cargas en saquitos de papel. Ésta fue una de las innovaciones que Orbán introdujo en el asedio de Málaga. Hasta entonces los artilleros cargaban la pólvora por medio de una pértiga terminada en un recipiente cilíndrico de hojalata en el que se colocaba la mezcla. Se introducía en el cañón con la parte abierta hacia arriba y cuando llegaba al fondo de la caña se giraba media circunferencia para que la carga quedara depositada en lo más profundo.

—¿Traes la pólvora en un cartucho? —se extrañó el Zegrí.

—Sí, de este modo la carga se prepara cuidadosamente lejos del peligro y uno puede calcular exactamente cuánta pólvora pone, la misma en todos los tiros, pesada y medida.

El Zegrí asintió. Era una buena idea.

—Pon un dedo en el fogón —ordenó Orbán a su criado.

Jándula se apresuró a obedecer.

El herrero búlgaro apretó la carga con el atacador, compactándola.

—Ahora, el tapón de madera —dijo.

Orbán había enseñado a Alí *el Cojo* y a los otros artilleros a tapar la carga de pólvora con un disco de madera ligera, tilo, pino o sauce. Los de madera más pesada obstruyen a veces el tubo, les había advertido. Más de un cañón ha reventado no porque le hayan puesto una carga de pólvora excesiva sino porque los gases de la combustión no han conseguido desatascar el disco.

—¿Qué se hace ahora? —le preguntó a Jándula.

—¿Cebar el oído? —sugirió el aprendiz.

—Hazlo, ¿a qué esperas?

El criado llenó el cuerno de hojalata de pólvora nueva y lo vertió en el agujero del fogón. Lo atacó con el dedo meñique y volvió a llenar hasta que no cupo más.

Tres servidores habían empujado el cañón con ayuda de poleas hasta el centro de la azotea.

—Unid la caña y la recámara —ordenó Orbán. Los operarios se esforzaron en reproducir los nudos y ataduras que habían practicado bajo su supervisión en los días precedentes.

—¡La pelota! —ordenó Orbán cuando el cañón estuvo firmemente atado a su afuste.

Introdujeron una esfera de hierro del tamaño de la cabeza de un niño. Jándula la empujó con el atacador hasta que chocó con el disco de madera.

—¡Ahora, atención! —explicó—. Ningún cañón es perfecto y ninguna pelota es perfecta. Entre la caña y la pelota queda un espacio, el viento, por el que se escapa parte de la fuerza producida por la explosión. Eso le resta fuerza y, además, dificulta la progresión del proyectil que va rebotando en sus paredes.

—¿Y eso cómo se evita? —preguntó Jándula.

Orbán había encargado al carpintero cuñas de madera de distintos tamaños. Con ayuda de una pértiga encajó tres cuñas en el perímetro de la pelota de hierro.

—Ahora emplasto de cera —ordenó.

En un caldero puesto sobre el hornillo había cera derretida y trapos.

Jándula le tendió un trapo empapado. Lo introdujo en el cañón y lo empujó hasta el fondo de manera que cubriera el espacio libre entre la pelota de hierro y la caña de *la Fogosa*.

—Ahora está mucho mejor —dijo—. Ya no queda hueco por donde escape la fuerza.

Alí *el Cojo* y los otros artilleros asistían a la operación con una sombra de escepticismo a la que iba sucediendo cierta admiración.

—Ahora viene lo principal —dijo Orbán—, que es apuntar la pieza.

Hasta entonces Jándula había visto apuntar los cañones a ojo, alineando el resalte del zuncho de la boca con la estría del zuncho del fogón, lo que indicaba, más o menos, el eje de la caña.

Orbán extrajo de su faltriquera una escuadra triangular del tamaño de la palma de la mano, con el lado mayor ligeramente semicircular.

Al-Zagal lo miraba sorprendido.

—Se llama «barrasa» —explicó—. Los artilleros de Bayaceto calculamos con esto.

Tomó un pellizco de cera blanda del borde del caldero y lo aplastó detrás del oído del cañón, en la parte más alta de la pieza. La «barrasa» estaba provista de una cuerdecita lastrada con una lágrima de plomo que pendía del ángulo entre los dos catetos.

—Esta plomada nos indica exactamente la parte superior de la caña —explicó.

Se sacó de la cabeza la extraña medalla triangular que Jándula había tomado por signo de su extraña religión, quizá lo fuera, y la adhirió con otro pellizco de cera junto a la boca del cañón, en su parte más elevada.

—Ésta se llama joya de puntería.

A través de un taladro, la joya de puntería enfilaba una línea imaginaria con el resalte superior de la «barrasa».

Miró al cerro de san Cristóbal para calcular la distancia. Quizá trescientos metros.

—¡Elevad el cañón! —ordenó con voz serena. Los operarios se aplicaron con las palancas e introdujeron nuevas cuñas bajo el madero que sostenía *la Fogosa*. Orbán repitió varias veces los cálculos mirando a través de la joya de puntería.

—Hay que levantarlo un poco más. Dos dedos más.

Él mismo ayudó a encajar las nuevas cuñas. Comprobó de nuevo la puntería.

—Ahora está. Primero efectuaremos un disparo corto para corregir en el segundo. Bastante corto, para que los cristianos no recelen. Calzadlo por detrás.

Obedecieron y el cañón quedó inmovilizado. Orbán extrajo de su faltriquera dos bolitas de algodón impregnadas de cera y se taponó los oídos. No quería quedarse sordo demasiado pronto, como tantos artilleros.

Orbán no disparaba el cañón con una vara de hierro de pico curvo al rojo vivo, sino con una mecha encendida prendida en la punta de una vara de almendro.

—¡Apartaos! —ordenó.

Despejaron la torre. Unos se refugiaron tras las almenas del muro circundante; otros al amparo de los manteletes, decididos a no perderse el espectáculo. Desde la puerta, el Zegrí asistía al estreno de su jefe de artillería.

Había sucedido un silencio expectante. De pronto se oía el vuelo de un moscardón que rondaba por las sombras acechando la sartén de la cera. Orbán aplicó la mecha. La pólvora prendió al instante. Del oído de la pieza brotó un penacho de humo blanco. Cerraron los ojos.

Una conmoción y el estampido del disparo que los ensordeció en medio de una nube de humo acre de azufre que se aferraba a la garganta. El proyectil salió zumbando por los aires tranquilos y densos del verano y se estrelló contra unas peñas levantando otra nubecita de polvo acre, a un tiro de piedra del terraplén que defendía las baterías cristianas.

—Eso les dará que pensar —dijo el Zegrí entusiasmado.

—Démosle algo más que pensar —propuso Orbán—. A ver, mis hombres.

Los servidores invadieron de nuevo la terraza de tiro con sus palancas e instrumentos. Orbán recitaba el proceso, como si fueran aprendices en el campo de entrenamiento. «Se pasa un palo o hierro por el fogón hasta que no quede ningún grano de pólvora adherido al interior. Luego se limpia el ánima con un escobillón.» Mientras unos limpiaban el cañón, otros preparaban la pólvora. Orbán vertió dos cazos de aceite en la boca de la pieza.

Limpio el cañón, Orbán repitió la operación de cargarlo y apuntarlo, esta vez sobre la corrección del primer disparo. En el cerro de san Cristóbal reinaba cierta actividad.

—Van a replicar —auguró *el Cojo*—. Están preparando las bombardas.

En efecto. Ramírez de Madrid ordenaba con su vara la carga de las *siete hermanas Jimenas*. Un pequeño ejército de servidores se afanaba alrededor de los monstruos de hierro.

Orbán había terminado.

—¡A cubierto!

Corrieron a ocultarse tras los manteletes.

Sonó el nuevo disparo. Una espesa nube de humo blanco invadió la terraza. Cuando se disipó comprobaron que el proyectil había impactado sobre la hermana Jimena más adelantada, que yacía en el suelo, fuera de su cureña. Varios servidores pateaban en tierra heridos por la metralla. Otro aullaba aplastado por la recámara. De las torres y lienzos de Gibralfaro, donde una multitud de *muhaidines* asistía al duelo, se elevó un clamor de victoria. Ululaban, vibrando la lengua y entrechocaban las adargas de piel de antílope. Los artilleros se abrazaron entusiasmados.

—¡Alá es Grande, Alá es Grande, Alá nos otorga la victoria! —gritaban aborozados.

—¡Un buen tiro! —aprobó el Zegrí palmeando el hombro de Orbán.

Parecía el búlgaro menos conmovido que los demás. Orbán era uno de esos hombres de sangre gorda que apenas se conmueven por los éxitos o los fracasos.

—¡Limpiad de nuevo! —ordenó a los servidores.

Los cañoneros se aplicaron a la tarea con renovado entusiasmo. Esta vez no fue necesario que les recordara cómo se ejecutaba correctamente cada operación. Estaban deseosos de servirlo.

—¿Va a disparar de nuevo, amo? —inquirió Jándula.

—Eso haremos. Todavía no se ponen a cubierto. Creen que hemos acertado por casualidad.

Para el tercer tiro, Orbán había reservado un cartucho liviano. Cuando la caña de la bombarda está caliente no es necesaria tanta pólvora.

Disparó de nuevo y el impacto desmontó una segunda hermana Jimena, si bien sólo afectó al tronco de la cureña y el cañón quedó en condiciones de disparar cuando le repararan el afuste.

Esta vez Ramírez de Madrid comprendió que aquello no podía ser casual. Los cañones enemigos no sólo alejaban más sino que lo hacían con una puntería desconocida hasta entonces. Viéndose en inferioridad de condiciones, aplazó la réplica y se concentró en la tarea de salvar sus bombardas. Ordenó prender fuego a un par de haces de leña fresca para que la espesa humareda dificultara la puntería del enemigo y retiró el material fuera del alcance de la nueva artillería de Gibralfaro. Unos adelantaron los pesados manteletes mientras otros protegían con troncos los cañones caídos. Lo último que vieron los de

Gibralfaro fue a Ramírez de Madrid yendo de un lado para otro, nervioso, dando órdenes a gritos, desesperándose, descargando de vez en cuando su bastón en la espalda de algún rezagado. Los auxiliares le llevaron bueyes y ruedas. La operación era laboriosa porque había que encajar las ruedas y uncir los bueyes. Orbán hizo dos disparos más tirando casi a ciegas y desmontó una tercera bombarda, sin destruirla. Cuando cesó el bombardeo, las *siete hermanas Jimenas* se habían reducido a cuatro.

CAPÍTULO XI

En Málaga sólo se hablaba de la destrucción de las bombardas cristianas por el herrero turco. El pueblo se había olvidado momentáneamente del hambre y del incierto futuro para celebrar la hazaña con canciones y panderos. El relato aumentaba de boca en boca en las plazas y en los patios, en las fuentes públicas y en los muelles portuarios. Se decía que el artillero turco había despedazado seis de las *siete hermanas Jimenas* y que la séptima se había salvado porque los cristianos lograron retirarla a tiempo fuera del alcance de aquel demonio. Según algunos, la habían enterrado para protegerla de la puntería del búlgaro. Y todo esto lo había conseguido el forastero con una bombarda que estaba medio desahuciada porque tiraba torcido.

El Zegrí no podía desaprovechar un suceso que elevaba la moral de la decaída población de Málaga y reverdecía su marchita esperanza en la victoria. ¿Y si, después de todo, los cristianos mordían el polvo y se veían obligados a levantar el cerco? ¿No era acaso jefe de las tropas de Fernando el mismo marqués de Cádiz al que habían derrotado y obligado a huir vergonzosamente unos años antes en la Ajarquía? Quizá, después de todo, conquistar Málaga no le resultaría a Fernando tan fácil como pensaba. ¿Y si se prolongaba la resistencia hasta que el soldán de Egipto enviara las tropas que, al parecer, había prometido o hasta que al-Zagal reclutara un ejército de *muhaidines* en las mezquitas del Magreb?

El Zegrí ordenó un reparto extraordinario de trigo a la población e invitó a celebrar la victoria a los notables de la ciudad y a los jefes del ejército. La cuesta que conduce a Gibralfaro se llenó de literas, de caballos enjaezados y de lacayos que aguardaban la salida de sus amos. Asistieron incluso los que quedaban de la secreta facción de Boabdil, Alí Dordux y los otros mercaderes partidarios de pactar con Fernando. Alí Dordux y los suyos sonreían y saludaban con forzada cortesía a los caudillos de los cenetes y los jefes de la temida y despreciada milicia *muhaidin*. Los príncipes norteafricanos lucían sus menudas cotas de malla y sus espléndidos sables de Damasco.

Circularon criados vestidos con túnicas blancas y bandejas con variados manjares, cordero tajine con dátiles, con su punto de jengibre, cilantro, azafrán, sal y pimienta, y gallina jorobada, el plato favorito del Zegrí, en el que la supuesta joroba del ave no es sino un relleno majado de ajo, canela, huevos y garum, presentado en una bandeja con ramitas de ruda, especias y yemas de huevos cocidas.

Aunque casi todos los notables malagueños guardaban vino en sus casas, que iban administrando sabiamente, alargándolo para hacerlo durar mientras se prolongara el asedio, en la fiesta se resignaron a beber sorbete de granada, horchata y limonada, dado que asistían los jefes cenetes, los caudillos *muhaidines* y otros devotos islámicos que se hubieran escandalizado ante una frasca de mosto.

Las conversaciones optimistas de la primera hora dieron paso a las confidencias de los corrillos. Pasaban bandejas de víveres y los invitados los tomaban en pequeñas porciones con los dedos. Ninguno de ellos pertenecía a la inmensa mayoría de los habitantes de la ciudad que padecían hambre. En el camino de regreso a las cocinas, a salvo de la mirada inquisitiva del mayordomo, los criados y los camareros se embutían en la boca grandes pellas de alimento.

Cuando todos se hubieron saciado, el Zegrí se levantó de su jamuga, abrazó a Orbán, y alzando la voz, que lo oyeran todos, le dijo:

—¡Ayer restauraste el honor de Alá! Tu hazaña al humillar el orgullo de Fernando te asegura un asiento perdurable en la galería de los héroes. Pídeme lo que quieras y te lo concederé.

—No tienes que darme nada —respondió Orbán un poco incómodo—. Sólo he practicado mi oficio. A eso vine.

El Zegrí rió de buena gana mostrando su dentadura de lobo.

—¡Practicar su oficio! ¿Lo habéis oído? —exclamó volviéndose hacia la concurrencia—. ¡No seas modesto, hombre! Has hecho bastante más que practicar tu oficio. No sé qué clase de mago eres. Llevo toda mi vida combatiendo, he visto disparar muchos cañones y nunca había presenciado un prodigio semejante. ¡Un ángel ha bajado del cielo para llevar en sus manos la bala de hierro y castigar la soberbia de Fernando! Insisto en concederte lo que quieras. Málaga está rendida a tus pies. —Se volvió hacia los asistentes y preguntó—: ¿No se merece este *muhaidin*, combatiente de la fe, una recompensa?

Un murmullo aprobatorio se elevó de la concurrencia. Incluso Alí Dordux y los suyos estuvieron de acuerdo en que se la merecía.

—Propongo que los mercaderes, cuyos intereses estamos defendiendo, hagan una colecta voluntaria entre ellos y le entreguen cien piezas de oro.

Dos docenas de cabezas alarmadas se volvieron hacia el gordo Alí Dordux que en aquel momento se llevaba a la boca una costilla de chivo. Antes de hablar la devolvió a la bandeja, requirió a su criado de cabecera, que le acercó una escudilla de plata con agua de rosas en la que se lavó los dedos, gordos como morcillas. El Zegrí, con su media sonrisa feroz, aguardaba la opinión del rico mercader. Alí Dordux alzó las manos en solicitud de silencio y dijo:

—Los mercaderes a los que me honro en representar en esta ilustre asamblea, como el resto de los malagueños, le debemos perpetuo agradecimiento al hombre que ha humillado a Fernando, de eso no cabe la menor duda —murmullos de aprobación—. No obstante, y conste que lo último que yo quisiera es empañar con mis palabras la alegría de esta asamblea, ¿qué hemos logrado? Suponiendo que verdaderamente hayamos destruido las bombardas que dicen que se han destruido, ¿qué importa? ¿Acaso no dispone Fernando de otras? ¿No recibe continuamente refuerzos por tierra y por mar, víveres, cañones y soldados de toda la cristiandad que acuden a ganar esa bula que llaman de la Cruzada? Ahí, delante de nuestros muros, tenemos ingleses, portugueses, franceses, suizos, toda la escoria de la cristiandad, gentes de mil leches que acuden como moscas a la herida de al-Andalus, sedientas de sangre y de ganancias. Decenas de herrerías producen cañones para Fernando. ¿Qué importancia tiene que le destruyamos media docena? Mañana mismo los reemplazará con dos docenas. En los días pasados hemos tenido algunas alegrías tan grandes como las de hoy, pero ¿acaso no se han convertido después en aflicción y tristeza? Acordaos de las esperanzas que pusimos en los navíos. Ahora están en el fondo del mar. Y las naves de Aragón, cada vez más numerosas, nos tienen bloqueados. En la mar occidental, que antes era nuestra, sólo transitan las naos que aprovisionan a los cristianos de vituallas y pólvora. Valencia, Barcelona, Sicilia, Portugal... toda la cristiandad apoya a Fernando, mientras el islam nos desampara y nos ignora. Repito que yo soy el primero en alegrarse de los éxitos de nuestro buen amigo Orbán, y lo felicito por ello, pero creo que debemos moderar nuestro entusiasmo y pensar, una vez más, si no convendría más a los intereses de los creyentes y de la ciudad tratar con Fernando unas condiciones honrosas para que podamos conservar lo que tenemos antes de que sea demasiado tarde y se pierda todo.

El Zegrí le dirigió una mirada rencorosa.

—Alí Dordux no ha dicho nada nuevo —replicó—: que debemos entregarnos a Fernando para que haga de nosotros lo que le plazca. En otros labios esa declaración podría sonar a traición, pero yo sé que Alí Dordux es un buen musulmán que obra en conciencia, aunque esté muy equivocado. Por eso, por el momento, no tendremos en cuenta sus palabras. En cuanto a nuestro amigo el ilustre Orbán debo decir que la modestia es un collar admirable que adorna su cuello. No obstante, no puedo aceptarla. Un hombre debe tener el reconocimiento que merece para que, viendo el ejemplo de su virtud, los que no son nada aspiren a ser como él. No de otro modo avanza la comunidad de los creyentes y progresan sus estados. A una hazaña tamaña corresponde una buena recompensa. ¡Insisto en concedérsela! Este hombre ha venido como un regalo de Alá y lo hemos puesto a trabajar sin procurarle comodidad alguna. Hasta ahora ha vivido en un cuartel, en un aposento desnudo del arsenal, con solamente un criado. Desde hoy residirá en la casa que era de Ubaid Taqafi, el traidor, en la cuesta de las Parras, y se le asignará una renta digna y un servicio de esclavos y caballos a costa del erario público.

Los jeques y los cenetes coincidieron en que era una

recompensa más que merecida y alabaron la justicia del Zegrí; los mercaderes mostraron un entusiasmo más moderado.

—No es todo. —El alcaide solicitó silencio levantando las manos para acallar los murmullos—. Hay algo más. Nuestro amigo Orbán necesita una mujer que alegre sus noches y que cuide de su persona, a ver si entre todos conseguimos que vista con el decoro que corresponde a un notable. —Se volvió hacia él y le guiñó un ojo—. Tengo entendido que hay en la ciudad una cautiva que ha hallado gracia a sus ojos, la esclava cristiana de Ubaid Taqafi.

—Es cierto, sidi —se apresuró a certificar Alí *el Cojo*—. Eso es del dominio público.

Orbán se sonrojó al ver publicada tan crudamente su pasión secreta.

—¿Qué dices, Orbán, aceptas la esclava? —preguntó el alcaide con una sonrisa cómplice.

—Señor, no me pertenece —balbuceó Orbán.

—Los bienes de los traidores que huyen con Boabdil y Fernando pertenecen ahora al Estado y el Estado te recompensa con esa esclava y con esa casa.

—No sé qué decir.

—No tienes mucho que decir. Al-Zagal te recompensa por tus servicios, y para que sirva de ejemplo a los tibios y derrotistas presentes y ausentes —dijo el Zegrí mirando intencionadamente a los mercaderes.

—Acepto —murmuró Orbán.

—Muy bien —sonrió el Zegrí—. Seguro como estaba de tu asentimiento, ya había ordenado que trasladaran tu equipaje a tu nueva morada.

Terminó la fiesta. Los invitados se despidieron del Zegrí y abandonaron Gibralfaro comentando el súbito encumbramiento del herrero búlgaro. Orbán salió de los últimos. Al verlo, Jándula se precipitó sobre él y tuvo que reprimirse para no abrazarlo. Le hizo la zalema y le besó la mano y el borde de la túnica.

—¡Yo sabía que algún día te iban a valorar, amo! ¡Ya era hora de que brillara la Justicia! ¡Alá es Grande, además de Misericordioso y todo lo demás que pregona el muecín!

Orbán estaba un poco aturdido por las dádivas del Zegrí. No era un cortesano, pero por razón de su oficio y de su familia, llevaba toda la vida en contacto con la corte del sultán de Estambul. Sabía que todo lo que asciende demasiado rápido, cae con la misma o mayor celeridad. Por otra parte, no se entusiasmaba ni se apesadumbraba fácilmente. Aceptaba los éxitos y los fracasos como accidentes que depara la vida.

—Vámonos a casa, Jándula, que mañana nos espera mucho trabajo.

Caminaron hasta la nueva residencia precedidos por un criado que portaba una linterna de aceite, Jándula con su parloteo excitado, Orbán en meditativo silencio.

El Zegrí le había entregado a Isabel. En ningún momento dijo si en propiedad o sólo en préstamo. Supuso que mientras durara el asedio, o mientras permaneciera en su favor. Y el favor del Zegrí se ganaba mediante hazañas militares. La única procupación del alcaide de Málaga era quebrarle los dientes a Fernando y obligarlo a levantar el cerco.

La vivienda asignada a Orbán era una mansión en la zona residencial, sobre la colina de los Céfiros, con una terraza balconada que asomaba al mar por encima del arsenal.

El edificio principal tenía dos plantas en torno a un amplio patio central. Arriates de plantas balsámicas rodeaban los muros. En el centro, una fuente baja, de cerámica, alimentaba un estanque en el que nadaban ciprinos dorados y flotaban nenúfares azules y blancos. La casa tenía también su huerta con muchos árboles frutales, todo encerrado por una tapia.

Cuando llegaron, la fachada estaba alumbrada con una docena de candiles de aceite, como si fuera fiesta. El mayordomo, un anciano pulcramente vestido de blanco, con un gorrillo rojo en la mano, acudió solícito a dar la bienvenida. Quiso besar la mano del nuevo señor, lo que Orbán no permitió, y le entregó solemnemente un manojo de llaves que el búlgaro le devolvió con deferencia. En el vestíbulo aguardaban tres criados jóvenes y un cocinero viejo, que el mayordomo presentó al señor.

—¿Deseas que te muestre la casa, señor?

—Mañana, quizá. Esta noche estoy cansado.

—En tal caso, el dormitorio principal está preparado.

El mayordomo lo acompañó hasta el aposento, en el piso superior. Era una estancia muy amplia. La lámpara de bronce, que iluminaba la tarima sobre la que habían extendido una colchoneta con su sábana, no disipaba la penumbra de los rincones.

Se despidió el mayordomo y Orbán echó el cerrojo. Se sentía aturdido. Demasiadas sensaciones en poco tiempo. Se sentó en un extremo de la cama. Se miró las manos endurecidas, las uñas remachadas de obrero manual. A la luz de la lámpara parecían herramientas. El favor de los poderosos. Te honran mientras los sirves. El día que Fernando desmonte tus bombardas caerás en desgracia.

Intentaba ordenar los pensamientos cuando lo sobresaltó un tintineo de ajorcas en la penumbra.

No estaba solo.

Orbán tomó la lamparilla de aceite y la elevó en la dirección del sonido. Allí estaba Isabel de Hardón, seria y recogida, con la túnica añil que le había visto otras veces. Sentada en un poyo de la terraza, la muchacha lloraba en silencio. Su silueta se recortaba en el fondo de estrellas, con las distantes luces de los barcos aragoneses al fondo.

Orbán se le acercó, el corazón palpitándole fuertemente en el pecho, y tomó asiento a su lado. No esperaba verla tan pronto. Había supuesto que el Zegrí se la enviaría al día siguiente de una manera más formal. Contempló a su sabor el rostro de la muchacha. De cerca se parecía menos a Jana, lo que le agradó porque alejaba el doloroso fantasma de la mujer muerta. Era ella misma, Isabel, no otra persona. Una mujer de la que no sabía nada, una extraña con la que, sin embargo, estaba familiarizado porque la había observado muchas veces y su imagen había llenado muchas vigilias febriles. Nunca la había encontrado tan bella. De cerca, tan indefensa, mirando a su nuevo dueño con sus bellos ojos de cierva herida, le parecía la mujer más hermosa de la tierra.

Tragó saliva Orbán. El corazón le latía en la garganta.

—No te esperaba tan pronto —confesó—. ¿Cómo te llamas?

—Sabes cómo me llamo. —La voz de la muchacha sonó destemplada. Como había imaginado tantas veces hablaba un árabe tortuoso, con fuerte acento castellano—. Llevas un tiempo siguiéndome por los zocos, espiando la casa de Ubaid Taqafi.

Asintió Orbán en medio de las tinieblas. Ella lo miró a los ojos con los suyos arrasados en lágrimas.

—Tuve una esposa que se parecía mucho a ti —dijo el búlgaro—. Se llamaba Jana. Murió hace años.

La muchacha comprendió.

—Yo me llamo Isabel —dijo en un susurro.

Ahogó un sollozo. Orbán titubeó antes de ponerle una mano en el hombro. Percibió bajo la fina túnica de lino un leve escalofrío. Recordó un poema del turco Algazil. «Como las almas perdidas que habitan los torbellinos de nieve del Ararat.»

Isabel lloraba en silencio.

—¿Por qué lloras? Si quieres puedes irte.

Ella le dirigió una mirada alarmada y suplicante. Negó con la cabeza, incapaz de articular palabra.

—No —dijo al fin—, no es eso. —Y después de un par de hipos—: Me da igual donde esté. Soy esclava. Prefiero estar aquí. La vida será menos espantosa que al lado de Taqafi.

—No quiero retenerte contra tu voluntad —dijo Orbán.

Isabel se enjugaba los ojos con el borde de las mangas.

—No, es eso, señor, perdóname. Ya se me pasará.

—Llamaré al mayordomo para que te prepare una alcoba.

—No, por favor, señor, déjame contigo —le suplicó mirándolo a los ojos nuevamente—. Si creen que no te agrado me devolverán con el Zegrí y quizá me regale a algún cenete. Me acurrucaré en ese rincón. No voy a molestarte. Te serviré sin rechistar.

Orbán asintió. Mientras ella se acomodaba, salió a la terraza, para permitirle algo de intimidad. Contempló las estrellas mientras la brisa del mar le refrescaba el rostro. A lo lejos, las luces levemente oscilantes de las naves aragonesas.

Cuando Orbán regresó al aposento, Isabel estaba dormida o fingía estarlo. Había extendido un camastro, con dos cobertores y una sábana, en el rincón opuesto de la estancia. Orbán se desvistió y se acostó en el lecho principal. Le costó conciliar el sueño. Demasiados sucesos en pocas horas: la victoria sobre los cristianos, el súbito encumbramiento en el favor del Zegrí, el regalo del palacete y, lo más importante de todo, aquella muchacha extrañamente parecida a Jana.

Cuando despertó, un poco antes de amanecer, se sobresaltó. Isabel, sentada a su lado, lo observaba pensativa. Le había preparado una limonada con miel.

—Madrugas mucho, mujer.

—Eres un buen hombre —dijo ella—. No quiero separarme de ti.

—No me conoces —replicó Orbán—. No sé si soy un buen hombre.

—Eso es lo que todo el mundo dice. Yo también había preguntado por ti cuando noté que me seguías.

Aquel día, camino al arsenal, con un exultante Jándula al lado, Orbán no podía alejar de su pensamiento a la mujer. Jana con otra voz y otro idioma, Jana veinte años más joven reproducida en aquella cautiva que la fortuna había puesto en sus brazos.

CAPÍTULO XII

Pasaba el día en la armería, pero, al caer la noche, regresaba a casa lo antes posible para estar con Isabel. Se encerraba con ella y hablaban medio en tinieblas, como la primera vez, hasta que el sueño los rendía y cada cual se echaba en su camastro.

Cuando la conversación decaía, Isabel se sentía cohibida. Entonces preguntaba por lugares lejanos y Orbán respondía con largos parlamentos en los que había más de reflexión personal que de diálogo.

—Provengo de una ciudad memorable, Estambul. Antes se llamó Constantinopla; antes aún, Troya y antes aún no sé cuántas ciudades que vivieron con la pujanza de su tiempo, de las que no quedó ni la memoria ni la piedra. Rompimos el muro, invadimos la urbe, nos adueñamos de ella y dejamos pastar nuestros caballos en los atrios de las iglesias bajo las lámparas de oro y ámbar. Vivimos sobre las casas, los palacios, los templos, los pavimentos de los griegos como sobre un cementerio. ¿Quién se acuerda de ellos? Pasan los imperios como las hojas del otoño y donde antes brilló la rosa a la sombra gloriosa hoy es polvo y nada.

Una vez le preguntó por aquella mujer que se le parecía, Jana.

—La amé y ha muerto —murmuró el herrero, como para sí. Recorría con su aliento, dejando besos quedos, la cerviz sudorosa de la muchacha—. El amor se encarna ahora en la vida, la vieja y profunda herida que arde con fuego secreto. No tengo camino ni sé a dónde voy, ni lo que nos queda por recorrer, ni a qué rincón del mundo nos aventará el viento. Sé sólo que quiero estar a tu lado y que acudo a ti como el ciervo sediento a la fuente.

La séptima noche, la tomó de la mano y la llevó a su lecho. Ella se dejó explorar con tierna pasividad, absorbiendo con sabiduría femenina las apetencias del extranjero, al que empezaba a amar. Lo encontró mucho más delicado que los otros hombres que había conocido. El deán la tomaba con violencia, hiriéndola con su miembro y con los dientes, dejándole marcas, castigándola y castigándose. Ubaid Taqafi le prodigaba caricias brutales para compensar la debilidad de su miembro, decaído con la edad. Los días que tomaba cantárida y lograba la dureza de antaño se la hacía sentir con brutal asiduidad, más pendiente del dolor que del placer. Con aquellos precedentes, la muchacha descubrió la delicadeza y la intensidad del gozo en brazos del hombre reservado y atento del que se estaba enamorando.

Conocimiento es el amor. Isabel, consciente de que había un misterio detrás del extranjero, intentaba desvelarlo.

—¿Echas de menos tu tierra? —preguntó un día, tras el silencio que seguía a la amorosa refriega.

Orbán se lo pensó antes de responder.

—A veces.

Sonaban densas las palabras en la oscuridad y en el silencio.

—¿No te acuerdas de tus hijos?

Recordó la fría despedida, a la sombra de Orbán el viejo.

—Son dos buenos chicos. Pronto serán dos hombres.

Le parecía a Isabel que Orbán prefería no hablar de su

gente ni de su tierra. Quizá le dolía la distancia, quizá los echaba de menos y no los mencionaba por no ahondar la herida. En tal caso pensó que lo consolaría hablar de ellos.

—Los búlgaros, ¿qué habláis?

Orbán se rió levemente en la oscuridad.

—El búlgaro, claro.

—¿Es árabe?

—No, es búlgaro.

—Dime algo en búlgaro.

—*¿Qué quieres que te diga?*

Isabel palmeó divertida.

—¡Oye, suena muy bonito! ¿Qué me has dicho?

—Te he dicho «¿qué quieres que te diga?».

—Dime algo más.

—*Estoy perdido en una tierra lejana, sin saber muy bien qué hago, y sin embargo me siento bien a tu lado. Eres una mujer extraña, sé que el día menos pensado todo esto cambiará y ya no estarás a mi lado y, sin embargo, disfruto cada momento de estos días contigo.*

—¿Qué has dicho?

—He dicho que Málaga es una bonita ciudad, al amparo de un fuerte castillo, asomada al mar tranquilo y que cuando termine la guerra volverá a ser una ciudad feliz.

—¡La guerra! —susurró Isabel—. No sé qué nos traerá la guerra. Dime algo más en búlgaro.

—*Orbán primero trajo de China el secreto de la fusión del hierro, cuando en Occidente no había hornos capaces de alcanzar la temperatura necesaria. Se lo había enseñado un sacerdote en una pagoda de hierro en Luoning, provincia de Shantung.*

»*Orbán primero sabía de barros por el sabor y el color y el olor, las arcillas refractarias para enfoscar las paredes de los altos hornos tubulares.*

Isabel estaba encantada.

—¿Qué me has dicho?

—Te he hablado de Orbán el primero, mi tatarabuelo. Que fue a China y aprendió a fundir el hierro. Se lo enseñó un sacerdote. También conocía la fortaleza de un barro por el sabor y el color. Era un hombre muy sabio. Se casó tres veces y tuvo diecinueve hijos, pero solamente seis de ellos se dedicaron a la herrería.

—El búlgaro suena como música, acaricia como el terciopelo —dijo Isabel—. Dime más cosas. Háblame en búlgaro.

Orbán se apoyó en un codo y contempló el perfil de la mujer. A la luz de la luna, sus pechos grávidos palpitaban con la respiración pausada.

—*Cuando cumplí diez años mi abuelo me llevó con él a la campaña contra los válacos. Quería que me acostumbrara al estampido del cañón y a las incomodidades de la guerra. También quería que olvidara a mi madre, que había muerto no hacía mucho. Pasamos aldeas y ciudades, a sangre y fuego, quemando la tierra, talando los huertos, incendiando las cosechas, hundiendo los puentes. Cada día veía decenas de cadáveres a veces cientos, el cielo lleno de buitres y cuervos, la tierra hediendo a muerto, humo, cenizas, ruina, niños como yo con los ojos arrancados de sus órbitas, las gargantas segadas, violados primero, por doquier el negro de las cenizas, el ocre oxidado de la sangre seca, los cadáveres yertos en posturas grotescas, a veces levantando un puño iracundo, otras veces queriendo hundirse en el barro, ahogados. Vi la labor del cañón, mujeres destripadas con su hijo en brazos, vivo, aferrado a las tetas vacías, brazos y piernas cercenados, perros salvajes gordos que van de un cadáver a otro escogiendo los mejores bocados... las bocas mudas, los huesos blancos, las cabezas abiertas, a veces los hombres ponían dos cabezas en una barda de piedras como en conversación, otras veces una mujer y un hombre desnudos en la postura de copular. Esas cosas veía yo con diez años tras los cañones de mi abuelo. Llegábamos a un castillo rebelde, instalábamos las bombardas. Mi abuelo me obligaba a disparar el primer* tiro, para endurecerme. ¿Y si estalla la cámara?, le preguntaba aterrorizado. «Cada uno muere cuando tiene que morir. No debes tener miedo. Los Orbán tenemos el secreto de la muerte y de la pólvora. Si no tienes miedo, la muerte te respeta. Acerca el hierro candente al oído del cañón y tronará por ti. Es mejor que estar con una mujer, mejor que cabalgar al lado del príncipe con vestiduras de oro, mejor que poseer a una mujer hermosa que has deseado durante largo tiempo.» Una mañana de niebla, con el rocío cubriendo la hierba y la lluvia goteando de los árboles, creo recordar que escuché el trino matinal de un ruiseñor. No estoy seguro, aunque ese trino me ha obsesionado mucho tiempo. Después los carros rodando sobre las piedras con sus llantas de hierro. Los cañones tomando posiciones, los azadoneros excavando el lecho de cada bombarda. El olor del cuero y del hierro de las corazas cubiertas de rocío, el olor de las bostas de los caballos, el aroma del pudridero que acompaña al ejército, el sudor de los jenízaros y de los esclavos que se afanan tras las bombardas del Gran Señor. El castillo se llamaba Dravik. Antes de que amaneciera, a la luz de las antorchas, mi abuelo hizo sus cálculos sobre la mesa de tijera que lo acompañaba, rodeado de una docena de jefes expectantes, grandes señores de la guerra que veían en las bombardas un artefacto diabólico y nos creían a los herreros dotados de misteriosos poderes. Trataban a mi abuelo con miedo reverencial y jamás hubieran osado interrumpirlo cuando calculaba la carga y la trayectoria de sus piezas. Mi abuelo había apuntado a la jamba de una puerta secundaria que los válacos habían lodado por fuera. Sus sospechas se probaron ciertas: el mortero no había fraguado todavía y el muro se vino abajo dejando a la luz una puerta de madera carcomida cubierta de planchas oxidadas. Tres tiros más y saltó en pedazos. Los jenízaros se lanzaron al ataque mientras los espingarderos parapetados detrás de los manteletes evitaban que los defensores coronaran las almenas. Para la hora del almuerzo la ciudad estaba tomada. No hicieron prisioneros. Había tantos en aquella campaña que el precio del esclavo había caído y no compensaba. Los válacos empalaban a sus prisioneros, los turcos empalaban a los válacos. Había entre los jenízaros maestros empaladores, tan diestros en su oficio que garantizaban una muerte lenta, tres días muriendo, para sus penitenciados. Penetramos en el castillo, camino del cuartel de los artilleros, en la parte alta de la aldea, por una calle adornada de empalados a uno y otro lado, hombres, mujeres y niños aullando entre atroces tormentos. Procuré no mirarlos, fijar la vista en la cruz de mi caballo, pero todavía era inevitable escuchar aquellos alaridos que te perforaban los tímpanos. Intenté taparme los oídos con cera, como hacemos los artilleros, pero mi abuelo me dio un bofetón y me dijo:

»—Ésa es la música de la guerra. Cuanto antes te acostumbres a ella, mejor para ti. Tras el estampido del cañón vienen los alaridos de los moribundos, ése es el orden del mundo.

—Bueno, ya está bien —terminó Orbán regresando al árabe—. ¿Te ha gustado?

—¡Qué bien me suena! —exclamó Isabel—. Tu idioma es como una canción, es como música... ¿Qué has dicho?

—Te he contado cómo es el valle de los herreros. Una tierra ondulada, verde, con muchos árboles, higueras y almendros, surcado por muchos arroyos, un lugar donde madura el arándano y florece el beleño, donde, en este tiempo, se reúnen las cigüeñas para emigrar. Hay una fuente de Diana que da un agua finísima, delgada y fría, y los enamorados acuden a ella y dejan cintas de colores prendidas en las ramas del árbol santo. Eso trae suerte. Siempre hay miríadas de pájaros en ese árbol.

—¡Qué hermoso lugar! —dijo Isabel—. Me gustaría estar allí ahora.

Orbán se encogió de hombros.

—Quizá algún día.

Pero en su fuero interno sabía que no llegaría ese día. Había aprendido a no albergar esperanzas.

Pasaron los días. En la ciudad condenada, en la ciudad hambrienta, en la ciudad al borde de la guerra civil, Orbán e Isabel refugiaban su pasión o su amor en noches desveladas entregados a la muerte dulce, a la angustia de su amor crepuscular e incierto. Fuera proseguía la guerra, pero en la casa asomada al mar se había instalado una ilusión de felicidad. Isabel y Orbán en la cama, junto a la terraza abierta, a la luz azul de la luna creciente, después del amor. Orbán abandonado a la caricia, la mano sobre la grupa femenina firme, redonda y suave. Vivían en la penumbra, a veces alumbrados por una palmatoria distante, las maderas corridas sobre las ventanas en una voluntad de aislamiento y soledad que a los criados se les antojaba insana. Hablaban en susurros, en voces no siempre entendidas, transmitiendo más en las caricias y los silencios que en las palabras. Rodeados de cosas caducas, cosas que fueron, cosas que ya no serían, que los arrastrarían con ellas, encontraban en el amor y en el sexo el único consuelo.

CAPÍTULO XIII

Cuando Orbán llegó a Málaga, nadie quería ser artillero. La tormentaria era un oficio desprestigiado, peligroso, ingrato y sucio. Los cañones estallaban con demasiada frecuencia mutilando y quemando a sus servidores. El arma de los cobardes, decían los paladines, los que depositaban toda la nobleza en la espada, en la lanza, en la maza. Armas que te permiten mirar a los ojos al hombre que matas o que te mata. Pero llegó la pólvora y lo cambió todo. Un cobarde fuera de tu alcance podía matarte con una espingarda, tirando a bulto, con una de aquellas cerezas de hierro ardiente que llegaban por el aire inadvertidas, con la velocidad de un meteoro, incandescentes, y causaban horribles heridas y emponzoñaban la sangre.

Un mes atrás, ningún joven recluta de Málaga hubiera deseado ser artillero. Los artilleros se reclutaban entre la escoria del ejército, a veces incluso había que echar mano de esclavos. Ahora, después de las últimas victorias, los malagueños se entusiasmaban con su artillería y los voluntarios se disputaban el privilegio de servir a las órdenes de Orbán.

Orbán tenía su propio concepto sobre las cualidades que debe reunir un buen artillero. Examinaba a los candidatos, siempre en compañía de Alí *el Cojo*, para escoger a los más capacitados.

A Isabel le gustaba contemplarlo en su trabajo, a hurtadillas, procurando que no se sintiera observado. A veces, a mediodía, le llevaba la comida en compañía de una esclava y asistía, de lejos, a sus lecciones. Orbán instruía a los herreros de la ciudad en la fabricación de bombardas.

—La bombarda no es más que un tubo hecho de duelas y reforzado por zunchos —explicaba Orbán—. Los zunchos o anillos se aplican a la caña todavía incandescentes, recién salidos de la forja, al enfriarse la comprimen y eso es lo que refuerza la bombarda. El diámetro interno del anillo, una vez enfriado, oprime el cuerpo principal: de este modo el cañón experimenta una presión constante capaz de soportar la explosión interna de la pólvora. Por eso os digo que un buen cañón está vivo, aunque a los que le son ajenos les parezca una pieza de hierro inerte.

—¿Cómo se afinan las duelas? —quiso saber uno de los alumnos—. ¿Por qué en este cañón casi no se notan?

—¡A lima y a brazo! —sonrió Orbán—. No hay otro misterio. Ésa es labor de los asistentes y de los aprendices. El maestro deja la bombarda en basto y los aprendices la refinan hasta que parezca hecha de una sola pieza.

Un día Jándula llevó a su amo una cesta de higos. Orbán no estaba. Isabel retuvo al criado junto al pozo del jardín.

—¿Qué le pasa a Orbán?

—No lo sé —respondió Jándula, evasivo—. Tú debes saberlo mejor que yo. Al fin y al cabo duermes con él.

—No sé lo que le pasa, pero lo noto triste y ausente —se quejó Isabel—. ¿Puede echar de menos a otra mujer que se dejara allá en el país de los turcos?

—Que yo sepa, no hay otra mujer. En el país de los turcos Orbán era un borracho al que nadie miraba y, además, estaba viudo.

Isabel asintió en silencio. Tenía las manos cruzadas sobre el regazo, las manos coloradas e inflamadas de lavar y de cocinar para Orbán.

—Orbán pasa las noches en vela. Finge dormir, pero yo sé que está despierto por la respiración y porque cambia de postura muchas veces. Cuando se duerme, tiene un sueño inquieto. Suspira además... —titubeó—. Ya no me quiere como al principio. Antes venía a mí todas las noches, a veces dos y tres veces. Ahora parece que no le apetezco.

—Eso es porque está cansado —le dijo Jándula—. Trabaja demasiado.

—¿No hay otra mujer?

—¡Claro que no, qué tontería! Se pasa el día en la herrería: no tiene tiempo de mirar a otra.

—Las putas andan por todas partes —dijo Isabel—. También van a los herreros.

—Queda tranquila, que Orbán no tiene a otra.

No quedó muy convencida.

—¿Tú me lo dirías, verdad? Si tuviera a otra.

—No, no te lo diría —se sinceró Jándula—. Yo me debo a mi amo y soy fiel a Orbán, pero sin mentir puedo decirte que no hay otra.

Comprendió que estaba enamorada del herrero búlgaro con esa pasión que las mujeres ponen en el amor al principio, antes de que se les pase la fiebre y vuelvan a pensar en ellas mismas o en su prole.

La ciudad confiaba en el artillero venido del otro lado del mar, pero el artillero era un soldado experimentado y observaba en Málaga las señales de la derrota. Era sólo cuestión de tiempo. En los mercados había pocos alimentos. Miraban los agoreros en el corazón del verano: si truena en la primera mitad, habrá terremotos y se demolerán palacios, quizá caiga el sultán. Si los mochuelos abandonan el nido antes de la luna llena, señal de grandes calamidades; si la mantis religiosa se aparea en la pared encalada, señal de miserias y fatigas... Todo eran presagios funestos y nadie se atrevía a profetizar una hora feliz.

—La rata negra amamanta a su camada; nacen las avispas en los panales, mal año —pronosticaba la bruja de los ungüentos, a la que los herreros acudían por pomada para las quemaduras.

A pesar de los severos castigos con que el Zegrí castigaba a los acaparadores, la medida de trigo se vendía en el mercado negro a diez veces su precio habitual y aun así era difícil encontrarlo. Casi todo lo que se vendía era harina adulterada. En cuanto a la pesca, salían algunas barcas a faenar, sin luces, pero tenían que mantenerse alejadas de las naves de Fernando, y a veces volvían con las manos vacías o con una docena de peces que apenas bastaban para alimentar a las familias de los pescadores. Los malagueños más pobres padecían tanta hambre que se veían obligados a consumir hierbas y raíces recogidas en las laderas de Gibralfaro. Algunos confundieron plantas de cicuta con cardillos comestibles y se envenenaron.

Mientras esto ocurría y la esperanza en la victoria se desvanecía, proseguían las negociaciones ocultas de Alí Dordux con Fernando a través de un enviado de confianza que se disimulaba entre los pescadores. Alí Dordux y los suyos querían capitular y Fernando los animaba a organizar un levantamiento contra el Zegrí con la promesa de auxiliarlos si conseguían ocupar una puerta de la muralla y mantenerla abierta hasta la llegada de la hueste cristiana. Pero los de Alí Dordux desconfiaban del plan. Quizá antes de que los cristianos conquistaran la ciudad, el Zegrí tendría tiempo de pasar a cuchillo a los principales implicados. Los cenetes patrullaban vigilantes la ciudad. De aquellos bárbaros se podía esperar cualquier cosa. Alí Dordux prefería explorar la vía intermedia. Negociar con Fernando unas condiciones de rendición generosas e intentar convencer al Zegrí de que, puesto que todo estaba perdido, más valía acogerse a ellas. En una ocasión, Alí Dordux envió a su secretario Ibn Mutrí a exponer al alcalde esta posibilidad.

Pasaban los días y las semanas. Fernando no se decidía a atacar. Después de sus primeros reveses había comprendido que Málaga era una presa difícil y prefería mantener a sus soldados en las obras de fortificación, cavando anchas zanjas con cuya tierra levantaban enormes terraplenes bajo la dirección de Ramírez de Madrid.

—¿A qué esperas, perro? —se impacientaba el Zegrí—. Tienes más hombres, más caballos y más vituallas que nosotros. Con la mitad de esa tropa yo habría tomado la ciudad hace tiempo.

Orbán guardaba silencio. Había visto más asedios en Bulgaria y Hungría de los que en Occidente se recordaban y sabía por experiencia que resulta más fácil comprar una ciudad que expugnarla.

Orbán observaba a los cristianos fortificar su campamento y admiraba la atinada disposición de las barreras y los fosos. Aquel Ramírez de Madrid que dirigía las fortificaciones entendía de su oficio. Ya había pasado el tiempo en que los muros tenían que ser lo más altos posible para dificultar el asalto mediante escalas o torres de madera. Ahora el cañón dominaba el campo. Cuanto más alto el muro, más frágil a los disparos de la artillería. Había que soterrar los castillos, un foso ancho y profundo cumplía la función del muro de antaño.

El Zegrí también se fortificaba. Dividió a la población malagueña en brigadas de trabajo, por barrios, y los puso a excavar zanjas y a levantar empalizadas bajo la dirección del búlgaro. Algunos murmuraban de él:

—Estábamos tan tranquilos, rascándonos los huevos, antes de que llegara el extranjero con sus artimañas.

Los trabajos forzados exasperaban a algunos, pero los cenetes, más brutales que nunca, aplicaban sus leyes africanas y decapitaban en la plaza a los descontentos que alentaban el motín.

El Zegrí confiaba en Orbán y no tomaba ninguna decisión importante sin consultarle. Cada semana inspeccionaba con él las defensas de la ciudad. El herrero búlgaro era el único que se atrevía a decirle lo que no quería oír.

—Todas estas barreras no detendrán a los cristianos, Ahmed. Fernando concentrará su artillería en un par de puntos, romperá el muro e invadirá la ciudad.

—¿Qué sugieres?

—Hagamos lo que hacen ellos: defender con terraplenes y fosos los lugares más expuestos.

—Eso está bien, pero los malagueños que pasan hambre necesitan una victoria que les levante el ánimo. La moral está por los suelos. Si no fuera por los cenetes, se habrían amotinado ya. Por otra parte, un buen ataque por sorpresa nos permitirá tantear las defensas cristianas.

Una salida, en aquellas circunstancias, le parecía suicida a Orbán. Intentó disuadir al alcaide, sin resultado.

CAPÍTULO XIV

En mayo se produjo un ataque especialmente sangriento sobre la puerta de Antequera. Isabel sabía que Orbán no había intervenido en aquella acción. No obstante, cuando volvieron a encontrarse, aquella noche, lo abrazó con una efusión desconocida.

—¡Estaba angustiada!

—No tenías por qué estarlo. Sólo he asistido de lejos a la batalla.

—Dicen que ha muerto mucha gente.

—Supongo que sí —respondió Orbán evasivo—. Entre el humo y la polvareda no se aprecia.

No le gustaba a Orbán hablar del trabajo, ni del oficio de la guerra.

Cenaron en silencio, en la terraza, servidos por Jándula. Al final el criado les escanció una copa de vino dulce en vaso veneciano, de cristal tallado.

—¿Y esto? —le preguntó Orbán, sorprendido.

—Cualquier día puede ser un día especial —respondió Jándula sonriente.

Jándula era avispado y servicial. Sisaba bastante del dinero de los recados y a veces no se le encontraba cuando era necesario, pero sabía adelantarse a las melancolías de su amo y estaba pendiente de su bienestar, que era el suyo propio.

Orbán e Isabel bebieron de la misma copa. Después,

en la cama, desvelados, ella le preguntó a Orbán si creía en Dios.

—En cierto modo —dijo Orbán—. Los herreros búlgaros no somos cristianos. Tampoco musulmanes. Profesamos unas creencias más antiguas que se heredan en la familia, con el oficio.

Se quedó callado. Orbán no se había interrogado sobre sus creencias. Simplemente las aceptaba como algo natural, como suelen hacer los creyentes de cualquier religión.

No estaba Orbán aquel día para conversaciones trascendentes. Más bien necesitaba amar para consolarse de la proximidad de la muerte. Acarició el trasero firme y modelado de la muchacha y le murmuró requiebros al oído. La llamaba princesilla de la lentejita húmeda, cachito de cielo, potra mía en celo y otras expresiones íntimas de un lenguaje que habían desarrollado en sus juegos de amor. Isabel estaba menos receptiva que otras veces.

—¿Me apreciarías si no me pareciera a tu mujer? —preguntó.

Titubeo Orbán.

—Al principio, fue eso lo que me gustó de ti. Que te parecías a ella, excepto por la voz que era más grave, pero ahora no sé por qué te busco.

—No tengo nada que pueda darte —suspiró Isabel—. Ni siquiera me pertenezco a mí.

Orbán la hizo volverse. Se apoyó en el codo y contempló su rostro, sobre el suyo. Era hermosa. Llevaba colgada del cuello una diminuta cruz de cobre.

—¿Qué sentido tiene todo esto? —susurró la mujer—. Cuando caiga la ciudad, regresaré con los cristianos y no volveremos a vernos.

Orbán meditó la respuesta.

—Entonces haré lo posible por que no caiga la ciudad.

Aquella noche, después del frenético amor, en la azotea débilmente iluminada por la luna, Orbán le preguntó:

—¿Tienes marido que te espera entre los cristianos?

—No. No tengo marido —dijo ella—. Soy soltera. Pero pertenezco a un hombre.

—¿Eres esclava?

—No, pero sé que cuando los cristianos tomen Málaga me buscará. Es un hombre poderoso. Presiento que está ahí fuera, en el campamento de Fernando.

—Eso son figuraciones tuyas.

—Seguramente —dijo Isabel.

Se arrepintió de haberle confiado su secreto. Ahora sumaba un pesar a los muchos pesares que la vida le daba al hombre del que estaba enamorada. Además, un pesar gratuito porque era posible que su figuración fuera consecuencia del miedo a perder la felicidad, que el deán la hubiera olvidado, que se hubiera buscado a otra mujer u otras mujeres, que estuviera tan encumbrado, con su tío el obispo, que ya ni recordara aquella pobre campesina que un día rescató de la miseria para convertirla en su amante y su pecado.

Intentaba persuadirse de que, en efecto, el deán se había olvidado de ella, de que la vida lo había llevado por distantes caminos. Al fin y al cabo, ella no fue más que su secreto culpable, su barragana.

Pero en su corazón sabía que no eran figuraciones. En el momento de lucidez que precede al despertar le sobresaltaba, la respiración entrecortada, el corazón al galope, la imagen del deán vestido de todas sus armas, coraza y casco con penacho, penetrando por aquella puerta, la espada sangrienta en la mano, gritando dónde estás, maldita, destruyéndolo todo a su paso.

Hacía años que el instinto la alertaba cuando él estaba cerca. Quizá era él, que enviaba poderosos mensajes por el éter. Era sacerdote y estaba familiarizado con las operaciones mágicas. Isabel, después de años a su lado, observándolo y sufriéndolo, pero también gozándolo, se había convencido de que poseía poderes personales, o de que, al menos, participaba de los poderes de su tío el obispo.

Isabel sintió un estremecimiento.

El hombre que se tenía por dueño suyo rondaba la ciudad, la rondaba a ella, como los lobos rondan su presa. En las ciegas tinieblas notaba su presencia acechante. Podía imaginarlo, en alguna de aquellas tiendas de lona, al otro lado del muro, tendido en su catre, quizá armado de cuero y de hierro, aquellos olores profundos que impregnaban su piel, más perennes que el del incienso y la cera, desmintiendo su verdadera vocación. Podía imaginarlo aguardando con impaciencia el momento de asaltar la ciudad a sangre y fuego, de buscarla, de recuperarla, de poseerla.

El pensamiento crecía, y ella, desde que tomó su decisión, no se lo comunicaba a Orbán. Aquel doloroso secreto lo guardaba para sí. Le formulaba una pregunta y mientras él la contestaba, ella se sumía en el tormento de sus cábalas, vendrá, no vendrá, analizando argumentos a favor o en contra, siempre los mismos, siempre renovados entre la esperanza y la angustia.

—Estuve en la Arcadia —escuchaba decir a Orbán. En la terraza que olía a mirto y dama de noche, contemplaban el firmamento estrellado, compartían murmullos y silencios, Isabel arrebujada en el pecho tibio del herrero, en su cuello cálido, rozando con la nariz la piel que olía a humo—. Paseé por las ruinas de un templo antiguo en Licosura. Hay un espejo empotrado en la roca, una lámina de cobre con los bordes corroídos por el tiempo y el salitre, en el centro, en la parte donde todavía no alcanza la lepra del metal pulido, hay un reflejo donde fugazmente se refleja el que acude descalzo a la gruta y lo que ves y no ves tan fugaz es la impresión de la sombra, es tu propio rostro muerto más verdadero y hondo que tu rostro vivo que vira lentamente a la verdad de la muerte.

Isabel no prestaba atención. Distraída, rememoraba su primer encuentro con el deán Maqueda.

CAPÍTULO XV

Samboal, Segovia, 1476

Unos días antes de San Miguel apareció el deán Maqueda, como cada año, para recaudar la medianería de sus aparceros. Lo acompañaba un séquito de cinco arrieros, treinta mulas, cuatro lanzas y el contador de su tío, el obispo. El deán Maqueda poseía unas tierras a lo largo del río Pirón, en la diócesis de Segovia.

Uno de los aparceros del deán era Diego Hardón. Había heredado la servidumbre de aquella tierra, como antes su padre, y antes su abuelo y el padre de su abuelo, en una cadena cuyo principio se remontaba más allá de la memoria familiar. Los aparceros del deán no eran esclavos, pero estaban tan ligados a la tierra que no podían cambiar de señor ni de oficio sin someterlo a la aprobación del obispo. El propietario de los campos y cerros a lo largo del río Pirón era Pedro Maqueda. Él decidía un impuesto razonable sobre la producción de cada aparcero, lo suficiente para que pasara el invierno con estrecheces, pero sin morirse de hambre.

El tributo anual que satisfacía Diego Hardón era diez costales de trigo (quince si sembraba escanda), tres ovejas, un cerdo y una sera de higos secos. Aquel año había sido casi ciego, poca lluvia y a destiempo, y el cereal había encañado mal. Después de apartar el trigo tributario resultó que el resto no alcanzaba para simiente y manutención de la familia. Diego Hardón tenía cinco hijos, la mayor, Isabel, de trece años recién cumplidos.

Cuando apareció el deán con su comitiva, Isabel estaba junto al pozo. Vio llegar a los forasteros y corrió a refugiarse en la vivienda, un chozo con una mísera fachada de piedras y el resto semicircular de barro y ramas.

—¡Madre, madre, que vienen los del obispo! —avisó Isabel.

Salió la madre con dos mocosos que apenas caminaban, agarrados a sus sayas. Cuando reconoció al recién llegado urgió a su hija:

—¡Isabel, corre a Valverde y dile a tu padre que está aquí su paternidad, el señor deán!

—¡Antes, que me dé agua! —exigió el deán, todavía sin descabalgar.

A pesar de su oficio eclesiástico, el deán era un hombre de guerra. Tendría cuarenta años y en su rostro de facciones agraciadas destacaban dos bellos ojos negros, una gran nariz ligeramente aguileña y un firme mentón voluntarioso. Cabalgaba un caballo negro, con silla de combate, y vestía un guardapolvo de viaje, con amplio sombrero soldadero. Del arzón colgaba la espada. A la cintura, una daga. Más que un alto cargo eclesiástico parecía un capitán de mesnada. También él se esforzaba en serlo, con disgusto de su padre, el obispo, que ambicionaba para él una carrera eclesiástica y palatina.

Uno de los lanceros de la escolta se sonrió bajo el bigote y comentó a sus compañeros.

—¡Esa chiquilla va estando ya para desbravarla!

El deán, que nunca participaba en las chanzas de sus mesnaderos, lo que hubiera redundado en menoscabo de su dignidad eclesial, examinó a la muchacha con interés cuando le tendió el cuenco de corcho con agua del pozo. Desde la altura del caballo el deán le observó los pechitos pugnaces que se marcaban debajo de la saya. Un brillo asomó a los ojos, tan grandes y negros que la intimidaban. La muchacha desvió la mirada y se sonrojó. Todavía la turbaba la mirada codiciosa de los hombres.

—¿Cómo te llamas?

—Isabel —respondió ella con un hilo de voz.

Contempló a la chica a su sabor, amedrentada por su presencia, la mirada baja.

—¿Has cumplido la doctrina?

Vaciló la muchacha.

—Vamos los domingos a la iglesia.

—¿Ah, sí?, ¿y te han enseñado ya la doctrina?

Titubeó algo antes de responder.

—Sí, su paternidad —se adelantó la madre.

—A ver, dime los diez mandamientos.

Isabel, cabizbaja, se sonrojó y no respondió.

No se sabía los mandamientos. El cura de la aldea era un pobre ignorante, decía misa, casaba a los novios, administraba la extremaunción a los moribundos, enterraba a los muertos, bendecía animales y cosechas, pero tenía poca doctrina.

—Ve a por tu padre, anda —dijo el deán.

La muchacha se recogió las faldas y corrió a avisar a su padre.

Mientras conversaban, el contador había entrado en el chozo y examinado el granero. Salió pasados unos minutos.

—Su paternidad —informó al deán—: faltan seis costales de trigo. Si nos llevamos lo que corresponde a su paternidad y descontamos además los diezmos de la Iglesia, no les quedará simiente ni de qué comer.

—¿Así estamos?

El deán era un hombre duro. Conocía perfectamente las argucias de los aparceros que esconden el grano y se pasan el día lamentándose de la pobreza, de que no sobrevivirán al próximo invierno, pero todos sobreviven, gordos y lustrosos.

Descabalgó la tropa. El deán y su contador se refugiaron del sol ardiente bajo el emparrado, a la entrada del chozo. Los arrieros y los lanceros abrevaron las bestias en el pilón del pozo, sacaron un cubo de agua fresca para ellos mismos y se guarecieron a la sombra de un olmo que crecía junto a la era.

Al rato regresó Isabel acompañada por su padre. Diego Hardón era un hombre de poca presencia, la espalda encorvada por el trabajo y el rostro pavonado por el sol y la intemperie. Con expresión humilde de perro apaleado, se quitó el sombrero de paja, se arrodilló ante el deán y le besó la mano.

—Estaba arando las vueltas de Amarguillo... —se excusó.

—¿Hasta dónde crees que se extiende mi paciencia? —lo interrumpió el clérigo.

El aparcero humilló la cabeza y no respondió.

El deán miró a Isabel, que le dirigía una mirada suplicante. Era guapa la moza, sucia y desgreñada como estaba. Ya le abultaban agradablemente las caderas. Recordó el comentario del sargento. Está por desbravar.

A las muchachas campesinas las desbravaban los hermanos, cuando no los mismos padres. Es lo que trae vivir en promiscuidad, en la misma choza toda la familia, en el mismo suelo, en los mismos camastros.

El deán examinó a la muchacha mientras se decidía. Por una parte no podía consentir que un aparcero pagara menos. Al año siguiente todos pagarían menos. Por otro lado, quería favorecer a aquella familia, deseaba congraciarse con ellos, deseaba a la muchacha.

—Haremos una cosa —dijo al fin—. Te aplazaré tres costales del tributo que debes, pero, para compensarme, tu hija se vendrá conmigo, a servir en la mesa episcopal donde hacen falta criadas. No tendrá sueldo, pero estará vestida y comida y la enseñarán a servir. Así aprenderá la doctrina que no sabe. El año que viene me devuelves los tres costales que me debes y recuperas a la niña, criada y aprendida. A lo mejor, si se pule un poco, se puede casar con un ruano de Segovia y os quita una boca que mantener.

La madre dirigió a Diego Hardón una mirada desesperada. De sobra sabía que si aquello era lo que deseaba el deán, no tenían opción.

Miró Diego Hardón a su mujer y ensayó una última resistencia, no porque creyera que podía convencer al deán, sino para contar con alguna baza con la que replicar a su mujer cuando ésta lo acusara, en las largas noches de invierno, de haberse desprendido de su hija, que tan necesaria le era, sin siquiera resistirse.

—Su paternidad es muy bueno, pero Isabelilla hace falta aquí al cuidado de los cochinos y de sus hermanillos, para ayudarle a su madre que para la siega pare.

—No faltará quien la ayude —dijo el deán descartando el argumento—. Isabel se viene con nosotros y olvidamos los tres costales de trigo.

No hubo más que hablar.

La madre le preparó un hatillo a Isabel con su escaso ajuar y la vieron partir en un asno, entre los lanceros del deán.

Habían previsto pernoctar en el monasterio de Santa María la Real de Nieva, pero el deán cambió de idea y se quedaron en las chozas de Migueláñez, a una legua de distancia. El deán ocupó el chozo del labrador y envió a éste y a su familia al pajar, donde también durmieron los arrieros, la tropa y el contador.

—¡El Pedrito está impaciente por comerse el dulce! —comentó por lo bajo el sargento cuando comunicó a la tropa que no dormirían en el monasterio como otras veces.

Un coro de risotadas celebró la ocurrencia.

El deán ordenó a la casera que pusiera agua a calentar, el caldero grande, mientras su marido limpiaba con greda el dornillo de las matanzas que era el recipiente más capaz de la vivienda.

—Es para que se bañe esta muchacha que va mañana a servir al obispo y no quiero que la vea comida de miseria —explicó.

La mujer dirigió una mirada conmiserativa a la muchacha. Comprendía lo que ordenaba el señor deán. Para presentarla limpia ante el obispo habría bastado con dársela a las criadas del palacio arzobispal.

Cuando el baño estuvo dispuesto, frente a la mísera chimenea del chozo, el deán ordenó salir a la casera.

—Mujer, esta noche tú y los tuyos, al pajar, pero antes nos preparas un conejo asado y unas morcillas. ¿Tienes pan de trigo?

—No, su paternidad... si hubiéramos sabido...

—Bueno, media hogaza de escanda, de lo que tengas.

Salió la mujeruca a cumplir la orden y quedaron solos el deán y la doncella.

—Ahora te vas a lavar bien lavada —le dijo a Isabel en tono amable—. En un cuenquecillo echó ceniza de la chimenea y un chorro de aceite—. Lo mezclas bien, mojas el estropajo y te repasas todo el cuerpo, que quede limpio y no huela a corral. Los dientes y la cabeza también. Y tus partes, que a las mocitas de tu edad les hieden ya mucho.

A todo asentía Isabel, asustada.

Cuando terminó el baño, el deán entregó a la muchacha una de sus camisas.

—Sécate con esto y después te la pones.

Ella obedecía sin rechistar.

Se asomó el deán a la puerta.

—¡Mujer! ¡Que venga esa mujer!

Acudió presta la casera, secándose las manos en el mandil.

—Paternidad, ya casi está el conejo.

—¡Monta la mesa y lo traes!

Atardecía. La brisa refrescaba el aire y arrastraba aromas de trigo segado y humo. Debajo de un pino cercano, la casera dispuso dos caballetes y un tablero que vistió con el mejor cobertor de su modesto ajuar. Encima colocó platos y fuentes de loza basta con el conejo asado y las morcillas, además de media hogaza de pan moreno.

—¡Muchacha, trae dos banquetas! —ordenó.

Isabel llevó a la mesa dos banquetas de corcho.

—¡Siéntate, que se enfría! —ordenó el deán.

—¡El vino!—ordenó a la casera que aguardaba órdenes a cierta distancia, sin dejar de retorcerse las manos bajo el mandil.

La mujer se apresuró a extraer del pozo la cantimplora del deán que había puesto a refrescar, pendiente de un cordel. El deán escanció dos tazas, la suya llena, la de Isabel por la mitad.

—¡Prueba y goza! —ordenó.

Bebió Isabel un sorbo. Era delicioso aquel clarete de misa, un punto dulce. Vino de la cosecha de su tío el obispo que el deán siempre llevaba consigo para las consagraciones. La muchacha nunca había probado algo tan rico.

Comieron observados de lejos por la mesnada y los caseros.

Cuando terminaron, el deán tomó a la muchacha de la mano y se encerró con ella en el chozo.

—¡A dormir todo el mundo! —ordenó antes de correr la tranca de la puerta.

Dentro olía a chotuno y a grasa rancia. La casera había preparado la cama familiar, un colchón de granzas y dos zaleas grandes encima, sin sábanas.

A la vacilante luz de un candilillo el deán se desnudó sacándose por la cabeza túnica y camisa. Era membrudo, de pecho y brazos fuertes y velludos. Isabel vio el sexo oscuro que brotaba entre sus piernas. El deán estaba ya excitado.

—¡Fuera la camisa, niña! —le ordenó.

Titubeaba la muchacha.

—¿No me has oído? ¿Quieres que te la arranque?

Obedeció Isabel y se despojó de la camisa, que el deán recuperó de un manotazo. Desnuda, la muchacha se cubría con las manos los pechos ya grávidos y el sexo que comenzaba a oscurecer.

—Te voy a enseñar el mayor placer de la vida —prometió el deán con voz que intentaba ser amable—. ¡Más que ser rico, más que recibir honores, más que vencer en una batalla, más que cazar el oso y destriparlo con un cuchillo!

La atrajo por la cintura. Ella se resistía.

—¡No seas imbécil ni te hagas la tonta! Estás harta de ver cuando tu padre se folla a tu madre, el carnero se folla a la oveja y el caballo a la burra, así que ponte ahí y no rechistes. Ahora veré si no vienes ya follada por ese desgraciado de tu padre.

La tendió sobre la yacija, se masturbó un par de veces hasta que su miembro adquirió la longitud y la dureza necesarias y, sin más protocolo, le separó las piernas con su poderosa rodilla y guió el bálano, que tenía el tamaño de la cabeza de un gato chico, al sexo de la muchacha. De una embestida la penetró hasta el fondo al tiempo que le tapaba la boca y ahogaba el alarido femenino con una mano poderosa como un cepo de hierro. Sintiéndose morir, Isabel se debatió inútilmente aplastada bajo el cuerpo musculoso que ahora la cabalgaba en movimientos lentos y pausados, penetrándola hasta las raíces del grito y retirándose hasta que el ariete sanguiñoliento quedaba al aire.

Cuando acabó, después de eyacular copiosamente, el deán se tendió a un lado de la zalea y se limpió en el vellón las manos y el sexo ensangrentados.

—¡Lávate un poco eso y duérmete! —le dijo—. Has estado bien. Así que después de todo eras virgen... mejor para ti.

Isabel no durmió aquella noche. Le dolía el sexo como si le introdujeran un hierro ardiendo. Tendida junto a su nuevo amo oía su respiración cadenciosa de fiera satisfecha, con algún que otro eructo a vino.

—En eso consisten los hombres —se dijo.

Entre las ramas del tejado, el boquete para la evacuación de humos que dejaba ver una porción de cielo nocturno. Contó las estrellas: seis. Moviendo la cabeza a un lado y a otro se veían otras estrellas, en total doce. Pensó en lo que su vida iba a ser entre las criadas del obispo, en un palacio lleno de nobles, de servidores, de monteros, de arrieros, de criados, de ballesteros, de gente. Miró la parte buena: no andaría con los pies en estiércol, tras los cochinos, trabajando de sol a sol, quizá la maltratarían menos que su madre o que su padre, quizá disfrutaría de las comodidades de la ciudad de las que alguna vez había oído hablar: los retretes, los espejos, las fiestas, las misas mayores en grandes iglesias de piedra doradas por dentro, con músicos y coros cantores, incienso y ondear de banderas, los saltimbanquis, las ejecuciones, los días de mercado, las procesiones... todo lo que en la ciudad hace la vida amable.

En estas consideraciones, ya casi amaneciendo, se quedó dormida.

CAPÍTULO XVI

Orbán supervisaba el acondicionamiento de un polvorín en los bajos de una torre cuando llegó Jándula excitado.

—¡Amo, corre, la reina ha llegado al campamento cristiano!

Se asomaron a las almenas. A lo lejos, en el descampado, frente a los terraplenes del campamento cristiano, una muchedumbre de caballeros y peones armada y vestida de punta en blanco alardeaba como en los días de fiesta mayor. Sonaban músicas distantes de parches, gaitas y chirimías. Los principales caballeros caracoleaban en torno a un grupo de mujeres montadas en mulas, con buenos arreos y gualdrapas hasta el suelo.

Alí Dordux acudió a la muralla. Saludó a Orbán con distraída deferencia y contempló la fiesta de los cristianos.

—Esto quiere decir que Málaga está sentenciada —declaró—. Ésa a la que hacen tanto acatamiento es Isabel, la esposa de Fernando. Cuando la reina se presenta en un real es señal de que ya nunca levantarán el asedio.

Orbán alargó la mirada hasta donde el camino se perdía tras el cerrete de la Sal. Por allí no dejaban de llegar carros de bueyes escoltados por peones, docenas de ellos que se encaminaban cansinamente al campamento. Detrás de los carros llegaban las cureñas alargadas con ruedas macizas, bombardas tapadas con lienzos.

—Allí están los cañones.

—He contado veintidós, amo —dijo Jándula.
—Veintidós ribadoquines —precisó Orbán.
Llegó Alí *el Cojo*.
—Puede ser una estratagema para desanimarnos. Me consta que toda la artillería estaba ya aquí. Los perros nos están disparando con todo lo que tienen. En Guadix, Aliatar puso palos en las murallas para figurar cañones. Pueden haber copiado la idea.
—Éstos no son figurados —observó Orbán sombríamente—. Mira cómo se clavan las llantas en el suelo, mira el esfuerzo de los bueyes. Son cañones de hierro.

Isabel traía consigo nuevas tropas de refresco y más bastimentos.

Aquella tarde el trueno poderoso de una de las *hermanas Jimenas* arrancó a Orbán del sopor de la siesta. Prestó oído y percibió el silbido familiar del bolaño de granito describiendo su parábola en el aire. Después un golpe sordo de piedra contra piedra: había impactado en una torre.

Orbán cerró los ojos y esperó la nueva explosión, la segunda hermana Jimena. Percibió dos disparos casi simultáneos y transcurridos unos segundos los correspondientes impactos, nuevamente piedra sobre piedra.

Ramírez de Madrid estaba bombardeando la muralla. A las *siete hermanas Jimenas* se unió todo un coro de piezas de diversos calibres. La tos seca de los ribadoquines destacaba sobre los truenos graves de las bombardas y el trueno más agudo de los pasavolantes: la orquesta artillera celebraba la llegada de Isabel con un concierto en el que participaban todas las voces.

Orbán se vistió, sin prisa, y salió al muro. Miró el campo enemigo. Una nube blanca, de pólvora quemada, flotaba en las alturas de san Cristóbal.

—¿Respondemos? —preguntó con ansiedad Alí *el Cojo*.

Orbán miró los terraplenes y los pesados manteletes que protegían la artillería cristiana. Ramírez de Madrid había hecho un buen trabajo. Aprendía rápido. Ahora tendría que afinar mucho para desmontarle las piezas, puesto que prácticamente no dejaba ver más que las bocas de sus cañones y muchas de ellas incluso quedaban ocultas tras un mantelete basculante entre tiro y tiro. Habría necesitado morteros abiertos para acertar, tirando a ciegas, detrás de los terraplenes, pero Ramírez de Madrid sabía que Orbán no disponía de ellos.

—¡Subid las alzas dos muescas! —ordenó Orbán.

—¿Dos muescas? —se extrañó Alí *el Cojo*—. Los tiros irán demasiado lejos, pasarán por encima de los cañones de Fernando.

—¡Haz lo que te digo, Alí!

Alí *el Cojo* se encogió de hombros y obedeció a regañadientes. Sus hombres elevaron las alzas. Actuaban torpemente en medio de la lluvia de proyectiles que Ramírez de Madrid enviaba sin plan fijo, contra un sector amplio de la muralla, solamente por diversión. En un promontorio más alejado, dentro del campamento cristiano, la reina y sus damas contemplaban fascinadas el espectáculo. Algunas se llevaban las manos a los oídos. Las acompañaban los prebostes de la corte, el rey y Rodrigo, el duque de Cádiz. El Zegrí lo reconoció por su peto negro y su estandarte de batalla.

—¡El gallo se pavonea ante las gallinas! —declaró.

El Zegrí había reclamado los trofeos de la batalla de la Ajarquía guardados en la torre de las Palomas, las banderas que unos años antes arrebató al marqués de Cádiz. Algunos cenetes subieron a la azotea de la torre mayor y agitaron las banderas y algunos coseletes cristianos sobre picas y perchas. Otros hacían gestos de burla a los del campamento y dando la espalda se levantaban la camisa y les mostraban el culo.

El de Cádiz, furioso por aquella exhibición que recordaba a los reyes su vergonzosa derrota de unos años atrás, ordenó que la artillería disparara a discreción hasta nueva orden. Hizo llamar a Ramírez de Madrid.

—Maestro artillero, ¿ves aquella torre donde ondean mis banderas cautivas y desde la que nos afrentan y se burlan de nosotros?

—La veo, señor.

—¡Destrúyela inmediatamente!

—Ahora no podrá ser, señor —respondió el artillero—. No tenemos las cargas preparadas.

—¿Cuándo entonces?

—Mañana podríamos tenerlo todo listo.

—¡Entonces, mañana! ¡Sin falta!

Temblaba la tierra y el aire se adensaba con el clamor de la artillería.

Llegó jadeando un enviado del Zegrí.

—¡Que respondan todos los cañones!

—No están listos —informó Orbán—. Sólo puedo responder con algunos, según sea menester.

Orbán se asomó a la muralla.

—¡Vaciad los cartuchos un tercio! —ordenó.

—Señor, eso restará potencia —protestó Jándula.

—Es lo que pretendemos. Los proyectiles caerán por su peso apenas sobrevuelen el terraplén.

—¡Les caerán sobre las cabezas! —celebró Alí *el Cojo* comprendiendo el propósito del búlgaro.

—A falta de mortero, los cañones pueden servir —repuso Orbán—, pero como los bolaños no se elevan mucho, tampoco harán gran daño, solamente los vamos a desconcertar un poco.

—¡Creerán que tenemos morteros!

Orbán negó con la cabeza.

—No lo creo. Los cristianos están bien informados de lo que tenemos y de lo que nos falta. Y ese hombre, Ramírez de Madrid, conoce su oficio y no se dejará amilanar por unos cuantos pedruscos lloviendo del cielo.

Orbán sabía que el tiro, a ciegas, era muy impreciso. Solamente serviría para rebajar la arrogancia de los cristianos. Quizá acertaran en alguna pieza por casualidad.

Los contendientes intercambiaron disparos por espacio de una hora. Después Ramírez de Madrid ordenó detener el fuego y la reina y sus damas regresaron a sus tiendas muy satisfechas de la exhibición del arte real, la guerra moderna que convertiría a los caballeros justadores en antiguallas.

Un hermoso espectáculo.

Pasado el cañoneo, Orbán se asomó al parapeto, la cara negra, tiznada y sudorosa, y miró el cerro de san Cristóbal, donde lentamente se disipaba la espesa nube de humo blanco de la pólvora quemada. Jándula le alargó una toalla empapada en agua, con la que el artillero se refrescó la cabeza y el cuello.

—Tienen más de cincuenta bocas de fuego —calculó Orbán—. Cuando se empleen a fondo, esta muralla no resistirá más que un par de días. Necesitamos los ribadoquines largos lo antes posible. Sólo eso los mantendrá a distancia.

«Si no recurren a las minas», añadió para sí, pero se abstuvo de comentarlo en voz alta.

Al caer la tarde, apaciguados los ánimos, la fiesta proseguía en el campamento cristiano con chirimías, músicas y luces.

Jándula estaba puntualmente informado. Con Isabel y su hija, la infanta Isabel, habían llegado el Gran Cardenal don Pedro González de Mendoza, Hernando de Talavera, confesor de la reina; el obispo de Segovia y dos docenas de prelados, cortesanos y caballeros de mucho nombre, un séquito de lo más lucido de Castilla. Traían tiendas y bastimentos, mucho grano, mucho lienzo y muchas bestias de tiro, además de refuerzos de tropa y caballería. Llegaban para quedarse.

—Málaga está perdida —reiteró Orbán como para sí.

En el campamento cristiano crecía el rumor de las músicas y chirimías.

—Les han repartido ración extra de vino —rezongó Alí *el Cojo*—. ¡Otra vez están contentos los perros!

Llevaba muy mal Alí *el Cojo* la prohibición coránica de beber vino, si bien con cierta frecuencia la vulneraba.

CAPÍTULO XVII

El deán Pedro Maqueda supervisó la instalación de su tienda antes de reunirse con su tío, el obispo de Segovia, para cumplimentar al rey Fernando. Acababan de llegar en el séquito de la reina Isabel con las cien lanzas que aportaba el obispo y las quinientas del burgo segoviano, todas al mando del deán.

En la tienda real se había producido una aglomeración de magnates, caballeros y altos dignatarios eclesiásticos. Los recién llegados buscaban a sus amigos y primos que llevaban meses en el cerco de Málaga. Los amigos se saludaban efusivamente; los rivales se ignoraban. La costumbre era postrarse ante los reyes, Isabel y Fernando, por familias o merindades.

Entre los reunidos estaban los alfaqueques reales, funcionarios redentores de cautivos, entre ellos Alfonso de Santa Cruz, oriundo de Ávila, quien, cuando vio al deán Maqueda, se le acercó y le dijo:

—¡Me huelgo de veros, deán! Cuando podáis, tengo noticias que interesan a su paternidad.

Viniendo del alfaqueque, sólo podían ser noticias de Isabel. El deán agarró el brazo del sujeto con su mano de hierro y casi lo arrastró fuera de la muchedumbre cortesana.

—¿Qué sabéis de Isabel?

Sonrió el alfaqueque bajo su barba gris y rala.

—Ya veo que la impaciencia os devora, deán. Pensaba saludar al rey con mi alfaqueque mayor.

—¡Eso, después! —repicó Maqueda con impaciencia—. ¿Qué hay de Isabel?

—La tenéis ahí enfrente, a menos de una legua —señaló la ciudad cercada.

—¿En Málaga?

—En Málaga, sí. Su amo...

—¡Su amo soy yo! —corrigió secamente Maqueda.

—El moro que la tenía, Ubaid Taqafi, desertó del bando de al-Zagal y se ha pasado a Boabdil. Hace un mes que huyó de Málaga dejando a Isabel en manos de sus enemigos, muy a pesar suyo.

—¿Y ella? ¿Con quién está ahora?

—Al-Zagal ha requisado las propiedades de los traidores. Isabel está ahora al servicio de un artillero que han traído de Turquía, un tal Urbano.

—¡Cómprala! —urgió el deán—. ¡A cualquier precio!

—No es tan fácil, su paternidad. Fernando ha prohibido cualquier trato con los sitiados. ¿Habéis visto dos ahorcados en el camino del campamento? Dos sargentos que tenían amores con una puta mora en los rebequines del muro.

—Yo te conseguiré un salvoconducto.

—No lo dudo. Si es así, estoy a vuestro servicio —dijo Santa Cruz con una reverencia—. Nuestras tiendas están donde los contadores.

Aquella tarde, después del besamanos a los reyes y del almuerzo con los sargentos de la mesnada, el deán Maqueda fue a ver a su tío, el obispo de Segovia.

El obispo de Segovia era un patriarca venerable al que la reina Isabel tenía en alta estima, porque militó entre sus primeros partidarios cuando ella sólo era una aspirante al trono de Castilla. Después había puesto sus tesoros y sus mesnadas al servicio de la causa isabelina, en la guerra civil contra su sobrina Juana la Beltraneja. El obispo figuraba desde entonces en el consejo de la reina. Isabel acudía a él con frecuencia para consultarle dudas y dificultades. Era además el hombre más sabio del reino, ducho en lecturas tanto de padres cristianos y escrituras santas como de filósofos paganos o moros, Aristóteles, Averroes y otros. Su biblioteca, que siempre viajaba con él, se componía de más de quinientos libros en latín, griego, hebreo, toscano y romance.

El deán Maqueda lo encontró leyendo el manual de medicina de Dioscórides en un viejo manuscrito griego.

—Tío, necesito pedirte un favor —dijo arrodillándose ante él.

El obispo de Segovia era un anciano nudoso con los ojos hundidos en dos profundos cuévanos, debido a una vida de estudio y diplomacia. Tenía la nariz tan grande como su hijo. La marca de la sangre. Puso una mano sarmentosa y fría sobre la tonsura del deán.

—¡Álzate, Pedrito! Dime.

—Tío necesito un salvoconducto de los reyes para que el alfaqueque Alfonso de Santa Cruz entre en Málaga.

—¿Por qué?

—Mi criada Isabel. El moro que la tenía huyó y ahora se la han dado a un artillero turco.

El prelado emitió un profundo suspiro. Se apoyó en el respaldo de su sillón y contempló a su hijo con los ojos cansados y acuosos.

—Pedro, Pedro... ¿Cuándo te quitarás de la cabeza a esa mujer?

—¡Nunca, tío! No puedo vivir sin ella. Es mi tormento y mi pecado.

—Tu pecado... —repitió el obispo mirando a su hijo con infinita piedad—. Todos somos hijos del pecado, pero ese pecado te atormenta y te mata, ¿por qué no la olvidas?

El deán Maqueda se esforzó en reprimir la ira. El obispo era ahora viejo y aconsejaba templanza, pero de joven mantuvo un harén de tres barraganas, entre ellas su madre. Era fácil predicar templanza cuando las tentaciones de la carne lo habían abandonado.

—¡No puedo, tío! Es más de lo que soporto yo, que lo soporto todo. ¡Dame trabajos! Te serviré toda la vida como te he servido hasta ahora, pero no me apartes de ella.

—Tú mismo te apartaste. ¡Cabezón! Te empeñaste en llevar a tu barragana a la guerra. Te lo advertí. Ya ves...

El prelado aludía a la jornada de la Ajarquía, cuando los moros rondeños desbarataron a un ejército cristiano. En el campamento saqueado, entre los vivanderos que acompañaban al ejército, encontraron a Isabel, que fue parte del botín. El deán tuvo que huir, malherido a uña de caballo, dejando a su barragana en manos del enemigo.

—Llevarla conmigo en aquella jornada fue un error, tío, pero ya he purgado lo suficiente. Ahora quiero recuperarla.

El prelado miró al Dioscórides, sobre el atril. Su hijo lo había interrumpido en lo más interesante de la lectura. ¿Serviría de algo que intentara convencerlo para que olvidara a la mujer?

—Estará follada por unos y otros —argumentó—, tantos años entre los moros...

—¡No me importa, tío! La quiero en mi casa otra vez.

—¡En tu cama, la barragana! —precisó el obispo.

—¡Sí, en mi cama!

Había un tono de desafío en las palabras del deán.

El obispo se pasó una mano por el rostro surcado de arrugas. Desde su experiencia como hombre y como pastor comprendía la debilidad humana. Él mismo sentía debilidad por aquel hijo suyo que le había salido demasiado aficionado a las armas, a las mujeres y a la caza y demasiado poco a la teología. A pesar de lo cual trabajaba para conseguirle algún día una mitra episcopal y quién sabe si más adelante un capelo cardenalicio.

—Y necesitas un salvoconducto para ese carrilero de Alfonso de Santa Cruz —suspiró el prelado.

—Sí.

El obispo sacudió la cabeza. Su hijo, tan vehemente como él cuando era joven. Una vez más cedió a su amor paternal.

—Está bien —concedió—. Hablaré con los reyes.

—¡Gracias, tío! —Pedro Maqueda besó efusivamente las manos del anciano comenzando por el corazón de la diestra donde el prelado lucía un anillo con un grueso rubí espinela.

CAPÍTULO XVIII

A la mañana siguiente, en cuanto amaneció, las bombardas de Ramírez de Madrid la emprendieron con la torre sentenciada la víspera, aquella en la que ondearon las banderas cautivas. Dos días seguidos la bombardearon, apuntando a las esquinas con notable acierto, hasta que la torre se desplomó en medio de una espesa nube de polvo.

—¡El fin de los castillos! —comentó melancólicamente Orbán.

Aquella misma escena, en una escala mucho mayor, había sido la gloria de su abuelo Orbán *el Quemado* cuando entregó Constantinopla en bandeja de plata a Mohamed II.

El Zegrí había seguido con ira contenida la demolición artillera. Contempló despectivamente el montón de escombros:

—¡Nos quedan otras cien torres! —sentenció—. ¡Sus bombardas no resistirán tanto desgaste!

En los días siguientes enmudecieron los cañones y pareció que la guerra quedaba en suspenso, cada cual atento a sus otros menudos menesteres, a restañar las heridas y a preparar los combates venideros.

Se fueron los calores y florecieron los mirtos. En la ciudad asediada cundía el desánimo. Caras tristes y estómagos vacíos. Los moradores, a los que se sumaba una población flotante sin medios de vida ni albergue, vagaban por calles y plazas como almas en pena, murmurando protestas y guardando silencio cuando pasaba una patrulla de cenetes o de *muhaidines*.

Las raciones de trigo se redujeron a un puñado diario por persona. El hambre se apoderó de los pobres. Se llegó a pagar una pieza de plata por una rata. En la mayor aflicción, hasta las ratas desaparecieron o se volvieron más cautas. No había manera de cogerlas con lazo.

Fernando estaba informado de las penurias de Málaga. Como no era probable que lloviera, dispuso que el trigo del campamento se amontonara en la plaza central, en torno a un cercado de costales, a la vista de la ciudad. Los que morían de hambre podían ver, desde las murallas y las azoteas de la ciudad hambrienta, aquel montón dorado que representaba la potencia de los cristianos. Un ejército bien alimentado no tendría motivos para abandonar el cerco.

Alfonso de Santa Cruz, el alfaqueque, salió del real de Castilla con dos mulas cargadas de pan y un criado que le sostenía el quitasol. Desde las murallas lo vieron llegar.

—Un correo de Fernando —comentó el portero a los cenetes.

El alfaqueque se detuvo a veinte pasos de las barreras, sacó el pañuelo y se enjugó la cerviz sudorosa, más por los nervios que por el calor —todavía no apretaba el sol—. Desde el muro lo observaban más de cien africanos de cara renegrida y gesto agrio, algunos con la ballesta a punto.

Un adalid se asomó al matacán de la torre portera, y preguntó:

—¿Quién eres y qué quieres?

—¡Alfaqueque real de Castilla! —voceó el criado.

—¡Vale! —dijo el adalid—. Voy a comunicarlo.

Al rato se abrió el postigo y el alfaqueque y su criado, que llevaba de reata las mulas con el pan, entraron en la ciudad sitiada. El que salía a recibirlo era Selam Nashiya, alfaqueque moro conocido suyo, bajo cuya custodia quedaba. Rodeados de un tropel de curiosos se dirigieron a la fonda del Laurel, donde el cristiano se instaló en dos aposentos bajos con derecho a cocina.

—Los panes son para los huérfanos —dijo Santa Cruz a su colega—, pero tú quédate con un par de ellos.

Nashiya suspiró con gesto abatido:

—El Zegrí me manda decirte que te vuelvas con los panes, que los huérfanos de Málaga están perfectamente alimentados. —Y mirando que no fuera escuchado por ningún cenete agregó, bajando la voz—: No obstante, como yo soy menos orgulloso me quedaré con los dos que me ofreces. ¿Qué negocio te trae?

—Una cautiva.

—¿Sólo una cautiva? ¿Qué prisa tienes, si dentro de pocos días, al paso que va este negocio, lo tendréis todo?

Se sonrió Santa Cruz ante la franqueza de su colega.

—Mi cliente tiene prisa y no puede esperar. Quiere comprar a Isabel, la que cayó en la Ajarquía, la que pertenecía a Ubaid Taqafi.

—Ubaid huyó al lado de Boabdil, el rebelde.

—Lo sabemos. Y sabemos que la esclava es ahora de otro. Un familiar la quiere rescatar.

—Veremos qué se puede hacer.

El alfaqueque Nashiya fue a ver a Orbán y le comunicó el negocio: un familiar de Isabel, un hombre pudiente, la quería rescatar.

El mundo se ensombreció como si de pronto se hubiera nublado. Isabel nunca le había hablado de familia ni parientes ni él le había preguntado por no evocar recuerdos que pudieran entristecerla. Ahora aparecía un pariente que la reclamaba. De pronto se vio tan solo y desamparado como en sus días del arsenal, devuelto a la melancólica tarea de emborracharse cada tarde.

—No soy dueño de nadie —dijo encogiéndose de hombros—. Si ella quiere marchar, por mí es libre.

No era la respuesta que el tratante quería oír.

—Te advierto que puedes sacar más de cien doblas de oro, si manejamos este asunto con el cuidado que requiere —dijo Nashiya, atento a su ganancia.

—No importa. Si quiere regresar con sus parientes, por mí es libre de hacerlo.

Aquella tarde, cuando llegó a casa, encontró a Isabel encerrada en su cuarto, llorando. Ya sabía de la llegada del alfaqueque que pretendía redimirla.

Se acercó a ella, que sollozaba en el camastro, abrazada a un cojín, y le puso la mano en el hombro con ternura.

—Isabelilla.

Ella se volvió iracunda, los ojos hinchados.

—¡No pienso separarme de ti! —advirtió—. ¡Si me entregas a los cristianos, me degüello! ¡No volveré con el deán!

—¡Cálmate, mujer! —respondió Orbán abrazándola.

Ella se apretó tan fuerte contra el cuerpo masculino que hacía daño.

—Yo no voy a forzarte a nada ni quiero que te separes de mí —dijo Orbán—. ¿Crees que podría vivir sin ti? Me he limitado a recibir al alfaqueque y decirle que por mí eres libre. Creí que preferirías regresar al lado de tus parientes.

—¡Yo no tengo parientes!

—Bueno, al lado de la persona que quiere recuperarte.

—¡No es ningún pariente! Es mi amo, el deán. ¡No quiero regresar con él!

Se abrazaba a Orbán con la desesperación de una niña atribulada. Él la acariciaba en el cuello, en la espalda, más abajo. Se besaron con la pasión de los primeros días. Orbán le enjugó las lágrimas con el pico de la sábana.

—¡Júrame que no nos separaremos nunca! —suspiraba ella.

Orbán sentía una dulce congoja en el pecho. A pesar de los golpes del destino, aquella mujer lo amaba y él amaba a aquella mujer.

—¡No nos separaremos nunca!

CAPÍTULO XIX

Al principio del cerco de Málaga, cuando todavía la marina de Fernando no había bloqueado el mar y llegaban cada día pateras con *muhaidines*, apareció en las plazas de la ciudad un hombre santo, un profeta iluminado que predicaba la guerra y animaba a los *muhaidines* a vestir el sudario blanco del martirio. Se llamaba Ibrahim el Guerbi (porque había nacido en Djerba, Túnez). Vestía como un mendigo, y en su rostro enjuto, tostado por el sol y la intemperie, destacaban unos ojos de mirada ardiente, enfebrecidos por las visiones apocalípticas, y una barba rala y gris que le caía hasta la mitad del pecho.

Después de unos meses de predicaciones, el Guerbi se había convertido en el líder religioso de la muchedumbre de *muhaidines*, huestes zarrapastrosas y mal alimentadas que olían a guano y que, inflamados por sus soflamas, aspiraban al martirio y al paraíso. Lo seguían por plazas y calles pendientes de su palabra. Incluso el Zegrí, a regañadientes, respetaba sus opiniones.

Un día el Guerbi se presentó ante el Zegrí y le dijo:

—¡Alá, el Clemente, el Misericordioso, me ha inspirado un sueño! El profeta en persona me ha traído la señal de una gran victoria y la ha depositado en la cabecera de mi camastro.

—¿Qué señal? —preguntó el Zegrí, mosqueado.

—¡Esta bandera! —Ibahim el Guerbi, le mostró una

sábana doblada—. ¡Hoy morirán los malos! De este día entre los días quedará memoria en las generaciones venideras. Veo mucha sangre de los perros vertida, aunque también veo a muchos fieles que ganarán el Paraíso y entrarán a gozar del vino y de las huríes de ubérrimos pechos.

A una señal del visionario, dos *muhaidines* desplegaron la bandera de la victoria. La sábana estaba toscamente remendada por varios lugares y habían escrito sobre ella, con albayalde, en penosa caligrafía, un versículo del Corán: «Sólo Alá es vencedor.»

En aquella ocasión el Zegrí despidió al profeta con buenas palabras y una bolsa de monedas para limosnas y mantenimiento de sus seguidores y discípulos.

Esta vez no fue suficiente. Al día siguiente Ibrahim *el Loco*, como también lo conocían las buenas gentes de Málaga, se presentó a la hora de la siesta enarbolando su bandera sagrada ante la puerta del Higuerón, al frente de la muchedumbre de sus seguidores.

—¡Zegrí! ¿A qué esperas? —interpeló a los altos miradores—. ¿No te bastan las señales del cielo? ¿Es que te tiembla la barba a ti que te llamaste un día «la espada del islam, el victorioso»? ¿Es que les temes a los perros de Fernando, aunque tu madre te parió para ser el lobo de los infieles, el látigo de los politeístas, el verdugo de los comedores de puerco, la peste de los trinitarios, la argolla en el pescuezo de los que abominan de Alá? ¡Mal haya el que pisa los huesos de los mártires! ¡Vigila que con tu prudencia excesiva no estés saboteando la sagrada *yihad*! Alá ha aparejado una gran victoria y los buitres y los cuervos se arremolinan como una negra nube sobre el campamento de los perros anticipando el banquete. ¡Hoy les vaciarán las órbitas de los ojos con sus picos curvos, hoy les desgarrarán con las garras las entrañas! ¿Oyes la voz del profeta que resuena en mi garganta o el pánico te ha sellado los oídos mejor que la cera? ¡Zegrí...! ¡A ti te invoco! Ha llegado la hora de abandonar la molicie y dirigir a los fieles a la Guerra Santa, a la madre de todas las batallas.

Las aclamaciones de la muchedumbre enfervorizada dificultaron al derviche proseguir con el resto del sermón.

El Zegrí lo había estado escuchando desde el lecho, con resignación. Acababa de copular con una admiradora de hermosos muslos y, sudoroso, hubiera preferido un poco de reposo y quietud en la penumbra del cuarto. Cerró los ojos y murmuró:

—¡A ver si se va ese coñazo, porque hoy no estoy para ruidos!

—¡No le hagas caso! —propuso la bella mientras se esforzaba por recuperarle la erección.

La voz destemplada que convocaba a la Guerra Santa volvió a tronar en la solanera.

Cuando el Zegrí comprendió que el predicador no se iría y que, de todos modos, el deseo lo había abandonado ya, emitió un suspiro resignado.

—¡Me cago en la leche! —rezongó—. ¡Que no pueda uno ni echar un casquete tranquilo!

Se levantó y dio una palmada en la puerta. El paje que estaba al otro lado, la oreja pegada a la madera, se sobresaltó.

—¡Sí, mi amo! ¿Mandas algo?

—¡Mis armas! ¡Pronto! ¡Vísteme, antes de que ese grillo nos vuelva locos a todos con su salmodia!

—¡Oír es obedecer!

El Zegrí se metió la coraza sobre el camisón de lino y de esta guisa, desnudo en la parte que no verían desde la calle, se asomó al mirador. En la torre vecina, la de la guardia, levantó la mano brevemente para saludar a Ibrahim Cen, su lugarteniente, que asistía, serio, al sermón. Era un hombre piadoso, pero las manifestaciones de celo excesivo lo disgustaban. El Zegrí levantó los brazos en solicitud de silencio.

Cuando la multitud guardó silencio, arengó:

—¡Musulmanes! Mañana será el día de la victoria. En cuanto amanezca el nuevo día libraremos la batalla de las batallas, romperemos los dientes de los perros cristianos y arrojaremos sus corazones a las alimañas. ¡No alborotéis más, ahora! Volved a vuestras casas, armaos y esperadme una hora antes del amanecer en la puerta de Antequera. ¡Si no flaquea vuestro corazón, mañana humillaremos la soberbia de los perros!

Un criado viejo de Cen transmitió a Orbán las órdenes de Gibralfaro.

—Mi señor ordena que los cañones estén listos, porque mañana atacarán los cristianos.

—¡Somos nosotros los que atacaremos a los perros! —objetó Jándula con vehemencia.

—Este hombre sabe lo que dice —lo reprendió Orbán y dirigiéndose al mensajero lo recompensó con una moneda de cobre—. Vuelve con tu señor y dile que todo estará dispuesto.

—¡Somos nosotros los que vamos a atacar! —insistió Jándula cuando quedaron solos—. ¡No se habla de otra cosa en Málaga!

Orbán asintió.

—Pero Cen sabe que, si fracasa el ataque, los cristianos reaccionarán como leones y perseguirán a los fieles hasta el pie de las murallas —añadió—. Entonces, tendremos que abrir las puertas para acogerlos y es posible que algunos adalides cristianos se cuelen con ellos y rompan las quicialeras de los portones para que los suyos puedan invadir la ciudad. Más de una ciudad se ha perdido por un ataque impremeditado contra los sitiadores.

Jándula comprendió que estaba muy lejos de entender las leyes de la guerra, tan inmutables que los que las saben se entienden calladamente, sin necesidad de grandes explicaciones.

Orbán jamás refería sus experiencias en la guerra, pero siempre las llevaba consigo, las suyas y las de sus predecesores búlgaros.

—No hemos tenido guerras propias, pues somos gente pacífica —aclaró una vez—, pero hemos participado en guerras ajenas desde hace varias generaciones.

Quizá su carácter taciturno era consecuencia de aquello.

Orbán y sus artilleros pasaron aquel día llenando cartuchos de papel con limaduras de hierro y metralla. Orbán había convocado a los artificieros para explicarles el plan.

—Mañana atacan el campamento cristiano. Como las tiendas quedan fuera de nuestro alcance, no tendremos nada que hacer en la primera fase de la batalla, pero si las cosas se tuercen y los nuestros se repliegan perseguidos por el enemigo, cubriremos su retirada rociando a los cristianos con munición suelta en cuanto se pongan a tiro.

Terminaron de distribuir las cargas y durmieron tres horas en camastros extendidos al pie de los cañones. Jándula le había improvisado una tienda a Orbán con dos sábanas cosidas. Veía su silueta recortada contra la linterna sorda que permanecía encendida a su lado, echado en el camastro, mientras repasaba sus tablas de cálculos.

Después de la primera oración, que los fieles siguieron con fervor en las siete mezquitas de la ciudad, los voluntarios de la fe, armados con lanzas, espadas, porras tachonadas de clavos y hondas se congregaron en silencio frente a las puertas del Higuerón y de Antequera, con sus ulemas al frente. Los malagueños los veían pasar desde las celosías de sus casas como un rebaño silencioso que se dirige al matadero, chilabas negras, barbas enmarañadas, muchas con hebras blancas. Los pastoreaban algunos jinetes africanos con coseletes de cuero y la *kefi-*

ya, el velo *muhaidín,* cubriéndoles la cara. Los voluntarios se agolparon a lo largo de la muralla, en espera de que los jefes del ejército los ordenaran. Esta vez la soldadesca no competía en fatuas manifestaciones de bravura, ni en chistes, ni en pedos. Había llegado el momento de demostrar la fe y la disposición al martirio, el momento decisivo que esperaban desde hacía meses. Por vez primera a los malagueños no les pareció que aquella horda maloliente de extranjeros había llegado a su ciudad para devorar las escasas vituallas y merodear por calles, plazas y zocos sin dar golpe. Ahora los miraban como a los defensores de la fe que iban a enfrentarse con los cristianos y, con la ayuda de Alá, a quebrantar el orgullo de Fernando.

Detrás de los voluntarios de la fe llegaron los cenetes, en compactos rebaños. Los guerreros del sultán salmodiaban entre dientes el canto monótono con el que sus abuelos invocaban a la muerte en el desierto.

A la luz indecisa del amanecer, la masa de los africanos era una aparición espectral, las caras delgadas y huesudas, de pómulos salientes enmarcados por el velo negro, los ojos febriles pintados con polvo de carbón, con sus coletos reforzados, sus *kefiyas* blancas con el dibujo negro y flecos, sus adargas arriñonadas.

Detrás de ellos llegó un grupo numeroso de guerreros a caballo, unos montados a la jineta, con el estribo corto y las piernas flexionadas; otros a usanza cristiana, con el estribo largo y las piernas estiradas, sobre caballos frisones de ancho pecho. Unos blandían ligeras jabalinas; otros, fuertes lanzas de fresno con banderola y cintas. Los capitaneaban el Zegrí, Ibrahim Cen y otros miembros de la nobleza armados de bellas adargas de piel de antílope y revestidos de hermosas corazas. El lúgubre sonido de los cascos herrados sobre el empedrado provocaba escalofríos. Olía a hierro húmedo, a cuero viejo, a grasa y a sudor revenido, los olores de la guerra. Sólo faltaba, y no tardaría en llegar, el aroma dulzón de la sangre.

Los veteranos, serios y ensimismados, cada cual en sus pensamientos. Antes de que amaneciera el día muchos fieles llenos de vida y juventud morderían el polvo y morirían, los ojos nublos llenos de moscas. Al llegar al arco de la Antequerana, los portaestandartes tremolaron sus banderas bordadas con citas del Corán. Uno de los alféreces se abrió paso entre la multitud y recibió de manos del predicador la enseña blanca de Ibrahim el Guerbi. Ibrahim Cen la vio ondear entre las otras, más grande, y se encogió de hombros.

—Si los voluntarios creen que ese talismán los conducirá a la victoria, allá ellos.

—¿Dónde se ha metido *el Loco*? —preguntó el Zegrí aludiendo a Ibrahim el Guerbi.

—Está detrás del ejército, recitando el libro sagrado.

—¡Tiempo tendrá de recitarlo tras la batalla! —exclamó el general con un bufido—. ¡Ahora que acompañe a la bandera de la victoria! ¡Que asista a la batalla victoriosa en vanguardia, animando a los suyos!

Dos adalides fueron a avisarlo.

—¡Lo traéis sin pretexto alguno! —advirtió el Zegrí.

Los capitanes se pusieron la cinta roja en la cabeza, en torno al yelmo, bien visible, y ordenaron sus haces. Los heraldos pregonaron la disposición del combate: primero saldrían los cenetes y se agruparían a los lados del camino, detrás saldrían los voluntarios *muhaidines* y avanzarían hasta el corralillo del cementerio viejo, precedidos de un grupo de almogávares con la bandera del santón y las enseñas de los príncipes voluntarios. A una señal del Zegrí, atacarían el campamento cristiano detrás de sus enseñas. Cuando trabaran combate con los perros, intervendría la caballería cenete, seguida de sus peones, a dar el golpe de gracia.

Orbán y sus artilleros asistían a los preparativos desde sus posiciones de la muralla. La espera se hacía tensa. Los vendedores ambulantes de buñuelos y los aguadores vestidos de blanco, las cestas en la cabeza, hacían su agosto entre la masa de *muhaidines* enlutados que se agolpaba a lo largo del muro. La sed que da el miedo.

Comenzaba a clarear el horizonte. Desde las torres no se observaba ningún movimiento en el campamento de Fernando. Las mismas hogueras de todas las noches brillaban distantes en la oscuridad.

Se abrieron las puertas y el ejército de los fieles salió en buena ordenanza, según lo previsto. Cuando se completó el despliegue, el Zegrí levantó el brazo, lo sostuvo un momento en alto y lo abatió con firmeza. Los adalides picaron espuelas y detrás de ellos se lanzó la tropa voluntaria como una ola negra, poderosa y ciega que, brotando del mar, avanza sobre la playa. En medio de un clamor de gritos y tambores ululaban los africanos con sus ancestrales aullidos tribales, blandiendo sus armas. ¡Al martirio, al martirio!, clamaban los *muhaidines* en una variedad de dialectos y lenguas que la fe congregaba. Pregonaban los ulemas versículos del libro santo que nadie oía entre el ensordecedor concierto de los tambores.

La vanguardia de los *muhaidines,* integrada por los adalides más bravos, alcanzó los fosos del campamento y arrolló a los atónitos centinelas. Los *muhaidines* que llegaban detrás se ensañaban con los cadáveres de los primeros cristianos, con salvaje alegría, indiferentes a los bastonazos que sus oficiales descargaban sobre sus lomos.

—¡Herid a los vivos! —les gritaban—. ¡No perdáis el tiempo con los muertos!

Cuando las primeras trompetas cristianas llamaron al arma, ya habían penetrado en el campamento, ululando con gran algarabía, más de dos mil *muhaidines*. No obstante, los cristianos reaccionaron con ligereza al toque de sus trompetas y a su campana tañendo a rebato.

El marqués de Cádiz acudió el primero seguido de otras mesnadas señoriales. Lo que parecía simple escaramuza derivó hacia batalla peleada cuando se fueron sumando nuevos efectivos. El Zegrí alimentaba el combate con destacamentos de *muhaidines*, mera carne de cañón para cansar a los cristianos y enturbiarlos antes de la intervención de los cenetes.

Desde la muralla, Orbán asistía a la batalla. Un caballero cristiano vociferaba en medio del tumulto, ante los lanceros que se replegaban:

—¡Devolveos caballeros, que yo soy Ponce de León, al enemigo, al enemigo! ¡Al que dé un paso atrás le corto los huevos! ¡Castilla por Isabel! ¡Isabel! ¡Santiago, Santiago!

Uno de los cenetes arrebató el estandarte del duque de Cádiz, pero don Diego Ponce de León, hermano del marqués, se lanzó a rescatarlo, decapitó al moro y se lo arrancó de las manos. En ese momento lo alcanzó una flecha. Su yerno don Luis Ponce, se puso a su lado y lo defendió con arrojo hasta que dos de sus hombres consiguieron retirarlo, aferrado a la bandera.

Salían de las tiendas caballeros a medio armar, seguidos por los escuderos que intentaban ajustarles las correas sueltas de petos y coseletes. Pedro Puerto Carrero, señor de Moguer, su hermano Alonso Pacheco y Lorenzo Suárez de Mendoza peleaban a la puerta de la tienda del maestre de Santiago sobre un montón de cadáveres *muhaidines* y, aunque recibían pedradas y heridas diversas, de flechas y palos, defendían la posición, como tres colosos, esparciendo la muerte alrededor. Ellos solos, en aquella jornada, adornaron con la guirnalda del martirio a más de cien *muhaidines* y los encaminaron al Paraíso.

Pedro de Maqueda dormía cerca del cerro de San Cristóbal, en las tiendas de su padre, el obispo de Segovia. Al rebato, saltó de la yacija y requirió a voces su caballo, mientras se embutía el peto pavonado con la presteza que le daba una larga práctica. Le ardía la sangre ante la perspectiva de un buen combate. El escudero intentó, en vano, encajarle el espaldar de la armadura.

—¡No hay tiempo, Andrés! —lo rechazó—. ¡Al arma!

El deán tomó el escudo y la espada y salió de la tienda impetuosamente. Llegaba su sargento de armas con el caballo de combate ensillado. Cabalgó el deán sin aguardar a que se le unieran sus mesnaderos. Por el pasillo lateral del campamento se precipitó hacia el lugar donde se combatía más enconadamente, atropellando a los peones que se interponían en su camino.

—¡Santiago y Castilla! —gritaba—. ¡Al moro, al moro!

La lucha se había generalizado en la segunda hilera de tiendas, donde una docena de caballeros madrugadores, tan a medio armar como el deán, intentaba contener a una muchedumbre de *muhaidines* provista de chuzos y estacas ferradas. Favorecidos por la sorpresa y por su abrumadora superioridad numérica, los moros profundizaban la brecha abierta en las tiendas y corrales.

Rugiendo de ira, con la sangre golpeándole en las sienes, el deán Maqueda desenvainó su espada, picó espuelas y se lanzó sobre aquel oleaje humano tajando e hiriendo a diestro y siniestro. Detrás de su caballo quedaba un rastro de cuerpos mutilados, brazos cortados, cabezas sueltas, intestinos que se descolgaban hasta el suelo, surtidores de sangre humeante que empapaba la tierra.

Brillaba el joven león, tinto en la sangre fresca de las salpicaduras, al primer sol de la mañana. El obispo de Segovia podía sentirse orgulloso de su hijo: no había en el campamento un campeón semejante a él.

En la segunda línea de los moros, Mohamed ben Hazem, el veterano alcaide de Baza, vio la riza que el deán

Maqueda causaba en sus huestes y picó espuelas para enfrentársele.

—¡A mí, el perro cristiano! —le gritó desde lejos en perfecto castellano—. ¡A mí el matador de ovejas! ¡Deja a esos desgraciados, carne de buitre, y mídete conmigo si tienes cojones!

—¡Que me place! —le respondió el deán, torciendo las riendas para dirigirse a él.

Todavía tuvieron que abrirse paso entre el peonaje, matando y atropellando a los que se interponían. Los dos campeones se encontraron en el rodal de una tienda abatida. Después de observarse un momento, intercambiando miradas furiosas y palabras de desafío, caracoleando los corceles, arremetieron el uno contra el otro con las espadas en alto. Pararon el primer tajo furibundo y entrechocaron los escudos empujando e intentando abrir brecha por donde introducir el acero en la guardia del contrario. El alcaide de Baza detuvo dos tajos de la espada del deán, antes de que el tercero le acertara sobre el coselete y le introdujera un palmo en el estómago, sesgado. En lugar de defenderse con el escudo, sabiendo que la herida era de muerte, hirió a su vez a su contrincante en el espacio que dejaba al descubierto su escudo, buscando la arteria femoral, pero la herida no profundizó hasta la ingle y se quedó en la parte alta del muslo. El deán, enfurecido por el dolor, descargó un nuevo golpe sobre ben Hazem, esta vez en la cabeza. La hoja acerada hendió el bello casco cincelado, que rodó por el suelo. De la ancha herida brotaron sesos y sangre. El valeroso alcaide de Baza dirigió una última mirada vidriosa a su matador y aflojó los miembros antes de sumergirse en la nada.

Dos mesnaderos del deán acudían al auxilio de su amo que, como un joven león, intentaba seguir combatiendo, herido y todo.

—Don Pedro, ya has hecho bastante —le rogó Fermín

del Palacio—. Ahora debes abandonar para que te vea el cirujano.

El deán comprendió que debía retirarse antes de que la sangre perdida le debilitara la vista y la fuerza. Escoltado por sus hombres, abandonó el combate y se replegó a las tiendas del fondo, atravesando el campamento, donde la reina Isabel había dispuesto un nuevo hospital. Antes de llegar se desplomó, sin sentido. Tuvieron que llevarlo en unas parihuelas. Lloraban sus hombres pensando que se moría porque era un gran sufridor de trabajos que sabía compartir con ellos lo bueno y lo malo.

Mientras tanto, el combate arreciaba con la incorporación de nuevos adalides cristianos. Alí ben Comar, el joven campeón de Tabernas, se enfrentó a Rodrigo Pérez de Logroño. Le asestó una lanzada en la parte del pecho que no cubría el escudo. La punta de hierro penetró entre las dos placas del peto y asomó, sangrante, por el omoplato. Palideció Pérez de Logroño, las rodillas dejaron de sostenerlo y se desplomó con un sonido sordo de chapa y cuerpo muerto. A Esteban de Andrade, el alférez del duque de Béjar, una piedra le acertó en la cara, le saltó un ojo y cuatro dientes. Yusuf Comixa, el más apuesto de los aliatares, guerrero famoso ya a los veintidós años, cayó atravesado por un virote de ballesta que le entró por la nuca y le asomó por la boca. También murieron Abul Hasán y Ahmed Zalfarga y Mohamed Hakim a manos del adalid Andrés de Cuenca, que se abría camino como un coloso dejando detrás de él un reguero de muertos. Con una daga gruesa, buscaba los intersticios de la coraza y penetraba hondamente en el vientre o en el pecho, entre las costillas, buscando los órganos de la vida.

Desde su alta almena, Orbán contemplaba la batalla con mirada cansada y expresión de hastío. Se abatían los sables, volaban las saetas, los guijarros impulsados por los honderos acertaban con un confuso rumor sobre hierros o carne, rompiendo huesos. Los lamentos de los heridos se confundían con los suspiros de los moribundos, el espeso olor del cuero se mezclaba con el del sudor, el de la sangre dulzona, espesa y el hedor de los intestinos abiertos. Cuando se levantó la mañana, el turbio sol iluminó un campo sembrado de cadáveres, de miembros cercenados por los filos; de mortales magulladuras causadas por las mazas, que mezclaban en amasijo, anillos de cota, trapos, huesos molidos y músculos desgarrados, candidatos seguros a la gangrena.

Orbán había vivido aquella escena más de cien veces: la muerte sembrando su cosecha, todavía relativamente piadosa, en ese punto de la batalla en el que aún no interviene el cañón para sembrar indiscriminadamente el horror.

Al principio los cristianos llevaron la peor parte y cedieron tres filas de tiendas a la acometividad de los voluntarios de la fe que parecían brotar de la tierra como las hormigas furiosas cuando los niños hurgan en el hormiguero con un palo. Después reaccionaron y se sumaron en gran número a la lucha. Acudían los peones con sus coseletes claveteados y sus largas lanzas, los señores que se habían demorado para armarse cabalgaban en sus percherones de ancho pecho y se lanzaban a la batalla sedientos de sangre y de gloria, celosos de los que se les habían adelantado.

Volaban las flechas, las piedras de las hondas y los virotes de las ballestas con su muerte alada. Chascaban lanzas, se tronzaban los huesos bajo los caballos derribados, los alaridos de la guerra se mezclaban con los ayes de los heridos y con los lamentos de los moribundos. La tierra temblaba como en un terremoto, batida furiosamente por los cascos de los trotones.

Ahmed el Fatihi, el de Ronda, entró de los primeros en el campamento cristiano, tras sortear las dos barreras, derribó una tienda francesa, que pasó por encima, atropellando a los que dormían dentro, y lanzó la tea que llevaba en la mano en el interior de otra. Le salió al encuentro un escudero del conde de Arcos, al que atravesó con su lanza. Cuando echaba la mano a la espada, un espingardero que había observado el destrozo desde las barreras le disparó una bala de hierro que le acertó en el cogote y le salió por la boca, llevando por delante la mitad de los dientes y muelas. Se le derramaron los sesos y murió en brazos de su primo Abdul Kasim, quien, por socorrerlo, descabalgó y allí mismo fue alanceado por peones cristianos. Alí ben Comar, llamado Farruch, el yerno de Aliatar de Aljanda, que había prometido a su novia, la bella Itimad, el culo sin esquinas, una presea de algún conde cristiano, saltó con los primeros las barreras de Fernando y cabalgó por una calle del campamento, con tiendas a los dos lados, sin cuidarse de si lo seguían los suyos. Cerca de las capillas donde ondeaban los pendones, su trotón tropezó con los vientos de una tienda y dio con él en el suelo. Ben Comar cayó sobre la nuca y se fracturó la columna vertebral. Pugnaba por levantarse y no podía, el cuerpo muerto y la cabeza móvil, con los ojos vivaces mirando el desastre de su vida. Allí mismo lo degollaron dos criados del duque del Infantado que después se repartieron sus arreos y su caballo.

Abd Tinmal, el alcaide de Cambil, que había matado a más de veinte cristianos en la jornada de la Ajarquía, combatió bravamente en el foso, rechazando a los peones cristianos que salían de las tiendas de cuero. La sangre le chorreaba por el codo cuando un escudero del duque de Cádiz, Pedro de Palencia *el Joven*, le metió la lanza por los riñones y dio con él en tierra. Lo decapitaron y mostraron su cabeza en el extremo de una lanza, lo que puso pavor en muchos corazones porque era uno de los más esclarecidos paladines de los moros.

Al final se manifestó lo que Orbán temía. Los guerreros cristianos pasaron a cuchillo a los inexpertos y mal armados *muhaidines,* como la guadaña abate la hierba seca en el prado, y después cayeron sobre los fieros cenetes, los cuales, sin suficiente terreno para maniobrar, puesto que la batalla se reñía en los fosos y detrás de ellos, no pudieron practicar su táctica de tornafuye, y sucumbieron a decenas a manos de los caballeros.

Desde las almenas avanzadas, algunos espingarderos instruidos por Orbán disparaban contra las armaduras más vistosas. El duque de Cádiz recibió un balazo que le atravesó el escudo y le abolló la coraza, sin penetrarla.

Después de un combate indeciso, con muchos muertos y heridos de las dos partes, el Zegrí comprendió que la lucha había llegado al punto en el que la concentración de fuerzas cristianas arrollaría a sus cenetes. No tenía hombres para reemplazar aquellas pérdidas. Transmitió a la torre de señales la orden de replegarse.

En todo ese tiempo la artillería de Fernando se abstuvo de tronar, aunque sus artilleros rodearon sus piezas con lanzas y cadenas, dispuestos a defenderlas. Solamente una docena de catapultas disparaban contra los fieles desde la trinchera adelantada de san Cristóbal. Uno de los proyectiles, una piedra del tamaño de una naranja, le acertó a Ibrahim el Guerbi en la cabeza y se la abrió esparciendo los sesos por el polvo. Sus discípulos, que lo rodeaban para protegerlo, lo tomaron a mal agüero y, desamparando las armas, huyeron hacia la ciudad, más cobardes cuanto más arrogantes se habían mostrado la víspera. En un momento olvidaron su condición de voluntarios de la fe, *muhaidines* que ansiaban el martirio y el paraíso.

Antes de que se produjera la desbandada, Orbán enfiló los cañones, apuntando a la distancia óptima de metralla, la de un tiro de ballesta. Las mechas humeaban en los braseros, dispuestas.

—¿Hago algo, señor? —preguntó Jándula, nervioso después de comprobar que los oídos de las bombardas estaban cebados con fósforo.

Orbán le puso una mano en el hombro, pero no apartó la mirada del campo.

—Esperar.

Desde el mirador de la puerta de Antequera los artilleros permanecían atentos a la retirada. Los musulmanes regresaban muy mezclados con sus perseguidores que les daban alcance a caballo y los iban alanceando por el campo, los peones detrás degollando a los que se rendían.

Los de la muralla no podían disparar sin herir a los suyos en retirada. A pesar de ello, cuando los tuvieron a la distancia adecuada, Orbán acercó una mecha al oído de *la Negrilla*, la señal de fuego a discreción. El cañonazo resonó potente como un trueno. Chascó la madera de la cureña al aguantar el retroceso. Cuando se disipó la nube de humo, vieron el lugar del impacto sembrado de cadáveres cristianos y muslimes, algunos heridos pateando entre un rodal de tripas y miembros cercenados. Después de *la Negrilla* habían disparado todas las bombardas y ribadoquines desde la torre de la puerta Antequera a la del Aceituno. La metralla segó por igual amigos y enemigos, pero detuvo en seco a los cristianos.

—¡Atrás! —gritó el duque de Cádiz—. ¡Atrás!

—¡Se repliegan!

Los cristianos suspendieron la persecución y regresaron atropelladamente a su campo, fuera del alcance de los cañones.

—Ha sido una gran victoria —declaró el Zegrí mientras su escudero lo despojaba de la armadura ensangrentada. Se había batido como un león.

—¿Una gran victoria? —se extrañó Orbán.

El Zegrí le guiñó un ojo. Nunca lo había visto de tan buen humor.

—Nos hemos ahorrado mil bocas inútiles que hoy disfrutan del Paraíso. Además Alá, el clemente, el misericordioso, el oportuno, ha llamado a su seno a Ibrahim el Guerbi. Ya no habrá más profecías apocalípticas ni más sermones incendiarios contra los que comemos mientras el resto pasa hambre. ¡Eso es lo que yo llamo una gran victoria!

Por la noche circulaban noticias sobre los muertos y las pérdidas de cada bando. Ibrahim Cen, malherido de una lanzada, agonizaba en su casa de la Cuesta. Entre los cristianos había caído el capitán Ortega del Prado, el escalador que dirigió el asalto de Alhama.

CAPÍTULO XX

Cada viernes el Zegrí y los magnates de la ciudad asistían al sermón en la mezquita mayor en compañía de un pueblo cada vez más escuálido. Después de la oración cenaban en alguna casa principal y prolongaban la sobremesa hasta el amanecer.

El viernes que correspondía a Orbán ser el anfitrión, amaneció templado por la brisa refrescante del mar. Iba a ser un día de mucha faena. El cocinero había degollado una oveja y había puesto la carne a orear en el patio.

Isabel tomaba las disposiciones necesarias e intentaba disimular su contrariedad. Le molestaba que tantos hombres invadieran su casa, entre ellos algunos amigos de Ubaid Taqafi, su antiguo dueño.

—¡Vienen a fisgar nuestra vida para contárselo después! —se quejó.

—¡No puedo luchar contra la costumbre! —se excusó Orbán—. Incluso debo considerarme muy honrado de que el Zegrí haya designado mi casa como lugar de la reunión de hoy.

Orbán trabajó todo el día en el arsenal, inspeccionando, con Alí *el Cojo*, la primera colada de la fundición. El bronce ardiendo despedía una espesa nube de humo mientras los operarios lo vertían por el oído del molde, con un silbido de serpiente furiosa.

—¡Un ser llora y se queja cuando da a luz a otro! —comentaba Orbán contemplando el bello espectáculo.

El herrero búlgaro no veía metales de otra especie sino seres, cada cual con su carácter y con sus inclinaciones. Conversaba con ellos, los comprendía y se excusaba cuando tenía que contrariar la naturaleza de uno, calentándolo, majándolo o fundiéndolo para mezclarlo con otro. Jándula no sabía si atribuir aquellas rarezas a excentricidad de su amo o si es que los herreros búlgaros eran así y por eso vivían tan apartados del trato humano.

La cena era al anochecer. Antes de que se pusiera el sol, Orbán y Jándula regresaron. Isabel le había preparado el baño, como cada día, con agua tibia y aceite perfumado. La criada que les subió las toallas calientes percibió un retazo de conversación. Orbán le decía:

—Estás muy callada hoy.

—Es que no me hace gracia que vengan esos amigos de Taqafi a casa.

—No tienes que verlos. Quédate aquí. La cena la servirán los criados.

—Yo soy tu esclava —replicó Isabel—. Pensarán cosas si no comparezco.

—Que piensen lo que quieran.

Después de la oración de la noche, comenzaron a llegar los invitados, más de quince. Como hacía buen tiempo, la comida se serviría en el jardín, mirando al mar. Los criados habían extendido alfombras y esteras sobre las que habían dispuesto muchos escabeles con cojines. A intervalos regulares, candiles de aceite perfumado alumbraban las tarimas donde se exponían las bandejas con los manjares.

Orbán recibió al Zegrí en el zaguán, lo acompañó hasta la estancia central y le ofreció el pan y la sal. Con el resto de los invitados fue menos deferente. Según iban llegando, el mayordomo los acompañaba hasta el jardín, donde le hacían la zalema al Zegrí y se unían a la conversación. Había comida en razonable variedad y abundancia: carne de oveja sazonada con miel; y empanadas de barmakiya con carne molida, cilantro, pimienta, canela y garum, potaje de habas para los delicados de dientes y bebidas de diversas clases. Además de limonada y zumo de granada, no faltaba el zumo fermentado de uva, el afamado vino de Málaga, para los que lo apreciaban a pesar del anatema del profeta.

Tras el rebato de las bandejas, saciados los vientres, discurría la reunión por sus cauces habituales, los invitados divididos en corrillos atendiendo al origen y grado de amistad, así como a los intereses particulares de cada cual: los cenetes de un lado; los militares, al otro, Alí Dordux y los mercaderes aparte.

Uno de los lugartenientes del Zegrí, Yusuf ibn Aiax, un beréber de la vieja guardia, se había interesado por la suerte de Isabel.

—Por ahí anda —dijo Jándula, reservado.

—¿Y cómo le va con el cambio? —insistió el otro. Jándula lo miró a los ojos. El beréber tenía un brillo cínico en las pupilas y sonreía con malevolencia.

—Está muy bien —dijo Jándula, desabrido.

—¿Pero, le gusta tu amo? —insistió.

—Eso parece —respondió Jándula elusivamente. Y fingió un quehacer para evitar que el otro lo siguiera interrogando.

Dos horas después, ya hechas las libaciones y fumado un canuto de hachís, Yusuf ibn Aiax, visiblemente achispado, no dejaba de pensar en Isabel y algunas veces miraba al techo, allá donde se figuraba que estaría ella. Era amigo de Ubaid Taqafi y había estado en aquella casa muchas veces. Había deseado secretamente a la favorita de su amigo, aunque nunca se había atrevido a manifestarlo. Ahora su amigo había caído en desgracia y aquel herrero, Orbán, había heredado casa y amante, un regalo a todas luces excesivo que sólo se justificaba por el deseo del Zegrí de animar a sus desanimados guerreros con preseas y honores.

Apuró ibn Aiax su copa y mientras el esclavo acudía a llenársela espió las ventanas del piso superior. La de la alcoba principal permanecía en penumbra. Se imaginó a Isabel recostada en el camastro, entre almohadas, aguardando a que los invitados marcharan para recibir entre sus brazos expertos al herrero búlgaro.

Ibn Aiax bebió todavía dos copas de vino espumoso con miel y canela. Sus pensamientos lúbricos hallaron eco en un hormigueo agradable que percibió en su bajo vientre. Se sentía pletórico y potente. Respondía con monosílabos a las preguntas de uno de aquellos pesados, los mercaderes del círculo de Alí Dordux, que peroraba sobre los precios abusivos que alcanzaban la pimienta, la nuez moscada y la agalla oriental. En aquel momento a ibn Aiax lo traía al fresco el comercio, el futuro de la ciudad y el futuro del sultanato. Deseaba a la esclava cristiana y no quería aplazar por más tiempo la consumación de su deseo.

Disimuló dirigiéndose a la zona del jardín donde estaban los retretes. Desde allí, dando un pequeño rodeo por el patio interior, buscó la escalera que ascendía a la terraza de servicio. Conocía la casa. Todos los criados estaban abajo, atendiendo a los invitados. El piso superior estaba silencioso y en penumbra. Se detuvo ante la puerta taraceada, de dos batientes, de la alcoba principal. Aplicó el oído: nada. ¿Dormía Isabel?

Con precaución llevó la mano al picaporte, lo levantó y empujó.

La puerta estaba cerrada por dentro.

Se imaginó a la mujer desnuda en el lecho tibio.

Dio unos golpes: toc, toc, toc...

No hubo respuesta.

Repitió los golpes con mayor energía.

—¿Quién es? —preguntó Isabel dudosa desde el interior.

—Un presente para la señora —dijo ibn Aiax fingiendo una voz neutra.

Se descorrió el cerrojo y cedió el picaporte. Yusuf ibn Aiax empujó la puerta y entró en tromba, atropellando a la mujer. Cerró detrás de él.

—¡Andas muy perdida, muchacha...! —dijo, a guisa de saludo, mientras esbozaba una sonrisa nauseabunda de grifota borracho.

—¿Qué haces aquí? —se indignó Isabel al reconocer al compadre de Ubaid Taqafi.

Iba a gritar, pero Yusuf ibn Aiax la rodeó con una mano por la cintura atrayéndola hacia él, y con la otra le tapó la boca.

Se resistió Isabel furiosamente lanzando patadas al aire. Los brazos de ibn Aiax eran fuertes y la mantenían en vilo, como a una muñeca.

—¡Ven, perra cristiana! No te hagas la pudorosa, que conmigo eso no vale. ¿Crees que no sé que follas con ese enano turco todas las noches?

—¡Déjame, señor! Ahora le pertenezco a él.

—¡Me perteneces a mí! Cuando los perros levanten el cerco él se irá a otra parte y tú te quedarás conmigo. No te vas a librar tan fácilmente de Yusuf *el Negro*.

Intentó arrastrarla hasta la cama, pero tropezó con una alfombra, trastabilló y perdió el equilibrio. Isabel aprovechó la circunstancia para zafarse del abrazo y correr hacia la puerta. Ibn Aiax le cortó el paso con agilidad sorprendente. La excitación le había disipado la borrachera.

—¿Qué pasa, que el turco te tiene bien follada y no te apetece variar?

—¡Señor, te suplico que me dejes! —rogaba Isabel—. ¡Tú tienes muchas mujeres!

—Todas las que quiero, perra —concedió ibn Aiax—, pero se me ha antojado follarme ese coñito angosto tuyo. Anda, sé razonable y no me hagas perder la paciencia. Te lo hago en un momento y me voy. No te haré daño. Te recompensaré.

—Señor, has bebido mucho, vuelve abajo antes de que te echen de menos

Yusuf ibn Aiax dejó de perseguirla. Se irguió, ofendido y se compuso el cuello de la chilaba ligera.

—Está bien —concedió—. Lo dejaremos para otro día, pero este desaire no se me olvidará fácilmente.

La mujer se dirigió hacia la puerta, aliviada. Entonces ibn Aiax saltó sobre ella y la agarró fuertemente por las muñecas.

—¡Ya eres mía! ¿Creías que te ibas a salir con la tuya o simplemente me rehuías para excitarme? ¡Mira cómo me tienes!

Se le arrimó y le hizo sentir contra los muslos su verga enhiesta y dura.

—¡Señor, te lo suplico! —dijo ella sollozando.

Le cerró la boca con un beso feroz y la arrastró hasta el camastro, allí la tumbó como el pastor tumba a la oveja que va a esquilar, le desgarró la túnica y se solazó un momento con la contemplación del pubis depilado. Aspiró el aroma.

Ella se resistía, pero la presa era firme y los músculos poderosos de ibn Aiax la mantenían inmovilizada. El moro la montó, le separó los muslos introduciendo entre ellos una rodilla y extrajo la verga de los zaragüelles, erecta, turgente y oscura. La deslizó por los muslos de la muchacha, para hacerle sentir su potencia y golpeó con ella el sexo femenino antes de penetrarlo. Lastimada, ella emitió un sordo quejido. Jadeaba y se removía intentando zafarse. Eso excitaba los ardores de ibn Aiax, que prefería una violación a una entrega. En medio de la brusca cabalgada, el moro cambió de postura y liberó las manos de la muchacha para amasarle los pechos. Isabel intentó apartarlo empujándolo. Un objeto duro se interponía: el cuchillo curvo en su funda repujada, ceremonial. La mano de la mujer se crispó en torno a la empuñadura sintiendo los adornos nielados sobre la palma. Silbó la hoja con un rumor serpentino al abandonar la funda de cobre. En el momento en que el moro alcanzaba el orgasmo, la afilada cuchilla le seccionó la carótida y la tráquea. Muerte y placer se confundieron en un único espasmo.

CAPÍTULO XXI

Isabel asistió horrorizada a los últimos estertores del moribundo. Tendido boca arriba, Yusuf ibn Aiax se desangraba a borbotones por la garganta abierta, las piernas sacudidas por un temblor espasmódico.

La mujer se miró las manos ensangrentadas y el espanto sucedió al terror. ¿Qué había hecho? Acudió a la jofaina y se frotó con tanta vehemencia que se lastimó la piel. Había asesinado a uno de los notables de la ciudad. El crimen de una esclava se castigaba con la muerte. ¿Qué hacer?

Abrió la puerta y se asomó a la escalera. No había nadie. Los criados estaban en la cocina o atendían a los invitados. Descendió unos peldaños. Uno de los cocineros pasaba por el vestíbulo.

—¡Mohamed, avisa al amo, que venga a verme! —le dijo—. Es muy urgente.

—¡Oír es obedecer!

Orbán estaba en el extremo del jardín, conversando con los hijos de Alí Dordux. Había bebido vino especiado, pero no estaba borracho. Cuando recibió el recado miró la terraza del dormitorio y la encontró a oscuras. Un presentimiento funesto lo alarmó.

—Permitidme que me ausente —se excusó.

Subió y se encontró el horrendo panorama. El muerto despatarrado en un baño de sangre que empapaba las frazadas del lecho, el cartílago de la tráquea asomando en la garganta seccionada. Isabel, presa de un ataque de nervios, se le abrazó llorando.

—¡Quería violarme y lo he matado!

—Cálmate, mujer.

—¡Lo he matado, lo he matado...! —no cesaba de sollozar—. ¿Qué hacemos ahora?

—¡Cálmate!

Orbán meditó un momento. Una esclava cristiana que había degollado a un noble musulmán, uno de los prohombres de la comunidad, no tenía muchas posibilidades de escapar con vida. Los atenuantes que pudiera esgrimir a su favor no iban a librarla de la muerte. La condenarían a ser lapidada en la plaza del mercado.

Respiró profundamente. En las circunstancias apuradas de la vida, Orbán se conducía con absoluta frialdad. Después de una intensa vida entrenándose para controlar sus sentimientos, era capaz de actuar calmosamente.

Primero se vio ajeno al asesinato. Su esclava no era él. En aquel crimen pasional no había nada que lo implicara. Después se vio desde otra perspectiva, en su relación con Isabel. ¿Podré soportar la vida sin ella?

Tomó su decisión.

—¡Vamos, mujer, no podemos perder ni un instante! Cálzate las sandalias y toma ese manto. Nos vamos.

—¿Dónde iremos?

—A salvarte.

—Pero ¿y tú?

—¡Yo me salvo o me condeno contigo! No estorbes. Déjame hacer.

Ella se dejó guiar dócilmente. Bajaron al patio del huertecillo y ganaron la calle por la puerta falsa que servía a las cuadras. Sin equipaje, solo con lo que llevaban puesto. Era ya noche cerrada y no había nadie en la calle. Por callejones oscuros, bajaron al puerto.

En la garita de vigilancia, tres cenetes se aburrían mortalmente.

Orbán los sobresaltó saliendo de las tinieblas de la noche. Lo reconocieron y le hicieron la zalema con el respeto debido.

—Voy al molino de la pólvora —explicó—. ¡Que Alá os acompañe!

Dejaron pasar al hombre de confianza del Zegrí que extremaba su celo hasta el punto de bajar a los almacenes de noche en compañía de su esclava.

Los polvorines disponían de su propia guardia, los aprendices de las herrerías, que dormían dentro, con las puertas cerradas. Orbán pasó de largo como una sombra, con Isabel de la mano. A aquella hora los guardias roncaban al pie de las garitas confiados en la vigilancia de los centinelas del espigón.

Detrás de los almacenes estaban las barcas confiscadas a los contrabandistas. Orbán desató una pequeña que le pareció más rápida y manejable. La impulsó dentro del agua. Insertó los remos en las chumaceras. Isabel, medrosa, se acomodó en el asiento, frente a él.

—¡Allá vamos!

Isabel apretaba en la mano el talismán del artillero, la joya de puntería. El filo se le clavaba en la palma y ella apretaba más, redimiéndose por el dolor.

Bogando de espaldas, Orbán se apartó del muelle. La marea decreciente los ayudaba a salir del puerto. En la noche negra como la pez los fanales de los navíos de Aragón lucían a lo lejos.

Los fugitivos remaron por espacio de una hora. En el mar abierto se orientaron hacia las naves cristianas.

—¿Vamos con los cristianos? —reconoció por fin Isabel.

—Sí. Vas a ser libre.

—Pero ¿y tú?

—Ya me las arreglaré.

—No quiero ser libre si no estoy contigo.

—¡Mujer, no había otra opción! Te iban a matar. Ahora ya veremos lo que pasa.

Sollozó en silencio la mujer y Orbán arreció con el remo. Ya habrían descubierto su fuga. Los cenetes declararían que los vieron pasar. Echarían de menos la barca. Podrían perseguirlos con remeros expertos y darles alcance antes de que se pusieran a salvo con los aragoneses.

Orbán bogó en medio de la niebla cada vez más espesa hasta que el dolor de los brazos se tornó insufrible. Entonces aseguró los remos y se acomodó para descansar. Le ardía la espalda.

—¿Por qué te detienes? —urgió Isabel.

—Porque no puedo más. Descansaré un poco y seguimos.

Una mole oscura se definió detrás de la pantalla de niebla, un buque de alto bordo. En el combo muro de la madera las velas recogidas golpeaban rítmicamente el cordaje. Orbán husmeó los familiares olores a brea y a algas podridas.

Los del buque también habían descubierto la barca. Asomó un farol en el extremo de una pértiga e iluminó el interior de la embarcación reconociendo a los pasajeros.

—¡Un moro y una mora, capitán! —gritó el que accionaba la pértiga.

Lanzaron un cabo, afirmaron la barquichuela y ayudaron a subir a bordo a la pareja. Uno de los marineros, antiguo desertor de Málaga, reconoció a Orbán.

—¡Es el turco! El artillero que enseña a los moros a tirar.

Lo maniataron y lo condujeron ante el oficial del navío, Carlos de Valera y Arriarán, capitán mayor de los Reyes Católicos. Era un hombre joven y membrudo, con los hombros algo caídos, como abrumado de las responsabilidades que lo aplastaban al frente de la armada castellana.

—La mujer es una cautiva cristiana —informó Orbán.

Carlos de Valera asintió.

—¿Y tú eres Orbán, el turco?

Orbán asintió.

—Fernando querrá conocerte —dijo Valera.

CAPÍTULO XXII

El alguacil Lope de Herrera recibió al prisionero, y, tras comprobar la firmeza de los grilletes que le inmovilizaban las manos, lo tomó del brazo y lo introdujo en la tienda del rey.

—El herrero turco, señor —anunció.

Le sorprendió a Orbán el ambiente adusto que rodeaba a Fernando. No había adornos regios en aquella impersonal oficina de campaña: dos mesas plegables y una cantarera en la que una alcarraza de barro blanco de Andújar goteaba sobre un lebrillo. Detrás de la cortina del fondo se adivinaban un estaferro con la armadura del rey y un sencillo catre de campaña.

Fernando, en camisa y calzas, con una pelliza sobre los hombros, estaba sentado en una jamuga morisca de cuero y dictaba una carta a su secretario. Ignoró la presencia de Orbán hasta que terminó de dictar. Después se volvió y contempló al prisionero con expresión severa. Tenía la mirada penetrante de un hombre acostumbrado a tasar a las personas.

—Así que tú eres el herrero búlgaro que tanto trabajo nos da.

El tono del rey parecía amistoso, aunque la fijeza de su mirada intimidaba.

—Sí, señor —asintió Orbán.

Fernando se levantó de la silla. Era un hombre de mediana estatura, la cara de rasgos agradables, algo mofletuda, calvo hasta media cabeza.

—¿Hablas en cristiano? —preguntó a Orbán

—Sí, señor.

El rey asintió brevemente.

—En ese caso no necesitamos trujamán. Déjanos solos, Simuel.

El traductor judío de Fernando titubeó antes de abandonar la tienda.

—Estaré fuera, señor.

Cuando quedaron solos, Fernando regresó a su jamuga, se sentó y contempló brevemente a Orbán.

—Tengo entendido que te envió el gran sultán turco para ayudar a los moros.

—Así es, señor. El propio Bayaceto me envió.

—Pero me han dicho que no eres musulmán ni cristiano. ¿Qué eres entonces?

—Tengo otras creencias, señor, las de los búlgaros antiguos.

Pensó que Fernando se iba a interesar por sus creencias, pero el rey no insistió. Permaneció callado un buen espacio de tiempo, mientras meditaba.

—¿Dónde has aprendido el Arte Regia?

—En Estambul, señor. En las herrerías de mi abuelo.

—¿Cómo son los cañones turcos? —se interesó Fernando con un tono despreocupado—. ¿Son tan buenos como dicen?

—Son normales, señor, los ligeros hacen cuatro disparos a la hora y los gruesos diez disparos al día, como aquí.

—Sin embargo tengo entendido que tú has mejorado los cañones de los moros.

—Hice mi trabajo, señor.

Fernando asintió. Miró el cubete del mástil, donde una golondrina había anidado, y pareció distraído. Reflexionaba.

—¡Un buen trabajo! —murmuró. Miró francamente al prisionero—. No podemos consentir que los moros te rescaten por ningún precio, porque volverías a servir al Zagal y eso no nos conviene. Mis caballeros creen que debo ajusticiarte por el daño que nos has hecho, pero, ¿de qué serviría eso? El daño ya está hecho y no tiene remedio. Por otra parte, sería una lástima desaprovechar a un cañonero tan experto. No abundan mucho los maestros en el Arte Regia.

Orbán no replicó. ¿Qué podía decir? Cuando estaba en campaña sabía que la muerte puede llegar en cualquier momento. Desde que cayó en manos de los cristianos había pensado que ese momento estaba próximo. Educado en el fatalismo que considera a la muerte compañera del oficio, el herrero la aceptaba con aparente indiferencia.

Fernando se miró la punta de los pies. Calzaba cómodos zapatos moriscos, de tafilete, con un adorno dorado en el empeine. A Orbán le pareció que el rey cristiano tenía los pies desusadamente pequeños.

—¿Es cierto que has abandonado a los moros, tus señores, por salvar a una cautiva cristiana?

—Así es, señor.

—¿La amas? Quiero decir, como un hombre ama a una mujer.

Orbán asintió.

Fernando meditó nuevamente sobre los misterios de la vida. He aquí un hombre que arriesga su vida por salvar a una mujer. Lo contempló con interés. Cada día mueren hombres en esta guerra abominable por causas menos nobles, por un sueldo, por una promesa de ganancias, por cuatro palmos de tierra en los que apacentar ovejas en la enfadosa vejez, para malvivir. Y este hombre que disfrutaba del privilegio de los moros, al que habían concedido honores y riquezas, expone su vida por una esclava, por amor.

—No gano nada con matarte —concluyó Fernando—, pero necesito una razón poderosa para mantenerte vivo. ¿Estarías dispuesto, a cambio de mi perdón, a trabajar para mí? Percibirías el mismo sueldo que mis herreros.

—¿Tengo otra opción, señor?

—No lo creo —repuso Fernando—. Eso o la muerte.

—Trabajaré para ti, señor.

—Si trabajas honradamente, te recompensaré —advirtió—. Si no quedo satisfecho, te haré degollar.

El rey agitó una campanilla de plata. Al instante apareció Alonso de Perales, el armador de las tiendas reales.

—El herrero búlgaro es ahora mi criado. Quítale los grilletes, dale ropa decente y llévalo con Francisco Ramírez de Madrid para que le asigne tienda y tarea.

Alonso de Perales era un hombre de pocas palabras. Llevó a Orbán a las tiendas de la intendencia y le entregó tres camisas, dos calzas, un buen jubón de cuero y varias mantas, todo usado. Una vez ataviado con ropas castellanas, lo condujo hasta el cerro de san Cristóbal, al otro lado del campamento. Detrás de los terraplenes y manteletes los artilleros ociosos jugaban a los dados, dormitaban, cosían sus fatigadas ropas de campaña o aguzaban sus armas pasando por el filo una piedra negra que de vez en cuando remojaban en agua. Entre los artilleros reinaba una gran mezcolanza de atuendos, pues muchos eran extranjeros atraídos a la guerra de Granada por las excelentes pagas y por las oportunidades de promoción. Algunos lo vieron pasar con extrañeza, creyéndolo moro a causa de la barba. Fernando había prohibido la presencia de buhoneros moros en el campamento cristiano, con mucha más razón en el lugar donde concentraba su artillería.

En la plaza de armas de san Cristóbal, bajo un terraplén empedrado, una escalera en recodo descendía al polvorín. Un centinela guardaba la entrada.

—¿Dónde está el de Madrid? —le preguntó Perales.

—Durmiendo abajo, al fresquito.

—Dile que estoy aquí.

No fue necesario. Ya salía del agujero Francisco Ramírez de Madrid, un hombre membrudo, alto, con el pelo gris cortado al rape y profundas arrugas en el rostro.

Se sacudió unas briznas de paja de la camisa y saludó a Perales.

—¿Qué se ofrece a micer Alonso?

—Recado del rey: este hombre que dice que sabe algo de cañones y ha accedido a echarte una mano.

Ramírez de Madrid entornó la mirada y observó los rasgos del forastero.

—¿Eres el... el herrero turco? —preguntó incrédulo señalando con el gesto los distantes muros de Gibralfaro donde hubiera esperado encontrarlo y no a dos pasos de él.

Orbán asintió.

—Te creía más viejo y... bueno, más alto.

Orbán hizo un gesto de resignación:

—Esto es lo que soy.

Ramírez de Madrid contempló con interés al hombre que lo había humillado y lo había derrotado, al demonio que le desmontó las *hermanas Jimenas*.

—¡Eres un artillero notable! —le sonrió cordialmente—. Mi enhorabuena, me alegro de que, después de todo, no te rebanen el pescuezo.

—¿Rebanen?

El castellano de Orbán era todavía vacilante. No entendía algunas palabras. Ramírez de Madrid se pasó por el gaznate la uña del pulgar.

—Rebanar, cortar, ¿entiendes?

Orbán asintió.

—Parece que no me van a rebanar. Por ahora.

Los dos hombres simpatizaron inmediatamente. Después de interesarse por las circunstancias de su fuga, Ramírez de Madrid le formuló algunas preguntas profesionales.

—¿Me quieres explicar ahora qué es eso de mojar la pólvora y secarla al sol? ¿Qué clase de magia empleas?

Orbán comprendió. Los espías de Fernando habían referido las misteriosas prácticas del búlgaro. Todo el mundo sabía que la pólvora se debilita cuando se humedece. La mayor preocupación de los artilleros era precisamente mantenerla seca a pesar de que, a menudo, tenían que almacenarla en húmedas cuevas subterráneas. El herrero búlgaro, sin embargo, la mojaba aposta para luego secarla al sol, otra práctica peligrosa porque la pólvora se inflama fácilmente.

—No es ningún misterio, ni brujería —explicó Orbán—. Es una práctica que usamos en mi tierra, la de apellar la pólvora para que los componentes se igualen y ardan mejor.

Ramírez de Madrid comprendió.

—Eso le va a interesar mucho al maestre Hancé, nuestro polvorista. Cuando me desmontaste las *hermanas Jimenas* creí que usabas una bombarda nueva —se rió de buena gana.

—Mi abuelo decía que a la pólvora hay que tratarla con mimo, acariciándola como se acaricia el reverso de las orejas de una mujer.

Descendieron charlando al campamento. Los artilleros disponían de sus propias tiendas junto a los depósitos, en la pendiente umbría del cerro de san Cristóbal. Ramírez de Madrid presentó a los otros artilleros de Fernando:

—Maese Colín, borgoñón, un consumado maestro a pesar de su juventud; Diego de Olys, Martín de Toledo, castellanos; Juan de Punzales, asturiano; Fernando de Sevilla; los hermanos Arriarán, vascos.

Maese Hencé estaba ciego. Palpó las manos de Orbán.

—¿Tú eres Urbano, el búlgaro? —preguntó con un fuerte acento teutón.

—Sí, maestro —respondió Orbán.

—Yo conocí a tu abuelo en Valaquia. Me enseñó algunas cosas.

Ramírez de Madrid envió a dos aprendices a la taberna por vino y cecinas. Los artilleros pasaron la tarde bebiendo y charlando de la profesión, de fundiciones, de metales, de compuestos, de antiguas campañas. Los artilleros constituían un cuerpo aparte, mitad brujos, mitad herreros, hombres de distintas procedencias que el azar había juntado bajo las banderas de Fernando. Se les hizo de noche.

En la cama con su esposa, Ramírez de Madrid recordó que el búlgaro había comparado la suavidad de la pólvora con la piel de la mujer. Acarició con sus dedos de alambre el reverso de las orejas de doña Beatriz Galindo y la delicada juntura donde se unían con el cráneo. Descubrió que allí la piel era especialmente fina y sensitiva. Beatriz se rió y se estremeció.

—Francisco, ¿qué juego es éste? Me haces cosquillas...

Al volverse, llevaba el bridal abierto y mostraba sus pechos valentones y grávidos, con los pezones oscuros y rugosos.

—¿Qué tal el turco? —preguntó Fernando al maestro Ramírez de Madrid, al día siguiente.

—No está mal, señor. Se ve que quiere aprender.

—Me place —comentó el rey.

—Sí, señor —dijo Ramírez de Madrid—. Uno, por viejo que sea, no deja de aprender.

CAPÍTULO XXIII

Al día siguiente de su llegada al campamento, Isabel recibió la visita de Beatriz Galindo, la mujer de Francisco Ramírez de Madrid. Beatriz era dama de la reina Isabel y la instructora de sus hijas, las infantas, en latín y griego. Gozaba de gran influencia en la corte y, sin embargo, era una persona sencilla. Las dos mujeres conversaron largamente y se contaron sus vidas. Isabel le pidió a Beatriz que intercediera ante la reina por el herrero búlgaro.

—El herrero está ahora al servicio de Fernando. No temas por él. ¿Lo amas?

Titubeó Isabel antes de asentir con la cabeza.

—En ese caso, quizá deberíais casaros —sugirió Beatriz.

—Él no es cristiano —indicó Isabel—. Tampoco moro —se apresuró a aclarar.

—Eso lo arregla la bendición de un obispo —dijo Beatriz Galindo—. Y si algo sobra en este campamento son obispos.

—Tendré que decírselo.

—No tengas demasiada prisa —aconsejó Beatriz—. Permítele primero que se acostumbre a vivir entre nosotros. Convéncelo despacio. Tómate tu tiempo. ¿No dices que es viudo? Ahora tú eres su mujer. Que se olvide de su tierra, aquí puede prosperar en las herrerías de Fernando, porque después de esta guerra vendrán otras y otras. Un buen herrero tiene mucho porvenir en Castilla.

Orbán ascendió rápidamente en el campamento cristiano. Al principio su procedencia turca y el hecho de que hubiera trabajado con los moros despertaban ciertos recelos, pero éstos se disiparon cuando demostró su capacidad de trabajo y sus conocimientos, que superaban los de muchos de los polvoreros y artilleros del parque cristiano.

En aquel tiempo, las herrerías de Fernando no daban abasto para forjar y fundir bombardas, pasavolantes y otros ingenios. Los agentes de Fernando recorrían la cristiandad buscando maestros fundidores. Mientras tanto, el rey, impaciente como era, urgía a Ramírez de Madrid para que construyera hornos de fundir.

El artillero mayor, consciente de los enormes problemas técnicos, no compartía el optimismo de su rey.

—No va a ser fácil lo de instalar una fundición aquí, señor —le advertía—. Quizá se rinda la ciudad antes de que veamos los cañones.

—Eso no importa. Los llevaremos a la próxima ciudad. Hay que conquistar todo el reino.

—Señor, carecemos de los elementos necesarios para fundir.

—Tan sólo dime lo que necesitas: ¿cuántas cargas de ladrillo para los hornos, cuántos operarios, cuántos mulos, cuánto hierro? Lo pones por escrito y se lo das a mi mayordomo.

Francisco Ramírez de Madrid llamó a Orbán y le explicó el proyecto.

—Tú sabes de hornos, Orbán. Haz el cálculo.

Dos días después Orbán había calculado el material necesario para construir el primer horno y había dibujado un plano del ingenio medido en palmos y en varas castellanas.

Francisco Ramírez de Madrid se lo presentó a Fernando.

—He calculado lo que me pedías, señor. Aquí tienes el primer horno y la lista de materiales necesarios.

—Dáselo al mayordomo. Empieza el horno mañana mismo. Que te entreguen todo lo necesario.

Así pasó la primera semana. El domingo siguiente, después de la misa, llegó al campamento un pesado carromato tirado por tres pares de bueyes, un armatoste pintado de verde, con las ruedas gruesas reaprovechadas de un armón y una chimenea de chapa.

El boyero, un sajón rubio picado de viruelas, preguntó a los guardias dónde quedaba el campamento de los herreros, y cuando llegó al lugar indicado detuvo su carromato en medio de la plaza que formaban las tiendas y barracones.

Una pequeña multitud de curiosos se congregó ante el armatoste. Se abrió una puerta lateral y apareció un hombre entre robusto y gordo, muy alto, vestido con calzones de cuero y botas militares de dos vueltas. En la cabeza llevaba una gorra de terciopelo carmesí, adornada con un joyel, que dejaba escapar una pringosa cabellera pelirroja. Detrás de él salió una gorda rubia de formas opulentas, guapa. Algunos testigos se dieron con el codo.

—¡Se trae una buena soldadera! —comentó Arriarán, el mellizo vasco, al que entusiasmaban las hembras de gran alzada.

—¡Qué coño soldadera, animal! —lo reprendió su hermano—. ¿No ves lo bien calzada que va? Será su señora.

—¿Dónde está Ramírez de Madrid? —preguntó el gigante.

—¿Quién lo busca? —inquirió el propio Ramírez de Madrid al que un paje había avisado de la extraña visita.

—Soy micer Ponce, bombardero y polvorista, y ésta es Leonor de Haustenhoffa, mi mujer.

Hacía tiempo que esperaban a micer Ponce, el famoso maestro fundidor de Milán, Salzburgo y Lieja.

—¡Loado sea Dios que te trae a nuestras puertas! —exclamó el artillero mayor—. Yo soy Ramírez de Madrid. El rey me había avisado de vuestra venida, pero no os esperaba todavía.

—El rey me metió mucha prisa y aquí estoy. ¿He oído que están haciendo ya los hornos?

—Estamos en ello.

—¡Mal hecho! ¿Qué trazas estáis siguiendo, si no sabéis cómo se hace un horno?

—Hay entre nosotros un herrero turco, Orbán, que ha diseñado el horno.

—¡Quiero verlo!

Mientras la rubia Leonor se instalaba, con otras dos criadas que viajaban en el fondo del carromato, Ramírez de Madrid llevó a micer Ponce al lugar donde se construía el horno. Allí estaba Orbán, atento al trabajo de los albañiles y los mezcladores. Ramírez de Madrid hizo las presentaciones. Micer Ponce había oído hablar del búlgaro y estaba celoso de su fama. Miró el horno, más pequeño que los que él diseñaba, escupió al suelo y dijo:

—¡Ese horno tan chico no vale una mula coja! Todo lo más para fundir tuberías.

Orbán ignoró la ofensa y miró al rubio con más curiosidad que cólera.

—Sin embargo de él saldrán cañones tan buenos como los de un horno mayor —replicó con aplomo—. Sólo que yo haré tres cañones en el tiempo que tú inviertas en hacer dos.

Micer Ponce tuvo un repunte de ira, que dominó. Miró al herrero turco, que abultaba la mitad que él y sonrió condescendiente:

—Si de aquí sale un cañón comparable a los míos me rapo la cabeza y la barba aunque me quede más feo que un león pelado.

Desde entonces el taller de Orbán se llamó «el de la mula coja» y el de micer Ponce, «el del león pelado». A pesar de la rivalidad inicial, no se llevaron mal. Entre los herreros se establecía rápidamente la estrecha camaradería de un oficio en el que más de la mitad de los maestros morían en accidentes de pólvora.

Aquella misma tarde Ramírez de Madrid convocó una asamblea de maestros fundidores para tratar de los nuevos cañones. Respetuoso con el rango y la edad, cedió la palabra a micer Ponce para que hablara el primero:

—Lo fácil sería hacer cañones de bronce —dijo el gigante rubio—, pero me dicen que no disponemos de estaño suficiente ni sabemos cuánto se tardaría en traerlo. Así pues, hay que irse al hierro. Lo malo del hierro es que alcanza el punto de fusión un tercio más elevado que el bronce y eso un horno normal raramente lo consigue. Yo lo he visto en Como, en Brescia y en Milán, pero allí usan unos ladrillos especiales y un diseño tan complicado que está fuera de nuestro alcance (1). Yo más bien soy partidario de que no perdamos el tiempo y construyamos cañones de forja.

—¿Qué opina Orbán? —preguntó Ramírez de Madrid.

Orbán se puso en pie educadamente, como hacen los búlgaros cuando hablan en asamblea.

—El punto de la fusión puede alcanzarse con menos fuego si aumentamos la proporción de cola negra en el hierro (2).

—¡Paparruchas! —exclamó Ponce, despreciativo—. ¡Pérdidas de tiempo! Hay que irse a la forja.

—La forja puede parecer más fácil —replicó Orbán—, pero en el hierro forjado la mitad se pierde en escoria; en el fundido no se desperdicia casi nada.

Los dos hombres se enzarzaron en una discusión técnica que a duras penas podían entender los presentes.

---

(1) Los antiguos fundidores llamaban el punto a la temperatura de fusión del hierro puro, 1.535 grados, para un hierro con un uno por ciento de carbono. (*N. del a.*)

(2) La cola negra es el carbono. (*N. del a.*)

—Si se aumenta la proporción de cola negra —dijo Orbán—, la temperatura de fusión desciende. Con tres medidas de cola negra, en lugar de una, se funde el hierro a un punto intermedio entre el bronce y el hierro puro.

—El hierro fundido parece más sólido —replicó Ponce—, pero eso es una ilusión. La verdad es que es muy duro pero frágil y una vez solidificado tiende a encogerse y no se puede forjar ni limarse.

—Estás en lo cierto —reconoció Orbán—, pero esos defectos se pueden evitar con un tratamiento adecuado.

—¿Qué tratamiento? —saltó Ponce, retador—. No existe ningún tratamiento. ¡Si existiera hace tiempo que lo habría adoptado yo!

Orbán se sonrió para sus adentros recordando las palabras de su abuelo: «No te ensoberbezcas nunca, Orbán, porque siempre habrá un herrero que sepa más que tú.» A Ponce nunca le habían administrado el sabio consejo y ahora, en su vejez, encontraba un herrero más perito que le haría tragarse sus palabras. No obstante procuró rebatirlo con delicadeza, evitando ofender.

—Si se calienta nuevamente, al tiempo que se aplica un aire muy oxidante —explicó—, se elimina la cola negra y aumenta la maleabilidad para que pueda trabajarse con el martillo.

—¿Y cómo se consigue ese aire oxidante? —replicó micer Ponce.

—Por medio de fuelles, naturalmente.

—Eso lo he visto probar en Lieja y lo han probado en la farga catalana y en algunos monasterios cistercienses; los fuelles no funcionan: soplan, y en lo que tardan en recuperarse se interrumpe el proceso.

—Porque no conocen el fuelle continuo.

El gigante rubio se arrancó la gorra de terciopelo y la estrujó entre las manazas. Lo sublevaba la insistencia del búlgaro.

—¿De qué hablas, loco? Un fuelle, ¿cómo va a ser continuo? En el tiempo en que se acciona para inflarlo, se interrumpe el flujo. Eso lo sabe hasta un niño. ¿Qué paparrucha es esa del fuelle continuo?

—Mi bisabuelo trajo un fuelle continuo de China. Es fácil de hacer.

—¡Tendremos que verlo!

Francisco Ramírez de Madrid y los peritos no sabían qué opinar ni a quién dar la razón. Por un lado les parecía que Ponce era un hombre cauto y realista que, después de saber más de fundiciones que nadie en la cristiandad, consideraba las limitaciones del campamento y prefería recurrir a la forja, dado que no había tiempo que perder y Fernando se impacientaba; pero, por otro lado, Francisco Ramírez de Madrid confiaba en Orbán, al que había visto dominar los secretos de la pólvora y el hierro. Algunos empezaron a murmurar que «el turco», como lo llamaban, estaba saboteando la construcción de cañones y sólo pretendía entorpecer la marcha de la guerra para favorecer a los suyos. Incluso ponían en duda que su huida no hubiera sido una argucia para introducir un agente de al-Zagal entre los cristianos.

—Confiaré en ti una vez más —le dijo Francisco Ramírez de Madrid—. Te voy a facilitar lo necesario para que construyas ese fuelle continuo que dices, pero quiero resultados antes de un mes. Si tu horno va bien, te daré más gente y más material. De lo contrario, volveremos a las forjas con Ponce.

Por la noche, en la tienda, Isabel le masajeaba la espalda y suavizaba los músculos cansados después de un día de faenas y tensiones.

—¿Estás contento?

—Se trabaja más que con los moros, pero no estoy descontento. Nos tratan bien y nos dan un sueldo considerable. ¿Qué más puedo pedir?

—¿Te gusta esta tierra? —preguntó ella suavemente, después de un silencio reflexivo en el que no dejó de masajear.

Orbán intuyó lo que Isabel quería. Retenerlo en Castilla, que se aclimatara a la nueva tierra, prolongar la situación.

—Soy búlgaro, mujer, y mi lugar está con los míos en el Valle del Hierro. No puedo disponer de mí. Debo enseñar a mis hijos para que sirvan a Bayaceto. Algún día, marcharé.

Quedaron en silencio. Orbán pensó en su regreso, en una audiencia con Bayaceto. Lo informaría cumplidamente sobre la artillería de Fernando y se ganaría su estimación. Iba tomando notas mentales de los cañones, los herreros y los artilleros.

—No sé si podría vivir lejos de ti —murmuró Isabel. Había dejado de acariciarlo y parecía compungida.

Orbán se volvió. Tomó a la mujer por la barbilla para obligarla a mirarlo a los ojos. Besó con suavidad los labios gordezuelos, sensuales.

—Podrías venir conmigo —susurró.

—¿Contigo? ¿A la tierra de los turcos?

—Claro. Allí hay cristianos, griegos, que tienen iglesias, curas, imágenes y todo eso. Los turcos son tolerantes y viven en la ciudad más hermosa del mundo, Estambul.

Isabel, que oía por vez primera aquella palabra mágica, Estambul, soñó con una ciudad que pudiera contener su felicidad al lado de Orbán.

—Estambul —repitió—. Suena bien.

—Lo primero que te llama la atención es la música —rememoró Orbán—. En Estambul siempre escuchas música y gente cantando. Todo el mundo sabe tocar algún instrumento: tambor, tamboril, timbales, flauta, violín estrecho o cítara. Hay cantoras que entonan bellas canciones de amor, de melancolía, de exasperación amorosa, canciones de ausencia, de añoranza, de gozo. Las encuentras en la calle, en las bodas, en los entierros, en las fiestas de los barrios, en las cocinas... incluso en las oficinas del Gran Señor, como allí llaman al rey. También hay monjes que en lugar de rezar danzan, los derviches, porque piensan que la danza es también un modo de alabar a Dios por las gracias que derrama sobre sus criaturas. En las fiestas se organizan luchas de habilidad entre forzudos depilados y untados de aceite para que las manos del contrario resbalen y no hagan presa. Cuando llega el Ramadán adornan las calles con farolillos y ollas de luz.

Evocando Estambul se quedaban dormidos. Orbán prefería atraerla con las bellezas y las delicias de la capital del imperio antes de explicarle cómo era el Valle del Hierro, donde la vida era mucho más monótona.

Aquel mes trabajaron intensamente de sol a sol en los talleres artilleros. Orbán apenas salía de las herrerías. Los que antes lo llamaban *el turco* comenzaron a apodarlo *el martillo* porque era infatigable. Se pasaba el día en los hornos y por la noche en su choza, a la luz de un candil de aceite, seguía haciendo sus cálculos sobre el cuaderno forrado de piel de cabra que contenía las tablas y logaritmos de su abuelo.

Ramírez de Madrid lo dejaba hacer. El jefe de los artilleros reales estaba a la sazón muy ocupado excavando cinco minas con las que proyectaba volar la muralla de Málaga. No obstante cada tarde sacaba unos minutos para visitar a Orbán e inspeccionar sus trabajos.

—¿Crees que lo conseguirás? —preguntaba.

—No tengo duda alguna. Para fundir el hierro no hay necesidad de altos hornos —le decía el búlgaro—: el secreto está en añadir tierra negra (1). Si se añade media medida de piedra luz (2) a diez medidas de hierro,

(1) Elevado porcentaje de fosfato de hierro. (*N. del a.*)
(2) Fósforo. (*N. del a.*)

el punto de fusión se reduce hasta alcanzarse con un horno normal.

Un mes después hicieron las pruebas del horno. Funcionaba. Le metieron cargas de fusión, con carbón de calidad y respondió bien, sin fisura alguna. Ardía el aire a varios metros de distancia y los carboneros lo atizaban vestidos con delantales de cuero.

—¡Un horno tan vivo nunca se ha visto en Castilla! —exclamaba el vasco Arriarán, entusiasmado.

En su horno que no valía una mula coja, Orbán comenzó a fundir cañones. Trajo al mejor carpintero del campamento y le dibujó un esquema detallado de lo que quería, el fuelle de pistón doble, un ingenio hasta entonces desconocido en Castilla que los turcos usaban en las acerías del Valle del Hierro.

No fue la única innovación que impuso Orbán. Contra la costumbre, el herrero búlgaro fundía sus cañones de hierro boca arriba, para que los gases se escaparan por donde menos daño hicieran a la infraestructura de la fundición. Como la solidificación del hierro es lenta, calentaba el molde alrededor de la brecha para expulsarlos de la zona crítica.

Quedaban los defectos del hierro fundido, pero Orbán también conocía técnicas para volverlo maleable: lo templaba manteniéndolo a alta temperatura una semana y de este modo dejaba de ser quebradizo y resistía a los golpes.

Cuando el horno funcionó la primera vez y dio a luz un pasavolante de caña larga que, una vez probado, resultó excelente, Orbán supo que había triunfado.

—¡Ahí lo tienes! —dijo satisfecho golpeándolo con un mazo—: la misma elasticidad del forjado, pero mayor resistencia.

Micer Ponce lo golpeó en varios lugares con un mazo de madera y con un martillo de hierro. Comprobó que era verdad.

—¡Jamás lo creí posible! —reconoció—. A pesar de tu juventud eres un maestro, digno de tus antepasados.

—No hay misterio alguno: el hierro fundido es quebradizo porque contiene una elevada proporción de cola negra, quizá media parte de cada diez. Si se elimina la cola negra, resulta acero; si sólo una parte, hierro forjado.

Mientras Orbán trabajaba en su horno de fundición, vivió ajeno al cerco de Málaga, que proseguía con creciente ensañamiento por ambas partes.

El Zegrí puso a los *muhaidines* a excavar contraminas y a ahondar los fosos frente a las defensas de Gibralfaro. Levantó parapetos avanzados con la tierra y las rocas que obtenía en la excavación.

—¡La guerra moderna! —se indignaba el frontero Ibrahim al Hakim—. Hemos cambiado la espada y el escudo por el pico y la espuerta.

Sitiadores y sitiados mantenían patrullas en campo abierto para estorbar los trabajos del contrario, de lo que se derivaban continuas escaramuzas y un reguero de muertes.

El tiempo obraba a favor de Fernando: el bloqueo de la flota aragonesa era tan riguroso que apenas llegaban pateras de *muhaidines* norteafricanos. La mayoría eran interceptadas y hundidas por los aragoneses. La mar depositaba en las playas cadáveres de voluntarios que habían encontrado entre las olas el camino del Paraíso.

A estas alturas el hambre que afligía a los malagueños era tal que muchos comían cuero cocido y hojas de árboles. Una rata llegó a valer medio dirham en el mercado de las Parras. Por si el hambre fuera poca calamidad, todo julio sopló el terral, con su calor sofocante y su fino polvo amarillo que lo cubría todo y resecaba gargantas y narices.

Por dos veces el consejo de Fernando aplazó un asalto a la francesa, con escalas y torres, sobre el arrabal de la puerta de Granada, donde los espías aseguraban que la resistencia sería débil.

—¡El terral! ¡Todo lo que viene de África es malo! —comentaba Fernando a la puerta de su tienda, mirando el cielo turbio de polvo sahariano que condenaba a sus tropas a una forzosa inactividad.

Si embargo, los suministros llegaban puntualmente, harina, tocino, tasajo y bastimentos menudos tanto para los hombres como para los animales.

Por el contrario, los sitiados se hallaban en una situación calamitosa. En los almacenes de la alcazaba sólo quedaba comida para los combatientes, y ésta severamente racionada: cuatro onzas de pan por la mañana y dos por la tarde. El pueblo murmuraba abiertamente. Cada día, el Zegrí degollaba a algún alborotador para que sirviera de advertencia a los insumisos.

En Málaga, una madre desesperada tendió un bebé moribundo en el suelo ante el caballo del Zegrí.

—¡Pisotéalo, con los cascos de tu caballo, capitán —le dijo—, que mejor eso que verlo morir de hambre!

El Zegrí desvió su caballo y no dijo nada. Luego mandó buscar a la mujer y le entregó su propia ración de pan de aquel día.

A principios de agosto los acontecimientos se precipitaron. Cesó el viento africano y se pudo realizar el asalto a la francesa, Fernando consiguió capturar las torres que defendían el puente de cuatro arcos sobre el Guadalmedina. Las mesnadas del conde de Cifuentes penetraron en el arrabal y ocuparon una torre medio derruida. Cuando vieron ondear sobre las almenas el pendón del conde, los *muhaidines* y los cenetes que defendían la muralla desampararon el arrabal y se refugiaron en la ciudad.

CAPÍTULO XXIV

Desde su huida de Málaga, los dos enamorados se veían mucho menos de lo que hubieran deseado. Isabel pasaba el día en el hospital de la reina, donde Beatriz Galindo y otras damas y mujeres de los caballeros y sargentos de la mesnada real cuidaban de los heridos y preparaban pócimas, vendas y remedios bajo la supervisión de los físicos de las llagas y de los boticarios del rey. El campo de las fundiciones, donde vivía Orbán, quedaba demasiado lejos. Por otra parte, el herrero estaba tan atareado que no tenía horas.

Un día preguntó por Isabel una vieja remediadora llamada Gertrudis, que suministraba hierbas y remedios al hospital.

—¿Usted me conoce, madre? —preguntó Isabel, extrañada.

—Sí, hija, yo te he visto en la cuna, en Samboal, y le di a tu madre algunos remedios cuando estaba preñada de ti. Ya murió, la pobre, ¿lo sabías?

—Lo sabía, madre. Murió estando yo en Segovia.

—Te has quedado solica en el mundo —prosiguió la vieja—. Tus dos hermanos se hicieron bandidos y no se volvió a saber de ellos. ¡Desagradecidos!

Isabel se imaginó que habían huido de la aldea, a buscarse la vida fuera de la sombra explotadora del obispo y del deán.

—Ahora tú solica en el mundo, ¿qué va a ser de ti? —repitió la vieja.

—No estoy tan sola, madre.

—El deán me ha preguntado por ti.

La mención del deán produjo un escalofrío en la muchacha.

—¡No quiero saber nada del deán! —advirtió, e hizo ademán de marchar, pero la vieja correveidile la sujetó del brazo con su garra sarmentosa.

—Mirar para otro lado no te va a salvar de él —le advirtió, persuasiva—. ¿No es mejor que sepas lo que quiere y veas lo que te conviene?

Isabel se calmó un poco.

—¿Qué quiere?

—Está en las tiendas de su tío, el obispo. Convalece de una mala herida en el muslo. Más de dos meses ha estado con fiebres, entre la vida y la muerte, llamándote en su delirio y pronunciando tu nombre.

—¡Un hombre de iglesia no debería decir el nombre de una mujer!

—A lo mejor no, pero eso es lo que decía: Isabel, ¿dónde está mi Isabelilla? Un hombre es un hombre, por mucha tonsura que lleve. Deberías sentirte honrada por merecer el amor de tan alto caballero. Te llamaba en medio de la fiebre. Ese hombre está loco por ti. Si fueras lista volverías con él ahora que te necesita, que está débil y comería en tu mano. Nunca te verías tan señora y tan cumplida de todo lo que desees porque su tío el obispo no cesa de favorecerlo y es honrado y rico como pocos.

—¡No me interesa, madre! —dijo Isabel—. ¡No quiero verlo!

—Tú eras criada suya. A las malas, te reclama y te llevan a él —advirtió la vieja.

—Y tú, ¿que sacas de partido con que yo vuelva a él? —se encaró la muchacha.

—¡Ay, hija! Me recompensará si vuelves a las buenas. A las malas no habrá ganancia para nadie, ni para ti ni para mí. No es hombre que se conforme con un no, tú ya lo conoces.

—Dile que, si en algo me aprecia, me deje en paz, que soy feliz como estoy y que no quiero volver con él.

La vieja emitió un suspiro resignado.

—En fin, hija, tú verás. Ya sabes dónde me tienes. Si cambias de opinión, llámame y veremos lo que más te conviene.

CAPÍTULO XXV

El pasavolante recién salido del molde refulgía al claro sol mañanero. Orbán y dos operarios, embutidos en sus delantales de cuero, manchados de grasa y carbón, rascaban la nueva pieza con cepillos de alambre.

—¡Veo que no te das tregua! —comentó jovial Ramírez de Madrid.

Orbán interrumpió el cepillado.

—¡Hola, amigo! —saludó al jefe de la artillería real—. ¿Qué te trae tan temprano a las herrerías?

Ramírez de Madrid descabalgó y entregó las riendas a su criado.

—He venido a comunicarte personalmente las buenas noticias —dijo sentándose en la jamuga que el herrero le ofrecía—. ¡El Zegrí rinde Málaga! A estas horas Alí Dordux está tratando las condiciones con Fernando.

—Es una buena noticia —comentó Orbán—. Al final estos cañones se quedarán sin guerra —añadió, melancólico.

—No te preocupes, que guerra no les va a faltar. Nos iremos con la música a otra parte. Quedan ciudades por tomar y la última, Granada, va a ser hueso duro de roer.

La noticia de la rendición de al-Zagal se extendió por los talleres. Los oficiales se presentaron ante Ramírez de Madrid para recabar detalles. Trajeron una barrica de vino para celebrar el evento. La negociación secreta había empezado dos semanas antes. El Zegrí pretendía ciertas condiciones ventajosas, como que se esclavizara solamente a los *muhaidines* y a los cenetes, pero Fernando despidió a sus negociadores secamente:

—¡El día de la gracia ya pasó! Lo único que acepto es la rendición sin condiciones.

Una segunda embajada, con Alí Dordux al frente, no consiguió mejores resultados. Fernando ni siquiera se dignó recibirlos. Le dijo al duque de Cádiz:

—¡Que regresen y no vuelvan hasta que puedan ofrecer la rendición incondicional!

Fue la noche en que Fernando ordenó que la artillería bombardeara los muros y el interior de la ciudad a discreción, hasta las primeras luces del alba, «para que no duerman y mediten».

Al-Zagal, encolerizado, envió al alfaqueque Selam Nashiya con un recado para el duque de Cádiz.

—¡Otro bombardeo como el de anoche y colgaremos en las almenas a los cautivos cristianos que hay en Málaga! Puesto en el disparadero, encierro en la alcazaba a los ancianos, a las mujeres y a los niños, incendio la ciudad y morimos matando. ¡Todavía tengo bajo mis banderas a más de veinte mil guerreros que aspiran a la corona del martirio!

El duque de Cádiz respondió por Fernando:

—Eres muy dueño de hacer lo que te parezca, pero si uno solo de los cautivos cristianos sufre daño, pasaré a cuchillo a la ciudad.

Dos días después regresó Alí Dordux con un carro de regalos para los reyes y una nueva embajada conciliatoria. Al final consiguió el objetivo esperado: la familia de Alí Dordux y otros diecinueve linajes principales de la ciudad no sufrirían daño alguno, pero el resto de la ciudad se entregaba sin condiciones a la clemencia del vencedor.

El 20 de agosto, cuando amaneció, con calor y nubes, el Zegrí entregó Gibralfaro y las defensas principales, así como los almacenes del puerto. Don Gutierre de Cárdenas, comendador mayor de León, recibió Málaga en nombre de los Reyes y desarmó e internó a la guarnición en un corral, bajo estrecha vigilancia. Al Zegrí y sus oficiales los encerró en la alcazaba con grilletes en los pies.

Los pendones de Castilla ondeaban en las torres de Gibralfaro. En el puerto atracaban y zarpaban de continuo naos y galeras.

La entrada de los reyes en Málaga fue muy emotiva. Isabel y las otras mujeres del hospital de la reina se adelantaron con los padres mercedarios llevando pucheros, caldos y medicinas para socorrer a los seiscientos cautivos cristianos de la ciudad. Causaba lástima verlos tan flacos y amarillos de las hambres pasadas, con sus grilletes y cadenas, los cabellos y barbas largos y enmarañados del cautiverio. Terminada la colación procesionaron entonando el *Te Deum Laudamus* con gran solemnidad tras la imagen de Santa María con los obispos, capellanes, frailes de la Merced y clérigos del ejército cristiano, todos con vestiduras ceremoniales, entre nubes de incienso.

Isabel, en el grupo de damas de la reina, vio pasar al deán Maqueda, más delgado y pálido que de costumbre, con algún tono gris en la cabellera que asomaba por debajo de la gorra de terciopelo, pero arrogante, enhiesto sobre su corcel, la lanza de fresno en la mano, con su gallardete púrpura. Aparecía el deán magnífico y apuesto aunque todavía convaleciente de las fiebres que lo tuvieron al borde de la muerte. Su tío, el obispo, lo había dispensado de comparecer con el resto de la clerecía, por evitarle la pequeña humillación de procesionar a pie, cojeando, y le había permitido figurar entre los nobles de las casas de Castilla y Aragón que cerraban el desfile, armados con armaduras de parada, las espadas ceremoniales desenvainadas, los arreos brillantes, los hierros bruñidos, los cueros encerados. Así llegó el séquito hasta la mezquita mayor donde, tras las aspersiones episcopales con agua bendita, para bendecir el recinto y librarlo de sus miasmas musulmanas, los carpinteros de Fernando instalaron la campana sobre un cadalso provisional. Quedó consagrado el templo como la primera iglesia de la ciudad.

CAPÍTULO XXVI

Tañía la campana Santa María y parecía que el aire quieto ondulaba al compás de los armónicos. Nubecillas de humo blanco ascendían de las cocinas de los nuevos cuarteles. Orbán, en la terraza de su antigua residencia, las manos apoyadas en la balaustrada de ladrillos, contemplaba el puerto abarrotado de naves aragonesas mientras prestaba atención satisfecho al repique de su campana.

Su campana. Para ser la primera que fundía en su vida no le había salido mal.

Había encontrado la casa vacía y al mayordomo tembloroso en la puerta. Al reconocer a su antiguo amo, el anciano se había postrado de rodillas y le había besado las manos.

—¡Alabado sea Alá, el clemente, el misericordioso, que te trae para báculo de mi ancianidad, amo Orbán!

—No temas, que yo te protegeré —le dijo el herrero alzándolo—. Dime, ¿dónde está la gente?

—Cuando desertaste, el Zegrí entregó la casa a Alí *el Cojo*. Ayer cargó todo lo que había de valor y huyó, no sé a dónde.

—¿Y Jándula?

—Huido también. Muchos se aventuraron al mar. Salieron barcas y pateras a burlar el bloqueo. Tengo entendido que la mayoría ha perecido.

Orbán recorrió la vivienda. Las desamparadas estancias desprovistas de esteras, las puertas de par en par, las alacenas abiertas y vacías, los muros sin tapices. Pulsó, en la escalera, el peldaño que crujía, el que le avisaba la proximidad de Isabel y sintió una opresión dulce en el pecho. ¡Habían sido felices allí! Penetró en el dormitorio donde tantas veces se amaron. Las esteras estaban recogidas, como ella las dejaba pudorosamente cada día, antes de que subieran los esclavos. Salió a la terraza. La dama de noche descuidada, la mata espesa y sin flores. Miró el cielo surcado de gaviotas y palomas, los tejados que descendían hacia el puerto atestado de barcos cristianos. Las chimeneas del arsenal despedían gruesas columnas de humo, los hornos infatigables que ahora trabajaban para Fernando.

¿Habían pronunciado su nombre? Al principio creyó que era una figuración suya y siguió, ensimismado, mirando al puerto. La segunda vez supo que era la voz de Isabel. Se volvió con el corazón acelerado. Ella le sonreía desde la puerta.

—¡Sabía que te encontraría aquí!

Isabel, vestida con el atuendo de las damas de Castilla, túnica hasta los tobillos, ceñida, y un chal ligero que disimulaba sus encantos. Se atrajeron como la piedra imán. Él la tomó en sus brazos. Ella se apretó fuerte contra el cuerpo masculino.

—¡No sabes cómo te echo de menos! —le susurró al oído, entre dos besos.

Se besaron largamente.

En el puerto, una nao disparó un cañonazo de salvas. Las carracas genovesas, catalanas, pisanas aguardaban turno para descargar suministros. Patrullas de soldados, con un veedor al frente, registraban las casas, calle por calle. Los vencedores se repartían la ciudad, los guiones de los nobles ondeando en las celosías de los palacios adjudicados a nuevos dueños. Los mesnaderos visitaban los baños con la curiosidad de ver cómo vivían los moros, con el vicio del agua. Había un trasiego de recuas por las calles. Los aposentadores buscaban cuarteles cerca de las fuentes, requisaban paja, asignaban establos. Los cocineros hacían leña de muebles y enseres. Sobre el minarete de la mezquita mayor habían plantado una cruz de cobre que refulgía al sol.

A la tarde el mayordomo les trajo a los enamorados un jarro de horchata.

—¡El horchatero, que sigue vendiendo su mercancía como siempre!

Seguía la vida alrededor mientras ellos nuevamente abolían el tiempo para amarse.

Durmieron abrazados aquella noche. En la madrugada insomne se unieron a la luz de la luna que entraba a raudales, espectral, por la abierta ventana. Envueltos en el mismo cobertor contemplaron amanecer sobre el mar en el que los bajeles iban y venían incansables desde el puerto iluminado con hachones.

A la mañana siguiente el mayordomo dio unos golpes discretos en la puerta de la alcoba.

—Señor, tienes visita.

—¡Ya me parecía que era mucha tranquilidad! —suspiró Orbán—. Veamos qué tripa se le ha roto ahora a Ramírez de Madrid.

No era un mensajero de la fundición. Era una visita totalmente inesperada.

—¡Ennio Centurione! —exclamó Orbán al reconocerlo—. ¡Viejo amigo! ¿Qué es de tu vida?

El genovés en persona. La misma sonrisa mundana, el mismo saludable bronceado marino, la misma elegancia, jubón de terciopelo, daga al cinto, gorra de brocado adornada con un joyel de perlas.

—Éste es Ennio, el navegante —lo presentó a Isabel—. Ya te dije que era muy apuesto.

Ennio hizo una venia, complacido.

Le ofrecieron un vaso de horchata. Los dos hombres tomaron asiento en los almohadones y conversaron de las respectivas experiencias en los últimos meses, especialmente de las de Orbán. Centurione no tenía mucho que contar. Las compañías comerciales —genoveses, pisanos, catalanes— habían esperado la caída de la ciudad para hacer sus negocios. Volvía a abrir el mercado de oro sudanés; Alí Dordux y sus socios se disponían a reanudar la actividad de los almacenes de higos, pasas y almendras. Menudeaban los pedidos de cueros, cochinilla y cera del Magreb, de seda de Fiñana, de azúcar... Los asentadores volvían a demandar papel, hilo y lino de Génova, algodón de Oriente, paños de Inglaterra. Además de reanudar el comercio de antaño, para lo que Fernando daba toda clase de facilidades, había que clasificar y transportar el inmenso botín a los mercados más convenientes, había que suministrar pertrechos a la nueva administración, había que transportar los cuerpos y enseres de los repobladores. En los mercados de esclavos del Mediterráneo los precios se habían hundido ante la perspectiva de la gran afluencia de género que la caída de Málaga aseguraba.

—Fernando tiene prisa por liquidar los asuntos de Málaga y no acierta a comprender nuestra prudencia. Por cierto, debo solicitarte un favor.

—Tú dirás.

—Necesito media docena de herreros para instalar cerrojos y candados en las bodegas de cinco naos. Fernando me ha encomendado el transporte de un centenar de jóvenes cenetes que regala al Papa y cincuenta doncellas moras, las más agraciadas de la ciudad, que envía a su hermana Juana, la reina de Nápoles.

—¿Le vas a poner grilletes y cerrojos a las doncellas? —se extrañó Orbán—. No creo que sean peligrosas.

—No es por las doncellas; es por la marinería que puede perder la cabeza. Se amotinan y te estropean el cargamento por menos de nada.

—Cuenta con esos herreros. Todo lo que necesites sólo tienes que pedirlo.

—Ahora debo irme, que me aguarda mucha faena en el puerto —dijo Centurione levantándose—. Que seáis felices.

Los dos enamorados pasaron una semana sin apenas comparecer en sus obligaciones, refugiados en su antiguo nido de amor, con la connivencia de Beatriz Galindo y del artillero mayor, mientras los conquistadores tomaban posesión de la ciudad y de sus gentes.

La población malagueña, como un inmenso rebaño cautivo, se dejó concentrar en la albacara de la alcazaba. Los secretarios reales confeccionaron las listas. Al tercer día se disiparon las últimas esperanzas de los vencidos cuando el pregonero real les leyó, en árabe y castellano, las duras condiciones de Fernando: todos los habitantes de la ciudad quedaban reducidos a esclavitud. Un tercio se canjearía por cautivos cristianos de África; otro tercio se repartiría entre los nobles que habían participado en la campaña; y el tercio restante engrosaría las arcas reales. Los alfaqueques cristianos y moros tomaron nota de los familiares que podrían rescatar a los cautivos. El rescate de cada persona ordinaria se fijó en 30 doblas, con ocho meses de plazo para ingresarlas.

El mercado volvía a funcionar, bien abastecido, como en los viejos tiempos. El viejo mayordomo de Orbán, con su salvoconducto, bajaba cada día a comprar carne, fruta y vino. Regresaba con noticias terribles que Orbán prefería no escuchar. Con los desertores pasados a los moros durante el asedio no hubo piedad: los pusieron en un tablado y los soldados ejercitaron puntería en ellos con cañas, a caballo, durante una mañana. Después el verdugo degolló a los que aún respiraban. Los moros que habiendo sido bautizados habían renegado y se habían vuelto con los suyos fueron quemados directamente en una hoguera delante del zoco principal. La misma suerte cupo a Hazán de Santa Cruz y a todos los elches o cristianos apóstatas convertidos al islam.

En el reparto del botín hubo para todos. Los nobles recibieron esclavos, esclavas y propiedades rústicas o urbanas proporcionadas a su participación en el cerco y al número de lanzas que habían aportado. Los repartidores reales trabajaron de sol a sol, estableciendo los lotes, auxiliados por moros peritos.

Los nobles se repartieron mancebicos y pajes; sus mujeres, Beatriz Galindo y diversas damas de la corte recibieron doncellas moras. La ciudad entera se redujo a la esclavitud, cada cual según sus aptitudes y conocimientos. Los cuatrocientos judíos de Málaga corrieron mejor suerte. Intercedió por ellos don Ismael, el trujamán real, y fueron rescatados por los judíos de Castilla, con adelanto de dinero del arrendador de las rentas reales.

CAPÍTULO XXVII

Ardía viva la hoguera del campamento a la que los herreros iban arrojando la grasa de las chuletas y las costillas mordisqueadas. Habían comido cerdo y cordero en abundancia, con buenas hogazas de pan blanco, se habían bebido un barrilete de vino dulce especiado con pimienta y laurel, habían rematado el banquete con pan de higo con almendras y manzana de barril con miel. En la sobremesa habían contado chistes, habían eructado, y habían ventoseado. Un convite memorable para celebrar la caída de Málaga. Roncaban los artilleros alrededor, borrachos y hartos, cada cual con su ronquido peculiar, sonrisas satisfechas en los rostros pavonados del fuego de las forjas, cejas y pestañas quemadas, manos agrietadas y morenas, hombres brutos y felices, los dueños del trueno que deshace muros y destaza guerreros, los poderosos señores de la guerra mimados por el duque de Cádiz.

—¿Qué haremos ahora? —preguntó micer Ponce, contemplando melancólicamente la guita del morcón, que sostenía entre dos dedos como un péndulo.

Francisco Ramírez de Madrid, dormijoso al lado del fuego, elevó una ceja. Había bebido mucho, había brindado por sus hombres, por los hornos y por las principales bombardas que sostenían el esfuerzo real, como princesas con reinos poderosos, las *siete hermanas Jimenas*, la

Capitana, la *Esquiva*, la *Marquesa*, la *Flor abierta*, la *Estepona*, la *Ronquilla*, la *Breva dulce,* la *Dispuesta*.

—Caída Málaga, Granada queda aislada con poco territorio —observó—, pero antes de meterle mano seguramente Fernando querrá tomar el puerto de Almería para asegurarse de que los moros no reciben refuerzos de África.

—No nos faltará trabajo —concluyó micer Ponce, como si esa certeza disipara todas sus dudas.

—No, trabajo no nos va a faltar. Yo hasta estoy por decir que podremos trabajar con Fernando el resto de nuestras vidas y aún dejaremos colocados a nuestros hijos.

Tenía Francisco Ramírez de Madrid dos hijos de su primer matrimonio, con doña Isabel de Oviedo, Hernando y Onofre, pero ninguno de los dos le había salido artillero. Cuando Orbán hablaba de la dinastía de artilleros de su familia, lo escuchaba con un punto de admiración y envidia. Le hubiera gustado que uno de su sangre heredara su experiencia.

Sucedieron días de vientos encalmados y cielo limpio. Las higueras alcanzaron su segunda floración y algunas aceitunas ennegrecieron. Llegaron los papamoscas y se fueron los milanos negros. Orbán e Isabel, después de vivir los días felices, olvidados de todo, tuvieron que separarse de nuevo. Isabel, con Beatriz Galindo, en el séquito de la reina. Orbán, al campamento de los herreros donde los hornos y las forjas humeaban de nuevo tras los días de asueto. El parque de bombardas se estableció en un llano cerca de Málaga con buenos bosques a mano para carbón. Muchos señores se despidieron de Fernando y marcharon a invernar a sus tierras del norte. Las tropas concejiles aguantaron hasta que las talegas empezaron a flaquear. Entonces dijeron adiós y regresaron a sus burgos. Quedaban con Fernando las mesnadas reales y algunas señoriales de nobles heredados en los pagos cercanos.

El invierno trajo una paz ilusoria porque los martillos y los hornos seguían funcionando para alimentar la guerra. El rey convocó cortes en Zaragoza y en Valencia para solicitar los subsidios de la siguiente campaña. Ese año llovió torrencialmente y hubo inundaciones y terremotos.

En Ronda nació un niño con dos cabezas, la marca de los años aciagos.

La retama blanca no floreció. Los zorzales y alondras, los petirrojos y los estorninos llegaron con retraso. El campo estaba quieto y silencioso, los lagartos dormidos. Sólo las cigüeñas blancas llegaron de África, siempre altas, entre las nieblas matutinas, y los inquietos corzos descendieron de las montañas, dejando las hileras de sus pasos en la nieve a las hierbas yertas de escarcha. Fernando había licenciado a su ejército hasta la nueva campaña. Al-Zagal, desde Guadix, atacaba pequeños reductos de la frontera con Boabdil, donde los cristianos vivían más desprevenidos. Con esto daban tema a los juglares que cantaban las hazañas del islam y mantenían el entusiasmo de los ignorantes que no veían la diferencia entre la guerra de Fernando, que conquistaba ciudades y la de al-Zagal que robaba dos vacas y tres ovejas, empresas de poca monta, las únicas que podía acometer, contra pequeñas guarniciones desprevenidas o contra pastores indefensos.

Orbán vivía de espaldas a la guerra, absorto en las mil delicadas tareas de la fundición.

El cañón fundido tiene que reposar dos días hasta que se enfría. Sólo entonces se extrae del molde. Terminada la fundición del día, los operarios se ocupaban de los cañones fundidos en los días precedentes. Había que limarlos por dentro y por fuera y repasarlos a martillo para comprobar si contenían burbujas. Algunos cañones tardan más que otros en atemperarse. Orbán acariciaba cada pieza con el dorso de la mano sintiendo su calor, incluso el calor de cada una de las partes, porque no se enfría al mismo tiempo la culata que la caña cercana a la boca, donde el metal es menos espeso. Orbán sentía el calor como el médico que ausculta al paciente y sólo cuando la pieza había alcanzado el grado de enfriamiento adecuado decidía:

—Éste a la arena.

Al lecho de arena, en un poyo elevado de mampostería, donde se limaba o se martilleaba para darle el acabado final.

Orbán, con su delantal de cuero lleno de tizonazos, podía afanarse durante horas, con el martillo, despaciosamente, sobre cada milímetro cuadrado de la superficie del cañón. Como el médico que repasa con la punta de los dedos el torso del enfermo para adivinar el estado de sus órganos, antes de probar un cañón, Orbán sabía, por el oído, cuáles eran sus defectos, qué carga de pólvora admitía y qué proyectil sería el adecuado.

Entendía Orbán de hombres como de cañones. Repartía las tareas entre sus colaboradores de acuerdo con las habilidades de cada cual. Y era un excelente maestro que enseñaba mediante demostraciones: «Esto se hace así, mira», y tomaba la lima que, en sus manos, era como un instrumento musical. Los herreros se congregaban a su alrededor, en silencio, para admirar tanta destreza. Viéndolo hacer con tan rematada perfección, Jándula se preguntaba dónde habría aprendido tantos oficios y tantos conocimientos que requieren unos las manos y otros el cerebro.

Algunos jóvenes herreros envidiaban a Jándula por lo que estaba aprendiendo cerca del búlgaro. Jándula, halagado, no los sacaba de su error. No consideraba que Orbán fuera un amo especialmente amable. En el amo amable hay condescendencia, esa amabilidad que subraya sutilmente la superioridad del que la dispensa. Con Orbán era otra cosa. No era especialmente amable, pero, cuando había que echar mano de alguna cosa, él arrimaba el hombro el primero y sólo si necesitaba ayuda te la pedía. Quizá era más bien un compañero. Dejaba a los operarios dándole al cincel o a la lima e iba a la casa de la pólvora a examinar la preparación de las cargas. Conocía a cada operario por su nombre y los alababa o los reprendía por el trabajo con el mismo tono. No era persona de altibajos, el herrero búlgaro.

Orbán prosperaba en las herrerías de Fernando, tanto que la perspectiva de afincarse en Castilla no le desagradaba, después de todo. Los reyes favorecían a sus servidores más diligentes. Tenían más en cuenta los servicios de un hombre perito en su oficio que la nobleza de su linaje. Pensaba en sus hijos, Mircea y Orbán, lo único que lo vinculaba al Valle de los Herreros.

Quizá podría traerlos a su lado, educarlos como los otros Orbán habían educado a su descendencia, comunicarles los secretos de los metales y la pólvora, aprender con ellos, desarrollar nuevas técnicas, nuevas ideas.

Pensaba en Bayaceto.

Bayaceto era celoso con sus servidores. ¿Aceptaría que Orbán se quedara en el lejano Occidente, al servicio de otro rey?

Los herreros eran del Gran Señor, le pertenecían como los caballos de sus cuadras.

No, Bayaceto no iba a permitir que decidiera por su cuenta dónde quedarse. Se había informado muy bien sobre los artilleros cristianos y su capacidad para construir ingenios. Quizá Bayaceto recompensaría esta información.

En el futuro Bayaceto guerrearía con Fernando, a pesar de que sus tierras distaban, pero el mar las unía. Fernando era rey de Aragón y Aragón tenía muchos intereses en el mar. Orbán albergaba numerosas dudas sobre su futuro. Solamente poseía una certeza: que no quería separarse de Isabel.

Regresó el buen tiempo, encañaron los trigos y los días largos y soleados orearon los caminos. Fernando había sobornado a los jeques del levante almeriense, que lo recibieron por señor. Solamente resistían Almería y Baza.

—El próximo paso es Baza y después Granada —avisó Fernando a sus capitanes.

Entre ellos había vuelto a figurar el deán don Pedro Maqueda. El clérigo había ganado mucho predicamento en los meses que se ocupó de los repartimientos de Málaga. Incluso su tío, el obispo de Segovia, del consejo de la reina, se había sorprendido de su capacidad de trabajo y de la sutileza con la que sorteaba los menudos obstáculos de la administración. Lo había visto impartir justicia en las gradas de la mezquita mayor convertida ahora en catedral. Sin grandes conocimientos de jurisprudencia, sólo con el consejo de un leguleyo del cabildo, el deán Maqueda emitía juicios ajustados que dejaban satisfechas a las partes, sin inclinarse maliciosamente hacia ninguna de ellas. El obispo estaba orgulloso de esta nueva faceta de su hijo, el que hasta entonces había sido un militar camorrista, sin muchos escrúpulos, capaz de pasar a cuchillo a quien se resistiera a su voluntad, un hombre que jamás había dado señal de poseer las cualidades necesarias para la diplomacia. En Málaga, el deán Maqueda, alejado temporalmente de las armas por su larga convalecencia, apesadumbrado quizá por los reveses de la vida, había acatado disciplinadamente las tareas civiles que su tío el obispo le encomendaba en su deseo de acercarlo al consejo real. En su nuevo cometido como funcionario de la mesa del rey, Maqueda se había mostrado sorprendentemente eficaz. Servía los intereses del rey sin descuidar su labor humanitaria con los cautivos. El deán se había preocupado cristianamente por hacer llevadera la desgracia de los que habían pasado de ser personas libres a esclavos. Había facilitado mantas y enseres del ejército a los corrales donde los cautivos carecían de todo, había comprado, pagándolas a veces de su bolsillo, hierbas y medicinas para los enfermos, había intervenido en las subastas y en la confección de los lotes, procurando que los mercaderes que adquirían los cautivos no separaran a las familias.

—No te conocía en esa faceta caritativa —le dijo un día, medio en broma, el obispo.

—Somos hombres de Dios, tío, ¿no es cierto? Se supone que debemos ser compasivos con el débil y que el Señor nos recompensará por eso en el Cielo.

El obispo de Segovia, con sus ojos ahuevados y su piel color pergamino, contempló, como si lo viera por primera vez, a aquel hombre robusto y guapo. Tuvo que reprimir un sollozo de satisfacción. Se sintió orgulloso de que aquella criatura atractiva fuera carne de su carne, carne de su pecado y un hombre tan pasional como él, que lo fue mucho en su verde juventud.

—¡Dios tiene sus propios caminos, que no conocemos! —murmuró.

—¡Él nos muestra la luz, padre! —dijo el deán, en un tono un poco zumbón, que intentaba rebajar la emoción del momento, los ojos arrasados en lágrimas.

El obispo adelantó la mano sarmentosa y la posó sobre la frente febril de su hijo, quien inclinó la cabeza agradeciendo la caricia.

—¿La has olvidado ya, hijo? —preguntó con un hilo de voz.

Los ojos del deán miraron a los de su padre. Brillaba en ellos renovada la antigua fiebre.

—¡Me acuerdo de ella cada día, padre! Continuamente pido noticias de ella. Anda entre las damas de Beatriz Galindo, que hace de cobertera y sigue viendo al enano turco que la embrujó. Me atormenta con ese medio negro, con ese pagano. ¡Sólo quiere infamarme, tío!

El obispo acarició la cabeza de su hijo.

—¡Hijo mío! Mantente lejos de esa mujer, que no es para ti. Eres hermoso y poderoso. Puedes escoger barragana en otras mujeres de la corte. Muchas te miran con deseo.

—¡La concupiscencia con otras no me satisface, tío! Yacer como un animal, eso no me llena. Lo hago y me deja vacío. Lo que yo quiero es amanecer abrazado a ella, oler su aliento cuando duerme, velar su sueño, mirar las estrellas con la mano posada en su cadera, sentir el calor de su seno cuando lo acaricio dormido, darle agua cuando tiene sed, abrigarla cuando tiene frío.

El obispo asentía, gravemente. También él había conocido aquella dulce locura, en otro tiempo.

—¡Que Dios te ayude a sobrellevar la soledad, hijo mío!

CAPÍTULO XXVIII

Musa ibn Hasin envió a Jándula y a dos arrieros a Huércal, a cobrar unos sacos de cebada. Ya en camino, un pastor les avisó de que los cristianos habían llegado a Lorca, pero unos piconeros que trabajaban en el monte les aseguraron que aún no habían salido de Murcia, donde Fernando aguardaba ciertas vituallas de Cartagena. Persuadidos de esto último, Jándula y los arrieros caminaban despreocupados. En la Malajá, al volver una curva, se dieron de bruces con una patrulla de adalides cristianos. Volvieron grupas e intentaron huir, pero los jinetes los atajaron.

Los criados de Ibn Hasin pasaron dos días sin comer en una mazmorra de la Roda. Al tercer día los trasladaron a Valme, los encerraron en un silo y los alimentaron con gachas de cebada y sardinas secas durante cuatro días antes de sacarlos a subasta. A Jándula lo compró el alcaide de Alhendín.

—No era mala persona —le explicó Jándula a Orbán cuando volvieron a encontrarse—, pero tenía un mayordomo que no se despegaba del vergajo. Pasé cuatro meses trabajando de sol a sol en un molino de harina. Los esclavos, todos moros, trabajábamos hasta deslomarnos. Nos daban gachas de ajo y queso emborrado dos veces al día.

—No está tan mal —comentó Orbán.

—Comer se comía regular, pero el trabajo era para

aborrecer la vida. Y de follar, nada —se quejaba Jándula—. Allí no aparecía una mujer en dos leguas a la redonda. Todas las noches cinco contra uno, ya sabes.

Jándula consiguió enviar un recado al alfaqueque don García de Olid para que avisara a Orbán, que estaba al cuidado de las ferrerías de Baza. A los pocos días llegaron dos hombres del conde de Cifuentes con una cedulilla del contador real rescatando al esclavo. Jándula se encontró con Orbán después de casi dos años de ausencia. El herrero había engordado un poco, vestía su delantal de cuero y tenía la cara llena de tizne, como siempre.

—Así que te dejas coger prisionero a la primera ocasión —le reprochó jovialmente—. ¿Qué manera es ésa de defender la tierra?

Jándula intentó besar la mano renegrida del herrero, pero Orbán lo impidió. Lo obligó a levantarse y lo abrazó largo, sin decir palabra. Cuando se separaron, lo miró a los ojos con los suyos húmedos y le dijo:

—¡Eres libre! Vuelves a ser mi ayudante. Y más vale que aceptes el trabajo porque de lo contrario te devolverán al molino.

—Aquí estaré mejor —dijo Jándula, sin reprimir las lágrimas.

Orbán se había gastado sus ahorros de un año en rescatarlo. Jándula le prometió que se lo restituiría cuando acabara la guerra. Orbán se encogió de hombros.

—Cuando acabe esta guerra serás aún más pobre de lo que eres ahora, Jándula.

Pasaron meses, llegó el tiempo de los higos y las almendras, cuando se abren las vainas y caen las castañas, cuando se encelan los cangrejos y las truchas remontan los ríos y el jabalí macho, en la espesura, afila sus colmillos y reclama a las hembras.

Orbán contaba con la estimación y la amistad de Francisco Ramírez de Madrid, que aprobaba su forma de construir la caña de la bombarda en torno a un ánima en la que delgadas tejuelas de hierro al rojo blanco se soldaban a base de martillo. Sobre esta primera capa, se disponía una segunda y finalmente se barrenaba el interior para obtener el calibre deseado. De esta manera Orbán evitaba las líneas de menor resistencia en el forjado tradicional de las duelas. Los cañones de Orbán admitían mayor carga de pólvora, lo que, unido a la caña algo más larga, permitía superar el alcance de las bombardas corrientes. Sólo las milanesas igualaban a las de Orbán.

Cuando las lluvias interrumpieron la campaña, las tropas regresaron a sus pueblos y a sus castillos. Los herreros del rey continuaron trabajando a buen ritmo todo el invierno. En mayo habían construido más de cien carros con llantas de acero y traviesas tan gruesas como una pierna, para arrastrar las bombardas mayores a través de las montañas. Fernando acumulaba tropas en Quesada, en la frontera de Jaén, para la conquista de Baza. La reina Isabel, instalada en Jaén, organizaba los suministros y recibía a los tratantes de mulas llegados de Francia, de Portugal, de Frisia y de más lejos. Gracias a ella nunca faltaban municiones de boca, ni mantas ni forrajes a los ejércitos de Fernando.

Los vendedores y abastecedores del ejército llenaban las posadas en espera de audiencia. Sonaban los telares y las canciones de taller detrás de las ventanas. Se tejían lienzos de diversas texturas, para las tiendas, para los animales y para los soldados. Se preparaban prendas de abrigo, camisas, saquitos para la pólvora y frazadas para los heridos.

A finales de mayo, Isabel se incorporó al hospital que acompañaría a las tropas hasta Baza. Se encontró con Orbán en Peal de Becerro, a mitad de camino. Cabalgaron juntos hasta Quesada, ella en una mula mansa, él sobre el buen corcel prestado por Ramírez de Madrid.

Quesada estaba abarrotada de tropas. Había tal mezcolanza de mesnadas, mulas, carros y tiendas que era imposible encontrar un lugar donde gozar de cierta intimidad.

Al día siguiente, las tropas remontaron el puerto de Tiscar. Los carros con las bombardas invirtieron todo el día en ascender penosamente por los empinados senderos de recuas, precedidos por los leñadores y picapedreros que ensanchaban el sendero, talando árboles y rompiendo peñas.

En las navas altas las nieblas casi ocultaban el bosque circundante e impedían ver el risco revestido de jaras y romeros sobre el que se asienta el castillo que defiende el paso.

—En el hondón de ese tajo —señaló Jándula— hay una gruta con un manantial. Cuando traía recuas de Musa Ibn Hasin bajaba a llenar las cantimploras. El agua es muy fina.

—Enséñamelo.

Orbán y Jándula descendieron por un sendero resbaladizo de hierba escarchada. La gruta era amplia, capaz de albergar a cien hombres, con un manantial que alimentaba una lagunilla de arenas finas. La luz tamizada se filtraba entre las peñas y la vegetación. El aire era puro y húmedo, como si se respirara el agua que rompía sobre las rocas en una finísima nube. Había en medio de la laguna una tosca Virgen de piedra.

—A Isabel le gustaría este lugar —dijo Orbán.

Jándula subió a avisarla.

Los dos enamorados no tenían muchos momentos de intimidad en el campamento itinerante, ella con las damas de la reina y él con los herreros del rey.

—Me vuelvo arriba a ver cómo van llegando los cañones —dijo Jándula, y los dejó a solas.

Los dos amantes copularon sobre una roca, ella con

las manos apoyadas en el agua que le pegaba la saya al cuerpo y la hacía parecer más lozana y hermosa. En el trasteo perdió la cofia. El pelo suelto, mojado, le llegaba casi hasta la cintura. Orbán arreció en sus arremetidas.

—¡Si pudiera morir dentro de ti —le murmuró al oído—, apartarme del mundo, disolverme en la nada!

La señora de piedra los miraba hacer desde sus pupilas de musgo en las que se remansaba la antigua sabiduría.

CAPÍTULO XXIX

Las bombardas avanzaban con exasperante lentitud debido al barro y al relieve accidentado. Las mulas, agotadas, enfermaban y morían. Aprovechando la abundancia de carne, Isaac de la Cruz, cocinero del duque de Veragua, se inventó el molinillo de picar carne y el salchichón, un embutido que desde entonces aplica una parte de cerdo por cada veinte de mula o asno, entreverado con tocino. La ración de la tropa se instituyó en un palmo de embutido, media hogaza de pan y un cuartillo de vino. A falta de pimienta, le añadían una majoleta verdosa que recogían de los lentiscos. Que se hunda el cielo lloviendo, decían los cocineros, aliviados por no tener que encender sus candelas.

Al-Zagal había concentrado fuerzas en Baza y estaba reforzando sus murallas. De Tabernas, Purchena, la Alpujarra y otros lugares pertenecientes a Boabdil llegaban cientos de *muhaidines* fanáticos deseosos de inmolarse en defensa del islam. También muchos moros notables que no soportaban el gobierno colaboracionista de Boabdil.

El 15 de julio, los cristianos llegaron a la vista de Baza. Al doblar un recodo apareció ante ellos un dilatado valle rodeado de montañas.

—¡Ahí la tenemos, Baza y su hoya! —se animó Ramírez de Madrid—. ¡Gracias a Dios que hemos llegado! Mírala: ocho leguas de largo y tres de ancho, con varios ríos que la fertilizan. Un lugar hermoso y rico, poblado por gentes animosas, comerciantes, artesanos, agricultores.

—Gentes que sabrán defender lo suyo —concluyó Orbán.

Al-Zagal había confiado la defensa de Baza a Yayya al-Nayyar, y a su lugarteniente a Abulcasim Reduán Venegas.

Los campos ofrecían un aspecto desastrado. Los moros habían segado las mieses todavía verdes. Solamente quedaban en pie los huertos en torno a la ciudad, entre los que discurría un intrincado laberinto de caminos y veredas. Los adalides corrían el campo talando árboles, arrasando sembrados, rompiendo norias, incendiando casas y chozas, pisoteando surcos... De la huerta tan hermosa y afamada no quedó más que ceniza, barro y destrucción. Los viejos de Baza, los que toda su vida habían vivido de aquella riqueza, lloraban desde los muros asistiendo a la riza.

Los hedores a cadáver alcanzaban el campamento con el aire cambiante. Quedaron muchos muertos abandonados entre la maleza, lo que atrajo a una plaga de perros asilvestrados y bandadas de buitres.

En los primeros días menudearon las escaramuzas. Se establecieron los puestos de acampada. Se emprendieron las cavas y los trabajos del cerco. Fernando instaló dos campamentos unidos por bastiones, trincheras y empalizadas y rodeados por sendos fosos llenos de agua.

El rey convocó al Consejo para discutir si valía la pena montar las bombardas, lo que llevaría varias semanas, y abrir una brecha por donde tomar la alcazaba. Decidieron probar primero un asalto con torres de madera y escalas.

—Demasiado precipitado —sentenció Ramírez de Madrid.

A Orbán le extrañó que el artillero mayor no hubiera expuesto sus reservas en el Consejo.

—Yo soy un simple caballero, Orbán. Me invitan porque es la costumbre, pero a los magnates no les gusta que les llevemos la contraria. La decisión, buena o mala, la toman los consejeros del rey, sus parientes, los señores de la guerra.

El asalto resultó un fracaso. Algunos trebuquetes obsoletos hábilmente manejados por el viejo Hubec Addilbar, el antiguo alcaide, incendiaron las torres de asalto castellanas antes de que se aproximaran a los muros. Veían llegar las bolas de cisco ardiendo desde la distancia de una bombarda mediana y estaban inermes ante ellas. Fernando sufrió más pérdidas que si hubiera armado las bombardas, lo que puso de muy mal humor a sus consejeros.

—¡Sacad los hierros! —ordenó Ramírez de Madrid a la vista del desastre—. Me recelo que estamos ante otra Málaga. ¡Estos moros cabrones no escarmientan!

Siguió una semana de trabajo intenso. Los leñadores desbastando árboles, los carpinteros construyendo afustes y manteletes, los peones cavando zanjas y lechos artilleros, los carboneros echando chiscos. Los arrieros traían cargas de mimbres con los que tejer banastas que inmediatamente se llenaban de tierra y piedras y coronaban los terraplenes. Fernando inspeccionaba los trabajos a diario. Las recuas de bastimentos descargaban sin cesar en la plaza del campamento. Como un hormiguero laborioso, se levantaba la ciudad militar en torno a la plaza.

Cuando todo estuvo listo, el obispo de Toledo dijo una misa con asistencia del ejército y a continuación tronaron las bombardas durante todo el día. Los moros respondieron con las suyas. Olía el aire a humo y a pólvora quemada. En los bastiones avanzados saltaban surtidores de cascotes y tierra, zumbaba la metralla por el aire. Un cascote le arrancó el brazo a Ramiro Cossío, el abanderado del gran cardenal, de veinte años. Su amigo Rodrigo de Mendoza, hijo natural del prelado, recogió el estandarte y lo flameó para que los ánimos no decrecieran.

Contaban los moros con algunas bombardas y más de treinta pasavolantes milaneses y franceses, adquiridos en Bugía. Al-Zagal había contratado a una hermandad de artilleros flamencos, el viejo Vanderroco y media docena de sobrinos, que habían servido antes al sultán de Túnez y se reputaban de lo mejor del oficio.

Fernando, desde un alcor, contempló el estropicio del primer asalto.

—Me parece que los asaltos a la francesa se van a acabar.

—Tenemos arrestos sobrados, señor —lo animó el conde de Cieza.

—No se trata de tener arrestos —observó Fernando—. Se trata de economizar. Esos hombres y esos caballos que han muerto hoy los necesitaré más adelante en otros lugares. El buen ajedrecista preserva sus piezas. Las guerras costosas devoran las rentas y acaban con los reinos.

Al día siguiente Fernando había decidido que los campamentos se convirtieran en poblados permanentes, en verdaderos burgos. Así sabría al-Zagal que no pensaba levantar el real por mal que fueran las cosas.

Un ejército de albañiles construyó calles rectas, cuarteles cercados de tapial, barracas y casas techadas con las tejas que sacaban de las alquerías incendiadas.

Tras una audiencia con Fernando, Francisco Ramírez de Madrid convocó a Orbán, micer Ponce y los maestros herreros.

—Tal como se plantea, parece que este sitio va para largo, pero Fernando quiere acortar el trámite y que la artillería rinda la plaza. Vamos a establecer una fundición que nos provea de truenos. Mañana mismo empezamos a cimentar nuevos hornos y herrerías. Van a reforzaros los maestros fundidores de Málaga y Vasconia.

Mientras el mundo se hundía a su alrededor, Orbán, atento a su trabajo, introdujo mejoras en la construcción de bocas de fuego. Crecía su prestigio en la colonia de los fundidores y polvoristas, pero también crecía su inquietud por el futuro. «Si me hago indispensable, Fernando podría retenerme para siempre», pensaba.

En las noches insomnes hacía planes. Isabel y él en la borda de una carraca que atraviesa el Mediterráneo. Isabel de su mano en las calles de Estambul, admirando los magníficos palacios. Él en presencia de Bayaceto, que lo colmaría de honores y convocaría a los estrategas del imperio para oír su informe sobre los cañones de Fernando.

Cada lunes los técnicos artilleros se reunían para examinar la marcha de los trabajos y proponer innovaciones. Orbán se atrevió a exponer un proyecto arriesgado que llevaba largo tiempo meditando.

—Uniendo hierro fundido y forjado podríamos obtener el punto intermedio del acero —sugirió a la asamblea.

—¡Dudo que eso sea hacedero! —objetó micer Ponce. Ramírez de Madrid participaba de las mismas dudas.

—Hay una antigua técnica —señaló Orbán—. El hierro fundido muy puro se acumula sobre lingotes blandos de hierro forjado y al mezclar sus cualidades tenemos acero.

—Teóricamente parece factible —convino micer Ponce—, ¿pero qué clase de técnica podemos aplicar?

—Concededme dos semanas para que lo pruebe.

—Está bien. Catorce días a partir de mañana —dijo Ramírez de Madrid—. Ni uno más.

Orbán madrugó al día siguiente y comenzó a trabajar con la primera tongada. Batió el hierro forjado en planchas de un dedo de ancho y tres de largo que introdujo en otras de hierro forjado a las que sometió a presión colocando encima trozos de hierro fundido. Después cubrió el horno con arcilla y aplicó grandes fuelles de pistón.

Ramírez de Madrid se dejó caer por la fundición.

—¿Sale o no sale?

Orbán le mostró el horno.

—Cuando el fuego alcanza la temperatura suficiente —le explicó—, se derrite el hierro fundido que, goteando y calando, penetra en el hierro forjado. Cuando ambos se unen, el metal resultante se forja. Después se vuelve a calentar y se martillea. El proceso se repite cinco veces para homogeneizar la mezcla.

El artillero jefe asintió, pensativo.

—Muchas veces pienso que eres un demonio, Orbán, y otras que eres un ángel. ¿Qué eres realmente?

—Sólo soy un herrero.

CAPÍTULO XXX

El deán Maqueda refrenó su caballo al remontar el alcor y contempló el panorama. Ante su mirada apareció Jaén en medio de un dilatado paisaje. Las bellas vistas de la ciudad, el caserío extendido como un manto de muchos colores en las faldas del cerro, contrastaban contra la levantada orografía de las montañas del entorno. Los peñascos de la Mella y la Pandera destacaban grises contra el cielo azul, cobijando el cerro de santa Catalina, tapizado de higueras y olivos, que coronaba la alcazaba. Por la falda del monte se desparramaba la ciudad blanca. El deán se extasió contemplando los tejados rojos, las manchas verdes de los huertos, con las lanzas de los cipreses apuntando al cielo. Bosques de moreras y de higueras tapizaban los accesos de la ciudad por la puerta de Granada mientras por la de Martos y la Barrera se esparcían, verdes y tupidas, las huertas del Poyo y la Ribera, el agua espejeando en caces y surcos.

Fin de viaje. Jaén, la corte itinerante de la reina Isabel, con su hospital, sus talleres y sus almacenes, el hormiguero laborioso del que puntualmente salían las recuas de bastimentos y provisiones para Fernando.

Un hombre elegantemente ataviado con guardapolvos de viaje y sombrero ancho se unió al deán sobre el alcor.

—Es una bella ciudad, aunque esté en el fin del mundo —comentó.

El deán se volvió. El que había hablado era Ennio Centurione, el armador genovés que había traído a Málaga a los embajadores del Gran Sultán de Egipto. El deán y el genovés habían amistado durante el viaje. Centurione llevaba toda la vida surcando el Mediterráneo y conocía mundo. El deán no había abandonado su áspera Castilla, pero le fascinaban los relatos de países lejanos, de pueblos exóticos, de nuevas costumbres, de formas diferentes de entender la vida.

El deán Maqueda escoltaba la embajada que el Gran Sultán de Egipto enviaba a los reyes Fernando e Isabel. Los embajadores eran dos padres franciscanos, el prior del convento del Santo Sepulcro de Jerusalén, fray Antonio Millán, y fray Juan García, su secretario de cartas. Eran portadores de un mensaje del sultán de Egipto a los reyes de España: «Si no dejáis en paz a Granada, yo exterminaré a los cristianos de Tierra Santa y destruiré el Santo Sepulcro.»

El sultán de Egipto había despachado otras dos embajadas con el mismo mensaje al Papa y al rey de Nápoles.

En Jaén las fondas estaban abarrotadas de comerciantes y proveedores del ejército. Los embajadores se hospedaron en el convento de san Francisco, cerca de la catedral y de los palacios en los que residían la reina y su corte. El deán Maqueda, Centurione y la escolta encontraron alojamiento en las casas del obispo, en la calle Maestra.

La reina había alquilado quince mil acémilas y adquirido todo el trigo y toda la cebada de Andalucía y Castilla, además del Maestrazgo y el priorato de san Juan. Agotadas las rentas del tesoro y las de la bula de Cruzada, la reina Isabel empeñó sus joyas y la vajilla de oro heredada de su padre y emitió un empréstito con ayuda de ciudades, prelados, magnates y mercaderes para comprar en el extranjero más bastimentos, metales, grano y caballos.

Aquella noche, después de bañarse en la sala de tablas del obispo, con una criada negra frotándole la espalda con estropajo y aceite, el deán invitó a Centurione a un asado de choto en la taberna del Gorrión, regado con una jarra de aloque de la bodega episcopal.

Centurione dio un paseo por la ciudad y la encontró poblada de mujeres bellas que, debido a las cuestas, desarrollan notables piernas y muslos, y no digamos qué nalgas.

Un escudero del conde de Arcos, que paraba en la vecina posada de la Parra, les trajo noticias del sitio de Baza. Cañoneos diarios, trabajos de los esportilleros y cavadores para rehacer lo que las bombardas deshacían y alguna que otra escaramuza. Fernando no arriesgaba. Quería rendirla por hambre y resarcirse de los gastos vendiendo los cautivos.

Cansados de la inacción, Hernando Pérez del Pulgar, alcaide del castillo de Salar; Francisco de Bazán, Antonio de la Cueva, hijo del duque de Alburquerque y otros jóvenes caballeros, reunieron por su cuenta trescientos jinetes y doscientos peones e hicieron una cabalgada nocturna contra las aldeas de Guadix, en las mismas narices de al-Zagal. Llevaban robadas media docena de alquerías y cautivados varios rebaños con sus pastores y parecía que la empresa iba a salirles a pedir de boca cuando al-Zagal los atajó con más de mil jinetes. Viéndose cercados, el alférez, que iba en vanguardia, dudaba si levantar el estandarte contra los moros. Entonces Hernando Pérez del Pulgar, que iba a la zaga, se quitó la sudadera de la cabeza, la ató en la punta de su lanza y gritó:

—¡Ya tenemos bandera! ¡Ahora, a los moros!

Cargaron contra los que cerraban el paso y los tomaron tan de sorpresa que no les dio tiempo a ordenar sus haces, para desesperación de al-Zagal. Murieron muchos y otros huyeron, mientras los cristianos salían del apuro.

Al regreso, Fernando dudaba entre ajusticiarlos por abandonar el campamento sin su permiso o recompensarlos por una hazaña que levantaba la moral de la tropa. Optó por lo segundo, disimuló su encono, armó caballero a Hernando Pérez del Pulgar y le concedió el privilegio de atar un pañuelo en la lanza en memoria de su hazaña.

El relato del paje, a la vacilante luz de los candiles, con la jarra de aloque sobre la mesa, encendía en el deán los deseos de volver a la milicia, las cabalgadas, las ocasiones heroicas, el combate, la gloria. Bajo los ropajes eclesiásticos latía el guerrero, al estímulo de la sangre.

—¡La saliva que sabe a sangre, que te llena la boca cuando te pones en ocasión de muerte! —le confió a Centurione—. Ese licor, una vez que se ha probado, no se puede dejar: su recuerdo te acompaña toda la vida y cada cierto tiempo lo necesitas. A veces se mitiga en la emoción de la caza cuando persigues al oso o al jabalí y sabes que en un mal encuentro pueden vaciarte las tripas con las cuchillas o con las garras.

Bebía el deán un vino melancólico, la mirada absorta en las llamas de la chimenea, en la que chisporroteaba un tronco de olivo. Echaba de menos el fuego de acampada, las canciones salaces de los escuderos, los relinchos, la piedra que afila la espada, la arena que limpia de herrumbre las mallas, el aroma de la grasa sobre los arreos, el grito «¡Eia velar!» del centinela, los mil menudos rumores de la milicia.

Pero su tío había decidido dedicarlo a la administración. Cambiaba el mundo y los secretarios tenían más porvenir que los capitanes.

—A la reina Isabel le sobran guerreros. ¿No ves que ha dejado de conceder permisos para edificar torres? Viene un mundo nuevo en el que no hay lugar para los caballeros. La guerra la harán los peones, los espingarderos y los artilleros del rey. Lo que la reina quiere son funcionarios y secretarios, gente de cuentas, gente que sepa escribir, que administre justicia, que haga rendir los campos, que recaude impuestos, que críe lana o carne o trigo, gente que levante puentes, que construya molinos, gente que sepa, gente que le llene las arcas reales.

Durmió mal aquella noche el deán. En aquella ciudad, entre las damas de Beatriz Galindo, estaba Isabel, la mujer que colmaba sus vigilias de deseo y desesperanza. Desde que la perdió, seis años atrás, no había pasado ningún día sin añorarla.

Quizá había llegado la hora de recuperarla. Había meditado muchas veces sobre la extraña fascinación que esta mujer ejercía sobre él. Había descartado, no sin trabajo, que fuese una prueba que Dios ponía en su camino. Dios no puede tentar tan cruelmente a sus criaturas. No es una hechura del infierno para atraerme al pecado y a la perdición. Es más bien una hechura del cielo, pensaba, es mi penitencia y mi salvación.

Isabel era una hechura del deán. La había rescatado de su deplorable vida de campesina, sin más horizonte que envejecer ordeñando vacas, guardando ovejas, abriéndose de piernas para el gañán que se casara con ella y pariendo un hijo cada año hasta que perdiera los dientes y estuviera vieja y achacosa antes de cumplir los treinta. De ese espantoso destino la había rescatado él, el deán. La había llevado a Segovia, a las calles enlosadas y a los palacios de piedra y reja. La había puesto a vivir en una mansión, servida de criados, respetada como si fuera hija suya. Le había enseñado a leer y a escribir, a tocar la vihuela y a recitar romances con clara voz. Allí, gracias a él, había aprendido a bordar y a comportarse como una dama. Le había enseñado los caminos y las tretas del amor, en el lecho perfumado de membrillos y sahumerios de palosanto. Le había dado placer, tan intenso que a veces se quedaba como muerta en sus brazos. Había sido feliz a su lado y seguramente la había hecho más feliz de lo que ella misma podía recordar o comprender. Y la había perdido, en manos de los moros, el mayor fracaso de su vida, la espina lacerante en su costado.

Ahora, estaba dispuesto a rescatarla. A cualquier precio. Tenía que mostrarle el nuevo hombre en que se había transformado. Si antes no se había enamorado de él, sin duda que se enamoraría ahora.

Templado por el sufrimiento, el carácter del deán había experimentado un cambio desde que la herida del muslo lo obligó a convalecer largos meses. Había descubierto la bondad humana, la había descubierto en él mismo. El hombre de guerra que siempre fue, había dado paso, como la oruga a la mariposa, al hombre de paz. En nombre del amor y de la nueva concordia nacida en su alma, el nuevo deán quería recuperar a Isabel. Quería devolverla a su casa, no como el objeto de placer que antes fue, el que le alegraba y atormentaba sus noches, sino como una compañera con la que compartir las alegrías y asperezas de la existencia. Quería compensarla por las sevicias, los desprecios y las humillaciones, por los sufrimientos que había traído a su vida. A menudo se recreaba imaginándola a su lado en calidad de ama libre, dueña de lo suyo, un ama que rigiera criados y mayordomo, una mujer a la que confiar sus íntimos temores, una compañera como la que tenían muchos clérigos, consejera, amiga y, a ratos, amante. Esperaba que ella entendiera y aprobara el cambio que se había operado en él. Estaba determinado a ofrecerle cualquier cosa con tal de recuperarla.

CAPÍTULO XXXI

Un paje del deán siguió a Isabel durante varios días. El mejor momento para abordarla era a la caída de la tarde, cuando Isabel, acompañada de una criada, inspeccionaba el trabajo de los telares en los Adarves Bajos. Al tercer día, el deán la abordó bajo los soportales, al final de la calle, cerca de la Alcantarilla, donde la escasez de transeúntes, debido a la hora avanzada, le garantizaban cierta reserva.

—¡Isabel!

La mujer sintió un sobresalto. Se llevó la mano a la garganta.

—¡Señor!

—¡No sabes el tormento que me causa tu ausencia! —dijo plantándose delante de ella, cerrándole el paso. Con una mano apartó bruscamente a la criadita como el que espanta una mosca.

Era él, menos compacto, menos seguro, más delicado, más cortesano. Incluso la voz parecía haberse afinado, la voz acostumbrada a mandar sin que nadie osara contrariarlo.

—¡Señor, déjame en paz, te lo pido por Dios!

—¿Que te deje en paz? —La voz se endureció, hasta adquirir el timbre de los viejos tiempos—. ¿Cómo puedo dejarte en paz si tú no me dejas a mí, si te tengo viva y candente en mis pensamientos, si no duermo pensando en ti...?

—¡Señor...!

La había abrazado y ella se sentía desmayar rodeada de aquellas palancas de acero que eran los brazos del deán. Un sofoco le subió a la garganta. El rostro se perló de sudor. Él insistió en el abrazo, la tomó en volandas y la empujó al interior de un zaguán, un cuchitril enlosado que apestaba a letrina.

—¡Isabel, apiádate de mí! ¡No puedo vivir sin ti! ¡Eres mi tormento! ¡No puedo vivir sin ti! ¡Te necesito a mi lado! ¡He maldecido mil veces mi torpeza al llevarte a la Ajarquía! De eso proceden todos nuestros males. Cuando todo esto pase volveremos a estar juntos.

—¡No, mi señor, ya nunca volveremos a estar juntos! —intentaba razonar la muchacha—. ¡Antes me quito la vida! Os sobran mujeres. Seguid vuestro camino.

—¡La única mujer que deseo eres tú! ¡La única que sacia mi sed, mi látigo y mi consuelo, mi pecado, mi cielo...!

La mención del látigo despertó en Isabel recuerdos que tenía medio olvidados. Después del amor, el deán, desnudo en medio de la sala, contemplaba la talla de Cristo crucificado de su capilla particular mientras Isabel lo azotaba con un látigo.

—¡Más fuerte, más fuerte, puta, si no quieres probarlo en tus carnes! —le gritaba el deán, sudoroso, medio sofocado por el dolor.

Isabel lo azotaba con todas sus fuerzas, levantándole verdugados de sangre en los blancos lomos, en los glúteos, en los muslos.

Luego, calmado el deán, lo cubría con un lienzo limpio y lo curaba, pinchaba las ampollas con un cristal, restañaba la sangre y el agua con un paño mojado, untaba las heridas con aceite templado, las vendaba. El deán se dejaba hacer, los ojos entrecerrados, como una nueva experiencia placentera. El castigo y la cura le producían tanto placer como el pecado mismo.

Algunas veces la maltrataba a ella, la desnudaba brutalmente, rasgándole la saya, la maniataba a una columna, o encima de un arcón, pasando las ligaduras por las asas, le golpeaba las nalgas con la parte gruesa del látigo, cuidando de no hacer sangre. Cuando ella lloraba suplicando clemencia le decía:

—¿Látigo o palo?

Ella se callaba. Volvía a golpearla hasta que con voz débil cedía.

—Palo.

El palo era el sexo. Entonces el deán la montaba de nuevo de espaldas, acaso analmente, sobre el arcón en el que guardaba sus casullas y ornamentos.

En un pebetero de bronce ardía incienso. La habitación del deán olía siempre a incienso cuando llamaba a su esclava.

Ahora estaba abrazado a ella en un zaguán oscuro, seis años después, sintiendo el calor de su cuerpo, sus formas, sus tetas firmes, la redondez de sus muslos. Sintió un desvanecimiento de placer. Sangre candente, súbita, le latía en la garganta.

La giró bruscamente y le mordió la nuca con aquellos dientes carniceros, un antiguo gesto de dolor y placer.

Ella se debatió débilmente como el gazapillo en las fuertes garras del águila. Se mareaba, se sumía en una ensoñación voluptuosa, enteramente involuntaria, una lasitud fatal que de pronto la asaltaba con fiebres que creía olvidadas. No tuvo fuerzas, ni ánimos, para resistirse.

Se repitió el ritual de antaño. Desmadejada por el mordisco en la nuca, que la transportaba a la linde misma del orgasmo, Isabel se sintió voltear sin voluntad ni fuerza. Él la besó abarcando con la boca la suya y le introdujo una lengua musculosa y ancha hasta el fondo de la boca. Hurgaba por abajo, levantando las faldas. El miembro del deán regresaba como antaño, duro como un hueso, largo y gordo, surcado de abultadas venas. La llenó toda en una brusca acometida. La cabalgó brevemente con toda la furia de antaño y eyaculó un chorro de semen candente.

Isabel se arregló las faldas y tomó asiento, aturdida y desmadejada en el escaño del zaguán.

—¿Te ha gustado, amor?

La había llamado «amor».

Era él y al propio tiempo era otro. Era el mismo bárbaro, el pene duro que la violaba, que la mataba de placer, y al propio tiempo era el cortesano que nunca conoció.

—¿Por qué vuelves?

—¡Porque eres mía, porque no puedo vivir sin ti! Dime que te ha gustado.

—De sobra sabes que sí, señor, pero no quiero verte más. Ahora tengo otra vida.

—¡Tú no puedes tener otra vida fuera de la mía! —se enfurecía el deán—. ¡Me perteneces!

—¡Señor, por piedad!

—¡No hay piedad! La única piedad la tendrás a mi lado. Me perteneces.

Sonaron pasos en la calle. Isabel se compuso la ropa, se extendió la toca sobre la cabeza y salió. La criadita que aguardaba bajo los soportales asomó tímidamente de las sombras. Isabel le tendió una mano.

—Vamos, Aldonza, que se nos hace tarde.

Desde los soportales, el deán miró alejarse a las mujeres. Suspiró profundamente y llevándose la mano a la poderosa nariz aspiró despaciosamente el aroma del sexo femenino prendido en ella.

—¡No renunciaré a ti, mujer, aunque mi alma inmortal se condene! —exclamó mostrándole los puños a la noche.

CAPÍTULO XXXII

Centurione refrenó su caballo y contempló el campamento, una sucesión de chozas tejadas y de tiendas de lona que se extendía ordenadamente por el llano formando calles por las que discurrían carros y soldados. Las fumarolas blancas de las cocinas de campaña se elevaban en la clara mañana.

Hasta sus oídos llegaba un rumor distante, familiar. Todos los campamentos se parecen, pensó. No es que le gustaran especialmente estas ciudades provisionales. Su naturaleza ordenada rechazaba el caos y cualquier forma de improvisación, pero en los campamentos y en los puertos de mar se hacían los mejores negocios, lo sabía por experiencia. Un mayordomo real te discute los precios en su gabinete de palacio, repantigado detrás de su mesa taraceada, rodeado de tapices, gavetas y comodidades, con el lebrel echado frente a la chimenea donde arde un tronco de encina, pero en la tienda de lona de un campamento que huele a bosta, a sudor rancio y a paja podrida está más pendiente de acabar lo antes posible con su incomodidad que de tus tarifas.

Una zanja profunda y un talud coronado de estacas marcaba el límite del campamento. Fuera había otra extensión de chozas más livianas, construidas con harapos y palmas secas, el campamento de las soldaderas y buhoneros que acompañaban al ejército. Un tropel de niños semidesnudos jugaba junto al arroyo mientras las madres, aguas arriba, lavaban la colada y parloteaban.

Centurione viajaba en mula torda y mansa, con un séquito de cinco criados. Ya se había desprendido de los franciscanos del convento del Santo Sepulcro de Jerusalén que el Gran Sultán de Egipto le endosó. Al final, fray Antonio Millán, el prior, y fray Juan García regresaron a Málaga para embarcarse de regreso a Tierra Santa con el embajador Pedro Mártir de Anglería. En una extensa carta, el rey Fernando tranquilizaba al sultán sobre sus intenciones bélicas: nada más lejos de su voluntad que agredir al islam. En su guerra contra Granada, él y la reina estaban recuperando lo que les pertenecía, la tierra de España, arrebatada por los moros ocho siglos antes al rey cristiano Rodrigo. Cuando reconquistaran su reino y recuperaran lo que era suyo, otorgarían plenas libertades a sus súbditos musulmanes, les permitirán practicar la religión de Mahoma y regirse por sus leyes. «Al igual que tú, Gran Sultán, aspiramos a que bajo nuestro cetro convivan pacíficamente cristianos, musulmanes y judíos.»

Centurione descabalgó. Las agujetas le baldaban los muslos. Un criado le tendió un pañizuelo bordado humedecido con perfume. El mercader se enjugó el sudor y el polvo de la cara y el cuello. Para entrar en el campamento cambió la mula mansa por un caballo negro, de buena raza.

Detestaba ser portador de malas noticias, pero tampoco quería comunicarlas por carta. Ciertas cosas hay que decírselas al interesado cara a cara, mirándolo a los ojos, especialmente cuando descubres que le tienes ese afecto que tanto se parece a la amistad.

En el puente levadizo de la puerta del campamento, un guardia se informó de la identidad del recién llegado. El sargento le indicó la tienda del jefe de día.

—¿Está aquí Orbán, el herrero búlgaro?

—Sí, señor. Con los hombres de Francisco Ramírez de Madrid, en la calle de la mano diestra, al final.

Los visitantes pasaron una gran corraliza con más de quinientos caballos. El tufo a estiércol y a meados revenidos emponzoñaba el aire.

Centurione presentó sus respetos al duque de Cádiz y departió con él sobre los suministros que su compañía tenía empeñados y sobre los precios del cobre y el estaño en la lonja de Milán.

—Fernando querrá que lo saludes —avisó el de Cádiz.

—Quiero besarle la mano —dijo Centurione—. Vengo de Jaén y traigo unos lienzos de Holanda que le envía la reina.

Los criados del genovés habían montado su tienda en el espacio reservado a las visitas de calidad, cerca de la plaza de armas y lejos de los corrales. Centurione se lavó la cara, los sobacos y los brazos en una jofaina, se enjugó con la toalla que le tendía su paje y se contempló un momento en el espejo de cobre. Dos bolsas cárdenas le orlaban los párpados. Las arrugas de la frente y las mejillas se dibujaban mejor en la tez bronceada. ¿Estoy cansado, estoy preocupado o es que empiezo a envejecer? Se encogió de hombros. Quizá las tres cosas. Bueno, no le demos más vueltas. Hagamos lo que hemos venido a hacer.

Se vistió de limpio, se puso al cuello una gruesa cadena de oro y salió de la tienda.

Las herrerías se distinguían por las columnas de humo de las fraguas y el martilleo de los yunques. En esta parte del campamento reinaba una actividad frenética. Una larga recua de jumentos, con los serones cargados de carbón de encina, aguardaba inspección antes de descargar combustible para los hornos. Allí estaba Orbán el búlgaro, quizá más delgado y fibroso que la última vez que se vieron, hacía ya dos años. Orbán impartía instrucciones a los oficiales, atento al trabajo. Su castellano había mejorado notablemente.

—¿Tendrás un momento para saludar a un viejo amigo? —le preguntó, en turco, Centurione.

Orbán se volvió con un gesto de sorpresa al oír su idioma natal. Cuando reconoció al visitante sonrió mostrando sus dientes fuertes y blancos.

—¿Qué demonios hace un banquero genovés en medio de esta basura? —le espetó.

Se abrazaron cordialmente.

—He sabido de ti. Por lo visto eres el mejor fundidor de Fernando. ¡Tu fama vuela! —dijo Centurione.

—¡Exageraciones! —Orbán se encogió de hombros—. Fernando tiene a los mejores fundidores de la cristiandad. Yo hago mi trabajo, nada más. ¿Quieres un vaso de vino? No es tan bueno como el que sueles beber, pero te limpiará el polvo del gaznate.

—¡Venga ese vino!

La tienda de Orbán estaba detrás del talud que rodeaba la casa de la pólvora. El ajuar del artillero era adusto. Un catre de campaña, dos jamugas y la tapa de un baúl pequeño elevado sobre un caballete para que sirviera de mesa.

—Vengo de Jaén, de acompañar una embajada a la reina.

—¿Has visto a Isabel? —preguntó Orbán con ansiedad.

—La he visto, muy guapa y atareada —contestó el genovés evasivamente—. Allí trabajan de firme.

—Lo sé. Desde que nos pasamos a los cristianos apenas nos vemos.

—¿Os va bien?

Orbán se quedó pensando un momento.

—Supongo que sí —suspiró—. Fernando nos trata bien y ella está con los suyos.

Centurione asintió. Se puso repentinamente serio.

—No he venido sólo por el gusto de verte. Te traigo un recado.

Había bajado el tono de voz hasta el susurro.

—Lo suponía —dijo Orbán—. La verdad es que hace meses que lo esperaba. Temiéndolo. ¿Traes noticias de allá?

Centurione asintió con gesto grave.

—Hace un mes estuve en Estambul. El Visir me hizo comparecer ante Bayaceto. El Gran Señor está furioso. Si no regresas con los moros antes de que acabe el verano, te declarará traidor y arrasará tu casa.

Arrasar la casa era uno de los eufemismos de la cancillería de la Sublime Puerta. Se demolía la casa, se requisaban los campos y se degollaba a los animales y a los familiares directos. A veces, si el delito era especialmente grave, los empalaban. Orbán pensó en sus hijos, Orbán y Mircea.

—¿Sabes algo de los míos?

—Tus hijos están bien. Ahora viven con tu hermano.

Orbán asintió pensativo.

—Ellos son lo único que tengo, mis hijos. —Su voz había enronquecido de repente. Con los ojos arrasados de lágrimas contemplaba las nubes de humo que se levantaban al cielo azul—. Vivimos pensando que tenemos algo seguro y la verdad es que seguro no hay nada, cualquier cosa puede acabarse en un instante. Crecemos en el Valle del Hierro pensando que los árboles y las casas son nuestras, que son la dádiva a perpetuidad de un sultán al primer Orbán, el herrero que le regaló Estambul, pero todo lo que tenemos y todo lo que somos le pertenece a sus sucesores, todo es de Bayaceto y si ahora, en el otro extremo del mundo, quiere torturar a mis hijos, puede hacerlo.

—¿Qué harás?

—Sólo los tengo a ellos. Va a ser difícil escapar de este

campamento e incluso si escapo no sé qué futuro me espera cuando regrese con los moros.

—Esa duda concierne a la segunda parte de mi recado. Bayaceto no quiere que regreses con al-Zagal, sino con su sobrino Boabdil.

—¿El rebelde?

—Sí. Al-Zagal tiene los días contados. En la última campaña enfermó de melancolía y todavía no se ha repuesto. Sus gentes lo abandonan y se pasan por docenas a Boabdil. Pronto no le quedará nadie. Todas las alianzas que buscaba en el Magreb han fracasado. Está cada día más débil frente a Fernando. Boabdil, me consta, te recibirá con los brazos abiertos. La fama del herrero búlgaro domesticador de los metales ha llegado a Granada.

Centurione permaneció todavía tres días en el campamento de Fernando atendiendo a sus negocios, entrevistándose con Hernando de Zafra y otros funcionarios. Después regresó a Málaga sin despedirse de Orbán. En vísperas de la deserción del herrero búlgaro quería evitar la impresión de que los unía una estrecha amistad.

CAPÍTULO XXXIII

Como hombre de confianza de Ramírez de Madrid, el herrero búlgaro se multiplicaba acudiendo a las forjas, a los hornos, a los fuelles continuos, a las herrerías y a los molinos de la pólvora. Orbán intentaba instruir a otros en los secretos del oficio, pero en materias tan delicadas Ramírez de Madrid prefería que lo supervisara todo y descargaba en él buena parte del trabajo.

Lo que Orbán esperaba con impaciencia se demoró todavía un mes. El 7 de noviembre, a los seis meses de comenzado el cerco de Baza, ya metidos en las lluvias del otoño, llegó al campamento la reina Isabel, con su hija mayor y un nutrido séquito de damas, nobles y prelados. La recibieron Fernando, el marqués de Cádiz, el maestre de Santiago, el duque de Alba, el almirante de Castilla y los magnates, todos con trajes de ceremonia, acompañados de pajes de librea y una lucida comitiva, músicas y chirimías. Escuadrones de jinetes y compañías de piqueros vigilaban a lo largo de la carrera, por si los moros intentaban una salida para aguar la fiesta.

Desde los terraplenes del campamento, los artilleros asistían al evento. Junto a la reina, menuda y rubia, en una mula enjaezada con un vistoso manto púrpura, cabalgaba un corpulento eclesiástico, tocado con un sombrero ancho como un quitasol con las borlas cardenalicias cayendo por la espalda. El enorme caballo castrado del purpurado abultaba como un elefante al lado de la pequeña mula que cabalgaba la reina.

—¡El Gran Cardenal! —señaló Ramírez de Madrid—. Ya se ve que la toma de Baza es un asunto del más alto interés, para que el cardenal abandone sus almohadones.

Orbán salió al paso de la comitiva, impaciente por encontrarse con su amada. Detrás del escuadrón de escolta que seguía a los reyes y a los purpurados llegaba el séquito de damas de la reina, las más jóvenes en mulas y asnos, el resto en los carros de la impedimenta, acomodadas entre el fardaje que les servía de asiento, con palios levantados en afustes de lanzas para protegerlas del sol.

Inquieto como un mancebo enamorado, Orbán buscó a Isabel entre las damas montadas; después, en los carros. No la identificó entre tantas mujeres con tocas blancas en la cabeza hasta que ella se despojó del pañuelo dejando al aire su cabellera negra y le dijo:

—¿Buscas a alguien, escudero?

Orbán contempló la hermosura de su amada, que la ausencia acrecentaba.

—¡A la dama más bella de mundo!

Las compañeras de Isabel acogieron el cumplido con risitas y comentarios cómplices. Orbán ayudó a su enamorada a apearse. Se abrazaron estrechamente a un lado del camino. Pasaban los muleros del séquito, evitándolos, y se daban con el codo: «Éste ya tiene apaño donde meterla», alcanzaron a oír.

Otros hombres del campamento se encontraban con sus mujeres con parecidas muestras de amor. Aquella noche hubo canciones y músicas hasta la alta madrugada, por los muchos encuentros que se habían producido y por la alegría de saber que, llegada la reina, el cerco no duraría mucho. Para lo crudo del invierno, todos en casa.

Después del amor, Orbán apoyó la cabeza en el brazo

desnudo y se miró la mano libre, un gesto familiar cuando estaba pensativo.

—Ha habido cambios —dijo al fin.

—¿Qué cambios?

—Después de pasarse por Jaén con la embajada, Centurione vino a verme. El Gran Turco me ordena que regrese con los moros. Si desobedezco matará a mis hijos y arruinará mi casa.

Quedaron largo rato en silencio, Isabel meditando sobre lo que acababa de oír.

—¿Qué vas a hacer?

—No puedo hacer otra cosa: volverme a los moros. Sólo me he quedado estos días para despedirme de ti.

—¿Despedirte? ¿Qué ha sido de todos nuestros sueños? ¿Ya los has olvidado?

—No los he olvidado. Quiero llevarte conmigo cuando esta guerra acabe o cuando Bayaceto me reclame, pero, mientras tanto, no tengo más opción que volverme a los moros.

—Pueden matarte por haberte pasado a los cristianos.

—No me piden que vuelva con al-Zagal sino con Boabdil.

Permanecieron en silencio largo rato. Isabel acariciaba el pecho del herrero, huesudo y blanco, con el vello ralo que empezaba a encanecer. No podía evitar que le acudiera a la memoria el del deán, ancho y musculoso. A veces soñaba Isabel con el deán. Se despertaba empapada en sudor después de encontrarlo en sueños, siempre dispuesto a la coyunda, infatigable, brusco.

—Si tú te vas, yo también —dijo con determinación—. Ya no me separo más de ti.

—En Granada alguien puede acusarte por el asesinato de Yusuf ibn Aiax.

—Prefiero correr ese riesgo. Si me quedo aquí también estaré en peligro..., otros peligros.

Por un momento pensó confiarle que se había encontrado con el deán Maqueda, pero después decidió silenciar el episodio. Orbán no lo entendería y lo ocurrido en Jaén podía abrir una brecha insalvable entre ellos.

El deán la había hechizado y la había envenenado en los años en que estuvo sometida a él. Le quedaba esa mezcla de gratitud, miedo y deseo, una comezón del alma que debía resolver sola, sin ayuda de nadie. Algunas veces se lo había confiado a Beatriz Galindo, fiada en su sabiduría de mujer.

—Los caminos del corazón, ¿quién los conoce? Seguramente el deán te cogió tan tierna y te moldeó por su mano y nunca te lo quitarás de la imaginación. Aprende a vivir con su recuerdo, pero si quieres a Orbán pierde cuidado y dedícate a ese amor. Lo que necesitas es un hombre corriente que te cuide, te proteja y te quiera, un hombre que, llegado el caso, se case contigo y que te deje una fortuna suficiente para vivir desahogada cuando Dios lo llame a su lado.

Se escuchó el «¡Eia velar!» de un centinela lejano. Ladraron unos perros. Orbán e Isabel volvieron a abrazarse en silencio y copularon nuevamente. Detrás de la lona de la tienda comenzaba a clarear el nuevo día.

—¿Cuándo nos vamos? —susurró Isabel.

—La entrega de Baza es inminente —dijo Orbán—. En el desconcierto de esos días se nos presentará más de una ocasión.

—¿Alguien más lo sabe?

—Solamente tú y yo.

—¿Y Jándula?

—Todavía no sé si llevarlo. Cuando llegue el momento, ya veremos.

Empezaron las conversaciones para la entrega de la

ciudad. Los parlamentarios moros y cristianos iban y venían con ofertas y presentes. Yayya al-Nayyar recibió a su antiguo cautivo, Juan de Almaraz, enviado por los reyes para parlamentar. Acordaron que al-Nayyar consultaría con su primo al-Zagal, que seguía en Almería. «La situación de Baza es insostenible —le escribió—. Si no recibimos refuerzos antes de quince días, es mejor pensar en rendirla. Baza no puede resistir más.»

Al-Zagal leyó la misiva en la cama aquejado de fiebres. Meditó un momento y le dictó la respuesta a su secretario: «Si Baza está perdida, no sufráis más trabajos y desdichas. Entrega la ciudad a cambio de la clemencia de Fernando.»

No había mucho que negociar con Fernando por una ciudad exhausta. Mientras se acordaban las capitulaciones, Baza entregó en rehenes a quince jóvenes de las principales familias, entre ellos el primogénito del alcaide. El compromisario designado por Fernando, don Gutierre de Cárdenas, alcanzó un rápido acuerdo con al-Nayyar: Baza se entregaría en el término de seis días, sus habitantes quedaban libres y dispondrían de un plazo de tres días para abandonar la ciudad con los bienes muebles que quisieran llevarse.

La entrega de Baza precipitó la de muchos lugares y fortalezas de su extenso alfoz y aún de otros más lejanos, Purchena, los lugares del río Almanzora y las aldeas de la sierra de los Filabres: el astuto Fernando sobornaba a los alcaldes abonándoles las pagas atrasadas que les debía al-Zagal. Fernando se mostraba generoso. Los alcaides podían conservar sus criados, armas y caballos. Incluso proveía de transporte gratis, las naos de Aragón, a los que optaban por emigrar a África.

Solamente el alcaide de Purchena y Paterna del Río, Alí Aben Fahar, rechazó el dinero. Cuando compareció ante el secretario real, le dijo: «No he venido aquí a vender lo que no es mío, sino a entregaros lo que habéis ganado por la fortuna. Por mí habría seguido combatiendo hasta la muerte.»

Este hombre digno pasó a África a ganarse la vida con la espada. No se volvió a saber de él.

CAPÍTULO XXXIV

Beatriz Galindo había dado permiso a Isabel para que acompañara a Orbán en su viaje a las canteras de arcilla de las que salían los ladrillos de los hornos. Los enamorados se alejaron tres leguas del cerco de Baza y acamparon al pie de los montes de Gorafe. A la hora de cubrefuegos, Orbán se acercó a Jándula, que ya dormía, le puso una mano en la boca y le susurró al oído:

—Marcho a tierra de moros. Decide si quieres acompañarme.

—¿Cómo es eso? —preguntó el criado despabilándose de golpe—. Te matarán por desertor...

—Es un riesgo que debo correr.

—¿Cuándo quieres pasarte?

—Ahora mismo. Nunca tendremos mejor ocasión. El castillo de Torrecandela está a cuatro leguas de aquí.

—¿Y Isabel?

—Viene con nosotros

Jándula pareció considerar el asunto.

—Así de pronto...

—Así de pronto.

El criado discurrió rápido. Al amparo de Orbán vivía bien, a pesar de los trabajos que le acarreaba ser criado de un hombre tan activo, pero, si su amo desertaba, lo más seguro es que a él lo devolvieran al molino, a trabajar como un subsahariano, de sol a sol, si es que no lo torturaban para que declarara el paradero y las intenciones del fugitivo. ¿Qué porvenir le esperaba entre los cristianos si su amo huía? En cuanto Orbán desertara, su piel no valía un comino. Mejor arrostrar el peligro y seguirlo. Iba a echar de menos el tocino de veta asado en una paletada de ascuas y metido, calentito y goteante de grasa, entre dos rebanadas de pan tostado. Se había acostumbrado a tomarlo, pasándolo con tragos de vinillo aloque, en las herrerías de Fernando.

—¡Vale, te acompaño! —le dijo a Orbán.

—Vete detrás del atadero de los caballos y nos esperas allí. Saldremos enseguida. Lleva una talega con pan e higos secos.

Orbán regresó al lado de Isabel. Arrebujada en su mantón de lana, a media luz, con zaragüelles y alpargatas, parecía una campesina mora.

—¿Vamos? —dijo Orbán.

La mujer asintió, decidida. Lo besó preguntándose si los descubrirían los centinelas, y que quizá era aquél el último beso que le diera en su vida.

Salieron de la tienda reptando por debajo de los vientos traseros, que Orbán había aflojado previamente. El centinela que hacía guardia junto a la hoguera central estaba ocupado sacándose mocos de la nariz y haciendo bolitas que arrojaba a las llamas.

Jándula esperaba detrás del peñasco en el que habían resguardado a los caballos. Orbán le puso la mano en el hombro y le indicó, señalando con el dedo, la dirección que debían seguir. Los tres se deslizaron reptando hacia la parte más espesa del monte. Una vez allí, se pusieron de pie y se confundieron entre las sombras.

Los fugitivos caminaron toda la noche, guiados por las estrellas.

—Mañana saldrán pisteros a buscarnos —calculaba Orbán—. Les llevamos seis horas de adelanto. Quizá sea suficiente.

Durante más de una hora remontaron el río Gallego con el agua helada por las rodillas, para que los rastreadores les perdieran la pista. Amanecía cuando abandonaron el río, arrecidos. Tuvieron que hacer un alto para frotarse las piernas hasta que entraron en calor. Después prosiguieron el camino, siempre hacia poniente. Cuando amaneció se ocultaron en un higueral, almorzaron y pasaron el día descansando y durmiendo a ratos en espera de que se hiciera de noche para reanudar el camino.

Atravesaron el valle de Guadix, siempre por malos caminos, ocultándose de campesinos y trajinantes. Al anochecer se refugiaron en el pajar de una alquería. Ladraron perros y los campesinos, una pareja de ancianos, descubrieron a los fugitivos. Orbán se hizo pasar por renegado elche huido de los cristianos que iba camino de Granada en compañía de su mujer y de un cautivo liberado. Los caseros les dieron sopas de ajo de almendra, higos secos y queso de cabra. Eran personas compasivas. Tenían dos hijos en la guardia del sultán.

—No sois los primeros que llegan —dijo el hombre—. Con estos tiempos tan revueltos siempre hay refugiados de un lado u otro.

Al día siguiente desayunaron un tazón de leche migada y la mujer les preparó una talega de bastimentos para el viaje. Un pastor los acompañó por los pagos de Gorafe, el desierto llano, la tierra pedregosa y roja, salpicada de minas de hierro.

—De aquí salen los cañones de Boabdil —les dijo señalando a lo lejos el tajo de una mina al aire libre. La tierra era roja oscura, casi yerma.

El pastor conocía el laberinto de caminos.

—Ésta es tierra de cabras —explicaba—. Nadie la quiere. Aquí no llegarán los cristianos, ni se la disputan los de al-Zagal ni los de Boabdil. Aquí vivimos en paz.

Por la tarde avistaron las Torres de Alicún, un oasis

verde en medio del desierto, un manantial de aguas calientes salutíferas, en cuyas riberas florecían las huertas, los higuerales y los allozares. Pasaron junto a la tumba de un gigante, de grandes losas formando cúpula.

—Hasta aquí hemos llegado —dijo el pastor, deteniéndose—. Tomáis ese camino siempre hacia donde se pone el sol y en dos días estáis en Granada.

Se abrazaron y se despidieron.

—Cuidaos de los salteadores, que hay muchos —les gritó el muchacho desde la lejanía.

No sufrieron sobresalto alguno. Corrían malos tiempos incluso para los golfines. El camino estaba frecuentado por buhoneros y arrieros que viajaban en grupos, con escolta armada, además de mercenarios y de *muhaidines*, camino de Guadix o de Granada. Nadie preguntaba al transeúnte si era de al-Zagal o de Boabdil.

Al cabo de dos días salieron a Torre Cardela, donde había un fielato de Boabdil. Orbán se presentó al alcaide:

—Somos herreros. Huimos del campamento de Fernando en Baza. Queremos llegar a Granada para servir a Boabdil.

—Bienvenidos seáis —dijo el alcaide—. El sultán está contratando herreros.

El alcaide les prestó dos mulas y los envió a Iznalloz con un salvoconducto y dos *muhaidines* de escolta. En Iznalloz los recibió un noble abencerraje que había oído hablar del herrero turco. Les ofreció una comida abundante, con vino dulce, y les hizo preparar un aposento de su casa. Al día siguiente les proporcionó mulas de refresco y los encaminó a Granada con una escolta.

Había huertas por doquier, con árboles frutales y toda clase de sembrados. Los hortelanos y los campesinos, con pañuelos en la cabeza y zaragüelles amplios, labraban la tierra inclinados sobre los surcos. Algunos salmodiaban canciones de brega.

—¡Qué tierra tan rica! —observó Isabel—. Agua y árboles por todas partes. ¡Qué belleza!

Caminaban admirándolo todo. Por el camino encontraban soldados y *muhaidines*.

—Aquí también se respira la guerra —dijo Orbán.

—Sí, señor —corroboró Jándula—, pero abundan más los desarrapados de chilaba raída que los guerreros con corazas.

Lo decía por las cuadrillas de *muhaidines* descalzos, mal vestidos con la honda enrollada a la cintura o una porra claveteada por toda arma, que se dirigían a Granada.

En las afueras de los pueblos las milicias se entrenaban en el manejo de la lanza y la honda. Disparaban contra estafermos de paja que figuraban caballeros cristianos.

—Granada está perdida si son éstos los que deben defenderla —pensaba Orbán.

CAPÍTULO XXXV

La vega de Granada se extendía como un manto de brocado verde con las arboledas de cipreses, higueras, olivos y frutales pespunteando lindes y acequias. Como dispersos por la mano de un sembrador, negras norias y blancas almunias alegraban el paisaje. Los hortelanos preparaban con esmero las sementeras de la primavera. El agua de los surcos y las regueras espejeaba al sol. Al fondo, como una cinta rojiza, aparecían las murallas de Granada y, detrás de ellas, los tejados rojos y las azoteas blancas de las mezquitas y los palacios. La Alhambra, levantada sobre el espinazo montuoso, se recortaba sobre la blancura deslumbradora de la Sierra Nevada.

—¡Granada! —exclamó Orbán—. En Oriente dicen que hay tres ciudades en el mundo: Estambul, Jerusalén y Granada.

Siguieron el camino que conducía a la puerta de Elvira, entre dos tapias que delimitaban, a uno y otro lado, un gran cementerio. Entre las tumbas sencillas, a ras de suelo, señaladas por una modesta lápida clavada en la cabecera, surgían también mausoleos revestidos de azulejos dorados que brillaban al sol, los enterramientos de las familias importantes.

La Medina se extendía por el llano y por el monte Albaicín. Al otro lado, aislada en medio de un monte tapizado de arbustos olorosos, se alzaba la Alhambra, las poderosas torres de la muralla que encierra palacios magníficos, la sede del poder nazarí.

El sargento los presentó directamente ante el alcaide garnata, el jefe militar del cuartel de la puerta de Elvira. El alcaide, un hombre bajo y fornido, embutido en una chilaba de lana tupida, contempló a Orbán con mirada ceñuda.

—¡Un artillero de Fernando que se pasa a Granada! —exclamó con genuina sorpresa—. ¡Esto es más que notable! ¿Crees que aquí te pagaremos mejor?

Orbán traía meditada la respuesta para semejante pregunta. Había decidido decir la verdad.

—No es cuestión de dinero —dijo—. Soy fiel a Bayaceto, el gran señor de los turcos, que es musulmán. Si estaba con los cristianos era por salvar la vida de una esclava cristiana.

—¿Ésta? —preguntó el alcaide.

—No, otra. Ya murió.

—¿Dices que defendiste Málaga? ¿Quién puede avalarte?

Orbán citó a los notables que había conocido en Málaga, entre ellos Alí *el Cojo*.

—Alí *el Cojo* nos vale —dijo el alcaide—. Es uno de nuestros artilleros. Te enviaré con él.

El sargento los escoltó hasta el lugar de trabajo de Alí *el Cojo,* extramuros del barrio de al-Rambla, en el arrabal de los ladrilleros, cerca de la confluencia del Genil y el Darro. Dos hornos de fundir humeaban. Las forjas y las herrerías estaban en plena actividad.

—¡Orbán, mi señor! —exclamó Alí abrazando al búlgaro—. ¡Felices mis ojos que han vivido para verte de nuevo! ¿Cómo apareces aquí? Te hacíamos con Fernando.

—He huido.

Alí *el Cojo* saludó a Jándula y a Isabel.

—Mujer, no tienes nada que temer en Granada —le

advirtió—. Aquel Ubaid Taqafi que te atormentaba está muerto y arde en el infierno.

Isabel se sintió aliviada por la noticia.

—No era trigo limpio —añadió Alí *el Cojo*—. Lo encontraron degollado en la cama. En su ambición por escalar puestos en el *mexuar* pisaba cabezas de gente intocable. Se había enemistado con Aixa la Horra y con los Abencerrajes.

Había bajado el tono de voz prudentemente. Orbán comprendió que la política en Granada era tan complicada como la del Topkapi.

Alí *el Cojo* le adivinó el pensamiento y prosiguió:

—Aquí lo único sabio es servir al sultán, sin contrariar jamás a su madre, la noble Aixa, y preguntar lo menos posible. Hay muchas rencillas, muchas rivalidades, muchas puñeterías. En cuanto a nuestro trabajo, se hace de todo, lanzas, espadas, puntas de flecha, y algunos pasavolantes. Bombardas, pocas.

Orbán e Isabel se presentaron aquella tarde en la oficina del intendente Aben Comixa, donde un secretario los interrogó. En medio del cuestionario, llegó un enviado del general Ahmed el Zegrí con una nota para el intendente.

—Si ese hombre que ha llegado es Orbán el búlgaro, dejaos de gilipolleces y enviádmelo inmediatamente. Es el mejor artillero que tenemos y si se pasó a Fernando fue porque estaba encoñado con una esclava cristiana. Lo quiero entre mis hombres hoy mismo.

—Te ha salido un valedor muy alto —comentó el secretario con la nota en la mano—. Bienvenido a Granada.

Alí *el Cojo* los llevó a su alojamiento provisional, en el cuartel del Darro, donde le asignaron un cuarto confortable, detrás de la chimenea de las cocinas. Al día siguiente, antes de amanecer, Orbán se levantó y salió a la galería. Empezaba a clarear sobre las cumbres nevadas de la sierra. El Mulhacén, herido por los primeros rayos de sol, difundía luz como un diamante bajo el cielo azul purísimo.

Al rato apareció Isabel, arrebujada en un cobertor. Abrazó a Orbán.

—¿Estas preocupado?

—No. Las cosas van saliendo bien —mintió Orbán.

Le preocupaba el futuro. Los cambios. La guerra.

Orbán e Isabel admiraron la belleza de la ciudad que se extendía a sus pies.

Poco después apareció Alí *el Cojo* con una cestilla de buñuelos calientes. Mientras desayunaban contemplaron el avance de la luz sobre la colina de la Alhambra, a medida que el sol remontaba.

—La perla de al-Andalus —dijo Alí *el Cojo*—. Para algunos, la ciudad más bella del mundo. El paraíso en la tierra: la ciudad rodeada de fértiles vegas en las que manan cien fuentes. Dos ríos importantes la recorren, el Darro, de arenas auríferas, y el Genil, cuyas aguas endulzan los membrillos y las granadas. En la ciudad viven más de cien mil criaturas: artesanos, hombres de ciencia, caballeros peritos en la guerra. Hay cuatro cercas que delimitan cuatro ciudades y doce barrios, cada uno con su zoco y su mezquita mayor, con sus baños, sus fondas y sus hornos públicos, sin contar los palacios y las casas de ciudadanos pudientes que tienen también baños y jardines, doce puentes sobre el río Darro, ocho sobre el Genil.

Orbán e Isabel miraban aquel esplendor.

—Allí el cementerio de la Sabika —señalaba Alí *el Cojo*—, el valle de Nachd y las alturas de al-Faharin, que terminan en el río Genil; aquélla es la alcazaba de los judíos y la medina, aquéllas las cúpulas de la mezquita mayor, las de más allá, pespunteadas de lumbreras en forma de estrella, son las de los baños de Sautar; los tejadillos parejos son los de la madrasa, donde los maestros esparcen las perlas del conocimiento, y la alcaicería, cruzando el

Darro con sus puentes, la posada de al-Jadida; a la derecha, la alcazaba antigua, al otro lado del valle del Darro.

Orbán levantó la mirada hacia los muros rojos de la Alhambra, tan inaccesibles como si colgaran del cielo.

—Allá arriba, en las torres del *mexuar*, se supone que manda Boabdil el desventurado —prosiguió Alí *el Cojo*—, pero eso es una mera ilusión. La que manda es su madre, Aixa la Horra. Desde su palacio del Albaicín, Aixa abarca la Alhambra, envía y recibe correos, visita a su hijo o a su nuera. Su nuera, una pobre mujer flaca de espíritu, es hija del fiero Aliatar, pero no ha heredado la fiereza de su padre. Algunos viajeros discuten si Granada es más bella que Constantinopla. ¿Qué te parece a ti, que conoces las dos?

—Cada ciudad tiene su gracia —respondió Orbán evasivo—. Pero me parecen las dos igualmente sublimes.

Alí *el Cojo* se rió con una risa cascada.

—¡Juiciosa respuesta del hombre que está acostumbrado a armonizar metales candentes! Vales para diplomático, Orbán. ¡Lástima que estemos en el tiempo de los cañones, no de las palabras!

CAPÍTULO XXXVI

Aben Comixa, el intendente, envió a Isabel a servir en la casa de la madre de Boabdil, la noble Aixa la Horra. Orbán residiría en el cuartel de los artilleros, junto a los hornos de la Rambla.

—No tenéis que preocuparos por la separación —los tranquilizó Alí *el Cojo*—. De todas maneras el trabajo no deja lugar a romanceos. Siempre podréis encontraros los viernes, tras el sermón mayor.

Nuevamente se separaron los dos enamorados. Una criada de Comixa llevó a Isabel a la casa de la Horra.

La reina madre no vivía en la Alhambra, sino en un palacete en las laderas del Albaicín, «la Casa de la Horra». No presentaba por fuera grandes apariencias, más bien se confundía con la abigarrada arquitectura circundante, pero dentro tenía un patio amplio con estanque rodeado de arrayanes y una gran sala con fuente de mármol que en invierno permanecía muda, la venera seca y disimulada con almohadones. La Horra era friolera. Las estancias, separadas por gruesos tapices que evitaban las corrientes de aire, se calentaban mediante braseros que los esclavos mantenían encendidos todo el día. Olía el aire a alhucema e incienso y a palo de olor.

El primer día, la Horra llamó a Isabel y la examinó.

—¿Eres la mujer del herrero turco?

—Sí, señora.

—Portaos bien, tú y tu herrero, y no tendréis nada que temer.

—Sí, señora.

—¿Tenéis hijos?

—No, señora.

—Deberéis tenerlos. Pronto. Los hijos son la bendición de Alá y el consuelo de la vejez.

Un velo de tristeza ensombreció el rostro de la Horra. Había pensado, quizá, en su propio hijo Boabdil y no encontró adecuado el apelativo de consuelo de la vejez.

Aixa la Horra era alta y membruda. Bajo su elegante atuendo femenino se adivinaba un cuerpo fuerte y proporcionado. Tenía la voz hombruna y una sombra de vello en el rostro, así como un bozo en el labio superior.

Andando el tiempo, una tarde en que intercambiaron confidencias, la mayordoma de Aixa le explicó a Isabel ciertos secretos de la casa:

—Como otras mujeres traicionadas por el marido y abandonadas por otra más joven y más guapa, Aixa la Horra volcó su amor en su hijo Boabdil, al que ha sobreprotegido desde la cuna, lo que probablemente lo ha convertido en el hombre débil, falto de carácter e irresoluto que es. El rey depende de las opiniones y de las decisiones de su madre, es un mero juguete en las manos de ella y del visir Abulcasim al Mulih. Aparte de que estuviera escrito en las estrellas que iba ser un desgraciado, aplastado entre caracteres fuertes, el de su padre Muley Hacén, que Alá tenga en su gloria, y su madre Aixa.

—Ya habrás notado que Aixa es medio machorra —le dijo Alí *el Cojo* la siguiente vez que se vieron—. El viejo sultán se había casado con ella porque los padres arreglaron el casorio, pero en realidad nunca le gustó. Después de veinte años de matrimonio y de tener varios hijos, ya en las puertas de la vejez, la repudió por otra.

—¿Por otra?

—Sí, hija, por una cristiana que se llamaba como tú, Isabel. Era una niña de doce años, dicen que hija del alcaide de Martos. La habían capturado en una razia. El sultán se la regaló a su hija, pero, de tanto ver a la esclavita por el palacio, se prendó de ella y la hizo su esposa. Primero la convirtió al islam, claro, y le puso el nuevo nombre Soraya. Aixa, repudiada, se retiró a su palacio del Albaicín a rumiar venganzas. Toda su vida la ha consagrado a arruinar a su esposo y a promocionar a su hijo Boabdil. Sospechaba que el viejo rey dejaría el reino a Cad, el hijo habido con Soraya.

—¿Y qué hay de la mujer de Boabdil?

—La mujer de Boabdil está siempre triste y el reino de Granada se le da un ardite. Lo único que quiere es acabar cuanto antes, que Fernando conquiste Granada y le devuelva a su primogénito Hamed, que está en poder de Fernando desde que tenía dos años, cuando Boabdil se hizo vasallo del cristiano. Fernando le ha puesto un ayo que lo educa como infante de la casa real. Los cristianos lo llaman «el Infantico». Dicen que es tan triste como su padre.

Orbán e Isabel se acostumbraron pronto a la nueva situación, a verse solamente una vez por semana, a enviarse a veces mensajes escritos y pequeños regalos, tonterías de enamorados. Alí *el Cojo* colaboraba de buena gana en esta tercería, por el cariño que les había tomado.

—En Granada es mejor andarse con pies de plomo, porque nada es lo que parece —había advertido Alí *el Cojo*—. En especial nosotros que fuimos fieles a al-Zagal debemos tener cuidado. Al Zegrí le han perdonado que fuera su lugarteniente, porque en las alturas todo se perdona, pero los más menudos que los servimos estamos siempre bajo sospecha. Cada cierto tiempo hay una conmoción en la Alhambra y ruedan cabezas. Puedo asegurarte que el verdugo se gana el salario.

CAPÍTULO XXXVII

Los juglares cantaban las hazañas de los campeones del islam y hablaban de cabezas infieles cortadas, de escuadrones de cristianos puestos en fuga por un solo adalid, de hazañas difíciles de creer que entusiasmaban a las entregadas audiencias de los zocos y mercados. Muchos jovenzuelos, fascinados por los relatos militares, ingresaban como *muhaidines* deseosos de algún destino fronterizo desde el que contribuir a la derrota de los cristianos.

Otros informantes más cautos, los trajinantes, traían noticias menos optimistas y hablaban de razias y espolonadas de don Alonso de Aguilar y del alcalde de los Donceles, caudillos temidos que asolaban la tierra y cautivaban pueblos enteros.

A pesar de aquellas menudas noticias que levantaban el ánimo de las gentes sencillas, Baza se perdió. Al-Zagal, acosado como el zorro viejo al que rodean los perros, estaba exhausto. Se sometió a Fernando en calidad de vasallo y entregó Guadix y Almería a cambio de un ducado en la *taha* alpujarreña de Andarax, Lecrín, Orgiva y Lanjaron.

En los hornos de puerta Rambla, Orbán y los otros herreros proseguían con sus trabajos ajenos a la situación política. Forjar cañones sin preocuparte de a quién van a servir, la consigna de Alí *el Cojo*. Pero las noticias que llegaban eran poco esperanzadoras. A mediados de diciembre, Fernando se presentó en las puertas de Almería. Al-Zagal salió a su encuentro y se apeó para besar la mano del cristiano, lo que él impidió cortésmente abrazándolo y rogándole que volviera a subir al corcel. Al-Zagal entonces se besó su propia mano en señal de acatamiento. Al día siguiente las tropas castellanas entraron solemnemente en Almería, la cruz y el estandarte de Castilla sobre el alcázar.

Ésos fueron los términos, pero, al poco tiempo, Fernando le compró el señorío a al-Zagal por treinta mil castellanos de oro. En Granada no le aguardaba muy buen provenir. Aixa la Horra lo odiaba porque había matado años atrás al príncipe Yusuf, su hijo y hermano de Boabdil, y envió a la Alhambra su cabeza dentro de un odre de alcanfor. También se rumoreaba que había envenenado a su hermano, el viejo rey Muley Hacén. Después de servir a Fernando contra su sobrino hasta la caída de Granada, al-Zagal prefirió dar la espalda a los fantasmas de su pasado, cruzó el estrecho y se mudó al emirato de Tremecén, en África. El propio Fernando le facilitó las naves para transportar sus bienes. En el Magreb le persiguió su mala fortuna. El rey de Tremecén le confiscó las riquezas, lo encerró en un calabozo y lo hizo cegar con un cuchillo al rojo. Cuando lo liberaron vivió todavía diez años, de las limosnas.

Un día, a las pocas semanas, Boabdil visitó las herrerías y las fundiciones de la Rambla. Un escudero seguía al sultán llevando por las riendas su caballo ricamente enjaezado.

Boabdil era un hombre alto y bien proporcionado, rostro alargado, moreno, cabello y barba negros. Lo que más destacaba en su rostro eran los ojos, grandes y melancólicos, a menudo húmedos como si estuviera a punto de llorar. Tenía la voz templada y hablaba en tono bajo, mesurado, pronunciando bien las palabras.

Lo llamaban *el Zagoybi*, el desdichado, por un horóscopo que le trazaron al nacer: reinaría, pero durante su reinado se consumaría la pérdida del reino.

Toda su vida había vivido condicionado por aquel adverso pronóstico.

—Éste es el herrero que el gran turco envió a tu tío, *mawlana* —lo presentó Ahmed el Zegrí.

Boabdil examinó al extranjero con curiosidad.

—Me han contado tus hazañas con los cañones en Málaga y me han dicho que eras el mejor herrero de Fernando. ¿Es cierto que escapaste de Málaga para salvar a tu esclava cristiana?

—Es cierto, *mawlana*.

—Y ahora, ¿por qué has vuelto con nosotros?

—Para salvar a mis hijos, *mawlana*.

—Ya veo. Un hombre que obra por impulsos —dijo como para sí—. ¿Quién nos asegura que no regresarás a Fernando un día de estos, si cambias de idea?

Orbán guardó silencio.

Tosió Boabdil. En su nariz ligeramente aguileña había aparecido una gota de sangre. La restañó con un pañuelo perfumado. Se rumoreaba que estaba muy enfermo.

Boabdil se volvió hacia el mayordomo.

—Mi espada.

El escudero tomó el arma y se la entregó a Boabdil, quien la desenvainó. Era una espada recta, con la rica empuñadura dorada recamada de piedras preciosas.

—Acércate, turco.

El herrero se aproximó hasta una distancia de cinco pasos suponiendo que el protocolo granadino, como el de Bayaceto, señalaría una respetuosa distancia como el lugar de máximo avance del interlocutor del sultán. Sin embargo, Boabdil le hizo una seña para que se acercara más. Orbán vaciló un momento, pero se sobrepuso y se acercó. Quizá pensaba ejecutarlo allí mismo, por su mano. Boabdil adivinó su aprensión y se sonrió con sus labios pálidos. Cuando lo tuvo a un paso de distancia, tomó la espada con dos manos y se la entregó.

Orbán titubeó antes de tomarla.

Los escoltas cristianos del sultán cruzaron miradas alarmadas.

—Ahora estoy en tus manos, turco —sonrió Boabdil mirando de soslayo a su jefe de guardias, un leonés rubio, que tenía la mano sobre la empuñadura, presto a intervenir.

—Soy yo el que está en las manos de *mawlana* —respondió cortesanamente Orbán.

—Me cuentan que el hierro no tiene secretos para ti —dijo Boabdil—. ¿Qué opinas de mi espada?

—Es un arma notable, *mawlana* —dijo Orbán examinando la hoja.

—Se llama *la Jineta*.

—He oído hablar de ella, *mawlana* —dijo Orbán—. Es una espada famosa.

Pasó los dedos a lo largo de la hoja, como acariciándola.

—Un acero muy duro con vetas extrañas, como serpientes —dijo Boabdil.

—Acero de Damasco, *mawlana* —corroboró Orbán sin dejar de examinar la hoja.

—Hay pocas como ésta en Granada. Tú que eres herrero, ¿me puedes explicar cómo se consiguen estas vetas? Nuestros espaderos intentan imitarlas sin éxito.

—Las vetas son la marca de Damasco, *mawlana*. El damasquino consiste en esas misteriosas estrías serpenteantes de color rojo claro que recorren la hoja, la marca de un filo durísimo al golpe e indesgastable.

—¿Sabes tú su secreto?

—No hay secretos, *mawlana*— explicó Orbán—. Hay que forjar a la vez acero en caliente, duro, rico en cola negra, con acero suave, de este modo se logra elasticidad y resistencia al desgaste.

—Mis espaderos tratan de hacer aceros como éste y no lo consiguen.

—Hay que aplicar las técnicas, *mawlana,* y eso requiere paciencia. El buen acero no se hace en tiempos de guerra sino en tiempos de paz. El hierro, si se trabaja en caliente, se vuelve muy frágil, el secreto está en forjarlo a una temperatura muy baja.

—¿Y eso, cómo se consigue? ¿Cómo vas a forjar un hierro si no está al rojo?

—Hay maneras intermedias, *mawlana.* La forja en caliente con un contenido alto de cola negra a temperaturas entre el rojo sangre y el rojo cereza. Después viene el temple, a una temperatura intermedia.

—¿Para qué sirve eso?

—Así se regeneran los cristales de la cola negra de hierro en los límites del grano. El secreto de la forja en caliente al rojo cereza es secreto, ya que los cristianos están acostumbrados a forjar aceros de bajo contenido de cola negra a muy altas temperaturas.

CAPÍTULO XXXVIII

Dominado al-Zagal, Granada estaba perdida. Los que conocían el compromiso de Boabdil con Fernando comprendieron que los días de Granada estaban contados.

Quería Boabdil celebrar públicamente la caída de al-Zagal. Deseaba pasear por la plaza Bibarrambla y el Albaicín entre las aclamaciones del pueblo, como antaño. Envió delante a sus mayordomos que repartieran trigo y aceite en las plazas, para ganarse a la chusma. Quería que lo recibieran con palmas y cobertores en las ventanas, pasearse triunfante, en su yegua negra, vestido con las armas ceremoniales, rodeado de su corte, como el que ha obtenido una gran victoria.

Pero ya corrían otros tiempos. Granada estaba atestada de refugiados que lo habían perdido todo, muchos de ellos partidarios de al-Zagal que consideraban a Boabdil un traidor vendido a Fernando. Los *muhaidines,* exasperados por las derrotas y fanatizados por las predicaciones de los alfaquíes abarrotaban calles y plazas sin otro menester que rezar cinco veces al día, rivalizando por presentar el mayor callo en la frente. El resto del tiempo murmuraban contra el gobierno.

Boabdil, desoyendo a su visir, que lo advertía del peligro, se empeñó en el baño de multitudes. Bajaban por la cuesta de Cenetes cuando un criado procedente de la ciudad descabalgó de la mula, se abrió paso entre la guardia, besó el pie que Boabdil llevaba en el estribo y echándose al suelo tomó un puñado de tierra y se lo esparció sobre la cabeza.

—¡*Mawlana,* no sigas, porque la ciudad está sublevada y podrían matarte! —suplicó.

El rostro de Boabdil se volvió del color de la ceniza.

—¿Qué dices, desgraciado? ¿Sublevada hoy, cuando al-Zagal me deja toda la gloria?

Se interpuso Aben Comixa:

—¡Ten cuidado, *mawlana*! Mucha gente quería a al-Zagal. Los alfaquíes han envenenado al pueblo y lo han persuadido de que era el único que se enfrentaba a Fernando.

Los aduladores que solían halagar los oídos de Boabdil contándole lo que quería oír, callaron esta vez. Intercambiaban miradas inquietas. Se habían alejado demasiado de las murallas. Las torres quedaban al otro lado de la arboleda. En medio de la cuesta de Cenetes, la guardia de mercenarios cristianos no podría advertir los apuros del cortejo real si un grupo de exaltados lo rodeaba.

Discutían nerviosamente lo que cumplía hacer cuando llegó un segundo heraldo:

—¡*Mawlana*, se ha producido un tumulto en la plaza de Bibarrambla!

—¿Qué quieres decir con un tumulto? —inquirió Boabdil furioso.

—Los bandidos arengan a los vagabundos y a las gentes de poco juicio contra tu autoridad. ¡Tienen armas, *mawlana*!

La comitiva se había arremolinado en torno a Boabdil.

—¿Qué hacemos, *mawlana*? —intervino Ahmed el Zegrí—. Estamos prestos a derramar nuestra sangre para defenderte.

Hacían protestas de fidelidad, pero miraban con inquietud la cuesta, por si aparecían los agitadores. Arriba estaban los muros de la Alhambra, la salvación.

¿Cuántos de ellos permanecerían a su lado si se torcían las cosas?

Boabdil se mordisqueaba ligeramente el labio inferior, hosco y meditativo. Piafaban los caballos, nerviosos.

Aben Comixa, el visir, cabalgó hasta su lado y tomando las riendas del caballo negro despidió al criado que las llevaba.

—*Mawlana,* debemos volver —le dijo inclinándose hacia él, la voz baja, para evitar que la compañía percibiera el tono firme, casi imperativo, de su voz.

—¡No volveré grupas ante el peligro! —replicó secamente Boabdil.

Aben Comixa sabía interpretar las palabras por el tono. Boabdil no podía ceder al primer ruego, por más que, en su fuero interno, estuviera deseando que alguien obstaculizara su camino hacia el peligro. Aben Comixa insistió.

—*Mawlana,* el cuerpo de un rey sólo se pone en peligro cuando una alta ocasión lo exige. Un rey no debe morir por una fruslería ni por un capricho. No consentiré que *mawlana* vista de luto a Granada, siendo la última esperanza que el reino y los granadinos tenemos en esta hora apurada. Os suplico que regreséis a donde os corresponde estar. Los fanáticos han levantado al pueblo en Bibarambla. Algún ballestero podía aguardaros en un terrado, cerca de la plaza. Los que os siguen cambiarían fácilmente de bando si os ven muerto. Vuestra grandeza sólo puede morir en el esplendor de una batalla, como vuestros ilustres antepasados, rodeado de gloria. Ésta no es la hora del valor sino la de la reflexión y la cordura. Mostrad la sabiduría y la prudencia que corresponden a un rey.

Boabdil pasó del entusiasmo a la decepción, como solía, y después, quizá, al miedo. Tomó las riendas de las manos de ibn Comixa, que gentilmente se las ofrecía y, sin pronunciar palabra, emprendió el regreso a la Alhambra, al trote corto, saludando a los monteros que salían del bosque para aclamarlo, disimulando pesares. Los demás lo siguieron; Aben Comixa, el último.

Aquella tarde, Boabdil conversó largamente con su madre.

—Vienen tiempos difíciles, hijo mío —le dijo Aixa la Horra—. Le prometiste a Fernando entregarle la ciudad. Eres súbdito suyo y estás ligado por el juramento.

—Si insinúo que le entregaré la ciudad a Fernando, esos *muhaidines* que hierven por todas partes nos despedazarán.

—Fernando te está pregonando de felón, según la ley, y moverá la guerra con todo su poder. No puedes contar con nadie. Los sultanes de Fez y Tremecén y El Cairo te dedican buenas palabras y nada más. Estamos solos ante Fernando y prácticamente aislados.

—Nos defenderemos con dignidad. Tenemos setenta mil hombres y más de quinientos cañones. Que venga Fernando.

CAPÍTULO XXXIX

Llegó la Navidad, la fiesta que los cristianos celebran con misas y parabienes. En los calabozos de Granada, los cautivos intercambiaban enhorabuenas convencidos de que la caída de la ciudad era inminente y, con ella, su liberación. Isabel siguió la costumbre y envió a su enamorado un aguinaldo de dulces de sartén fritos en miel.

En la casa de Aixa la Horra las mujeres pasaban el día cocinando o bordando. Aixa les cosía las camisas y las chilabas a su hijo Boabdil y a otros miembros de la familia. La altiva señora salía poco. La enfadaba lo que veía en las calles, los negros rebaños de *muhaidines* vagando de un lado a otro, sin más oficio que esperar cinco veces al día para postrarse y orar de cara a la Meca, sentados a la sombra de los aleros, despulgándose en los jardines, meando en los parterres, ensuciándolo todo.

Aixa la Horra se distraía recibiendo visitas. A menudo invitaba a comer a notables Abencerrajes que le debían más acatamiento que al propio rey; otras veces, a miembros conspicuos de la familia rival, los Venegas. De este modo se mantenía informada de lo que se cocía fuera de sus dominios. Recababa noticias de Fernando y de Isabel y estaba más enterada de las intenciones de los cristianos y de la situación política del reino que la propia chancillería del *mexuar*. A menudo enviaba notas a Abulcasim al-Mulih, el visir, para exponerle asuntos importantes que requerían urgente atención. Boabdil observaba puntualmente los consejos de su madre, aunque prefería que se los diera en privado, en las visitas que le hacía los viernes, después de asistir al sermón en la mezquita mayor, cuando los hijos visitaban a los padres y los clientes a los amos.

En las casas de la herrería no se disfrutaban muchas comodidades. Al principio Orbán compartía habitación con Alí *el Cojo*. Aunque se acostaban agotados, a veces pasaban cierto tiempo conversando en la oscuridad

—Me estoy haciendo viejo —se quejaba Alí—. Los huesos me duelen. Y los músculos de la espalda. Y el dolor en el costado... Todo envejece y decae. En la juventud te animan las cabalgadas, el placer del saqueo, de tirarse a una mujer que grita contra el suelo mientras el charco de sangre del marido se va agrandando en el suelo, los juegos de cañas, la caza del puerco sin cansarse, reventando caballos... Ahora todo es gravoso, todo cansa, todo desilusiona: Granada dividida, los musulmanes abatidos y recelosos. Sólo los cristianos son jóvenes. Esta ciudad decrépita los espera con las piernas abiertas, como una puta. Los poetas, los comerciantes, los hortelanos, los ilustres... todos traidores, todos haciendo cábalas de cómo les irá con los cristianos, algunos incluso pensando en bautizarse, seguro.

Orbán, en la alta noche, desvelado, a oscuras, miraba a través de la ventana la luna y las negras copas de los árboles agitados por el viento. Prestaba oído a los sonidos de la calle. Pensaba mucho en su destino. ¿Cuándo podré regresar al Valle de los Herreros?

Tras la rendición de al-Zagal, Fernando exigió a Boabdil que cumpliera lo pactado y entregara Granada. Éste le envió a su visir Abulcasim al Mulih.

—Señor Fernando —dijo Abulcasim—, mi señor Boabdil no puede mantener la promesa que te hizo. Granada se ha llenado de refugiados huidos de las ciudades que has conquistado, gentes desesperadas que lo han perdido todo, y también voluntarios fanáticos excitados por los muecines. Los ánimos están tan soliviantados que se rebelarán y nos matarán a todos antes que consentir que te entreguemos la ciudad. Nada ganas con que eso ocurra. En cualquier caso, tendrías que conquistar la ciudad por fuerza de armas.

Fernando miró severamente al embajador.

—Boabdil es mi vasallo —dijo con ira contenida—. Prometió entregarme Granada cuando su tío depusiera las armas. Si no lo cumple lo declararé felón y arrasaré sus tierras.

—Transmitiré ese mensaje al rey, mi señor —respondió Abulcasim.

Fernando extendió los dedos de su mano derecha en displicente señal de despedida. El embajador se inclinó en una profunda reverencia, la mano en el pecho, y abandonó la real presencia caminando hacia atrás.

Fernando sabía que sus tropas estaban demasiado exhaustas para nuevas acciones. Mejor aplazar el castigo del rebelde. Pasaron varios meses sin que nada se moviera en la frontera. Los alcaldes de las fortalezas se vigilaban, los campesinos sembraban o recogían, los pastores movían sus rebaños a las hierbas altas, las recuas de arriería circulaban por los puertos y pasos acostumbrados y todo estaba tranquilo. Incluso los almogávares y hombres de frontera, los que vivían de la guerra y del pillaje, parecían haberse sosegado, hartos de sangre.

Así llegó el verano, cuando se recoge el trigo y se separan los sementales de las yeguas después del apareamiento, cuando incuban los flamencos rosas y nacen oropéndolas, ruiseñores y vencejos. Fernando e Isabel atendían al gobierno de sus estados y no tenían prevista una nueva campaña. En Granada, las decenas de miles de refugiados a los que los cristianos habían expulsado de sus tierras se sumaban a los halcones que deseaban derrotar a los cristianos y recuperar lo perdido.

—No aguardemos a que los cristianos reaccionen. Ahora están exhaustos, éste es el momento de atacarlos —señalaba el Zegrí.

Lo mismo opinaban Al Hakim, Abul Hasán, Abu Zalí y otros capitanes de la frontera, hombres belicosos que se sentían humillados por las armas cristianas.

Boabdil cedió a tantas presiones y permitió que sus capitanes atacaran varias fortalezas fronterizas. Los campeones competían entre ellos arrasando alquerías y castillos cristianos, cautivando rebaños y campesinos, masacrando guarniciones. Regresaban triunfantes a Granada, los guerreros exhibiendo cabezas ensartadas en lanzas o collares de orejas enemigas. El pueblo los aclamaba entusiasmado, roncas las mujeres de ulular. Boabdil los recibía en la Alhambra y los colmaba de regalos.

El mensaje estaba claro. Granada y Castilla estaban en guerra. Fernando declaró felón a su vasallo Boabdil y se lo notificó en un pergamino con sus sellos.

—Nos hemos creído martillo cuando sólo somos yunque. Ahora Granada debe atenerse a las consecuencias —declaró Aben Comixa, el intendente, en el consejo del *mexuar*—. Hubiera sido más prudente no soliviantar a los cristianos.

—¿Y volver al vergonzoso vasallaje? —preguntó Boabdil—. ¿Volver a pagar tributo?

—*Mawlana*, es lo que Granada ha hecho desde hace dos siglos y medio y gracias a eso se ha mantenido la casa de los nazaríes —replicó Aben Comixa—. En el tiempo de Córdoba, cuando los musulmanes éramos más poderosos, los cristianos nos pagaban tributos. Después ellos crecieron y se hicieron poderosos y nosotros más débiles. Cambiaron las tornas y fuimos nosotros los que pagamos tributos. Granada sobrevivió a la conquista de Fernando III porque el rey Alhamar, el fundador de vuestra dinastía, se declaró su vasallo, no lo olvidemos. Ahora otro Fernando, más poderoso que aquél, nos amenaza y nosotros, más débiles que nunca, y más ilusos, queremos derrotarlo. La consecuencia lógica es que lo perdamos todo.

—¡Son las palabras de un cobarde! —saltó Ahmed el Zegrí.

—General, vos sois un valiente y un estratega de reconocido prestigio —replicó suavemente el intendente—. Sin embargo, perdisteis Málaga. ¿Qué os hace suponer que ahora podréis mantener Granada?

—¡Granada es fuerte! Tenemos tantos hombres como Fernando, comandados por famosos capitanes. Las fortificaciones son espléndidas. Un asedio en regla arruinaría a Castilla.

Todavía discutieron por espacio de tres horas, los unos proponiendo mociones que los otros rechazaban, sin alcanzar jamás ningún acuerdo. El consejo no resolvió nada, como otras veces. Unos querían la guerra; otros el compromiso. Boabdil, indeciso, aplazaba sus decisiones incapaz de imponerse a una facción. Mientras tanto, de las Alpujarras llegaban a diario tropas y pertrechos y, en un goteo continuo, no dejaban de entrar en Granada *muhaidines* de negro riguroso procedentes del otro lado del mar, jóvenes creyentes deseosos de inmolarse en la Guerra Santa y alcanzar los dones del martirio. Era verdad que nunca antes había estado Granada mejor preparada para la guerra. Se decía que contaba con setenta mil hombres de armas, más de la mitad de su población.

Fue al año siguiente, entrada la primavera, cuando Fernando regresó de Castilla, con toda su caballería, sus mesnadas señoriales y los escuadrones de las ciudades.

Un mensajero sudoroso llegó a la casa de Aixa la Horra con noticias frescas.

—Los cristianos se mueven —anunció—, la reina salió de Sevilla acompañada de sus hijos y muchas tropas que han tomado el camino de Alcalá la Real. Mientras, Fernando ha sacado su ejército de Córdoba y lo lleva a Loja. Juntos alcanzan a diez mil jinetes y cuarenta mil peones.

Pasaron días de rumores y zozobras. El miedo se percibía en las plazas, en los corrillos de las mezquitas, en las madrasas, en los baños, como si la exaltación de los halcones, tan crecida durante el invierno, se hubiera atemperado ahora que se acercaba la hora de la verdad. Llegaban informes más completos de los espías, con cifras exactas de caballos, de cañones, de carros. Incluso mencionaban los nombres de los caballeros concurrentes. No faltaba a la cita ninguna mesnada importante de Castilla, fuera señorial o eclesiástica. Sobre Granada se cernían todos los campeones de la reina Isabel: el marqués de Cádiz, don Rodrigo Ponce de León, su capitán general; el maestre de Santiago, Alonso Cárdenas; el marqués de Villena; los condes de Tendilla, Cifuentes y Cabra; don Gonzalo Fernández de Córdoba, don Alonso de Aguilar. Grandes y chicos concurrían a la llamada de la reina deseosos de ganancia, codiciosos de honra y botín. Los guerreros del seco yermo castellano estaban conquistando un reino fértil. Expulsarían a los moros y heredarían la tierra según el esfuerzo de cada uno. Era la gran oportunidad de los villanos para ennoblecerse, y la de los que ya eran nobles para enriquecerse.

En la vega, el toque de alarma alertó a los hortelanos. Se levantaban todavía de noche, antes de que cantaran los gallos, y trabajaban hasta la puesta de sol recogiendo fruta y verduras, incluso las que no estaban todavía en sazón. Enormes rebaños de ovejas y cabras se instalaban en rediles provisionales extramuros de la puerta de Elvira, en las veredas delimitadas por tapias aledañas al cementerio, en espera de que les asignaran un lugar en la albacara. La consigna era meter en Granada todo el alimento; no dejar en la vega nada que los cristianos pudieran aprovechar.

Las primeras avanzadas cristianas llegaron a la vista de Granada a finales de abril, una columna por el camino de Loja y otra por el de Illora. Se unieron en Pinos Puente y juntos devastaron la vega hasta una legua de Granada, talando árboles y quebrando acequias, dañinos como la langosta.

Desde las murallas se divisaban las polvaredas de la caballería y los escuadrones de peones cristianos. Mientras los almogávares y los adalides recorrían el territorio y saqueaban las almunias, los cavadores y vivanderos instalaban el real en los Ojos de Huécar, en El Gozco, a una legua de Granada, en medio de la vega. Hicieron cavas muy hondas y pasillos para salidas, montaron las tiendas, las chozas y las enramadas, según lo ordenado por los maestros de campo.

Salieron al Hakim y Abul Hasán con algunos cenetes a hostigar al enemigo. Al caer la tarde regresaron con dos cabezas de cristianos en lo alto de las picas. Un grupo de exultantes *muhaidine*s paseó los sangrientos trofeos por las calles y plazas seguidos por una multitud de pilluelos vociferantes y de un cojo loco que pregonaba sentencias del Corán.

Los muecines convocaban a oración desde los minaretes. La comunidad musulmana atendía a sus rezos con especial devoción, algunos con lágrimas en los ojos. Desde que comenzaron los ataques de Fernando, ocho años atrás, habían aguardado la hora suprema en que Fernando intentara conquistar Granada. Era el momento en que los creyentes demostrarían su predisposición al sacrificio. Delante de los doctores del Corán había filas de niños y jóvenes dispuestos a inmolarse.

Aquella noche poca gente durmió en Granada. Muchos vecinos se juntaban en las calles y plazas, para tomar el fresco bajo los emparrados y proseguir las tertulias. Circulaban noticias difíciles de creer que, sin embargo, se confirmarían. Entre las tropas de Fernando figuraban al-Zagal, con doscientos jinetes y Yayya al Nayar, el defensor de Baza, con un escuadrón de treinta lanzas. Yayya se había convertido al cristianismo y Fernando lo había armado caballero.

Brillaban a lo lejos, en la oscuridad de la vega, docenas de puntos de luz, las hogueras cristianas. Desde las almenas y azoteas de Granada la población contemplaba fascinada aquel ilusorio firmamento que, de pronto, rodeaba su ciudad. Las hogueras se extendían hasta el horizonte, como si una gran urbe hubiera crecido de pronto donde unas horas antes sólo había surcos y sembrados. La tristeza se alojó en los corazones de los más prudentes junto con la certeza de que aquello prefiguraba el final de Granada.

En la explanada de los hornos, Orbán trasnochaba con un grupo de herreros. Se dirigieron a Bibarrambla en busca de noticias y a tomar harisa y limonada en los puestos de comida. El único tema de conversación era la llegada de los cristianos. Después de un espacio en el que nadie hablaba, cada cual sumido en sus pensamientos, Alí *el Cojo* dio una palmada y dijo:

—¡Enderezad los corazones, que cuando pase la tormenta las aguas volverán a su cauce!

—¿Todavía crees que es una tormenta pasajera? —lo amonestó Ibn Qutiya, el pagador de las herrerías—. Fernando nos arrebatará Granada como nosotros arrebatamos al-Andalus a Rodrigo. ¡Ésa es la ley de los pueblos, que el más fuerte acogote al más débil! En otro tiempo fuimos el martillo de los cristianos y ahora somos el yunque que soporta sus golpes. No creo que Granada se salve de ésta. Caerá como antes Málaga, Baza y Almería. Cuando nazcan los nietos de nuestros nietos, la memoria de los musulmanes en Granada se habrá olvidado.

—Pero quizá los nietos de nuestros nietos puedan recuperarla —replicó Hazán Humey, el forjador.

—¡Que Alá te oiga, aunque no lo veamos! Quizá algún día vuelvan a sonar en estos aires la voz del muecín y enmudezcan las campanas de los perros.

—¡Al burro muerto, la cebada al rabo! —intervino Ibn Qutiya—. A mí esa esperanza de un brumoso futuro no me dará de comer. Preocupaos por vuestros hijos y no por los nietos de vuestros nietos. Vuestros hijos que van a vivir en el destierro, sin bienes, ni patria, ni familia.

—¿Qué haré en el destierro? —suspiró Abu Hasán el Barani, el mercader de mujeres—. En Málaga había un buen mercado de esclavas; en el Magreb, donde se follan a las cabras y a las burras, no vale la pena emprender el negocio.

—Allí lo apreciarán como aquí —opinó Alí *el Cojo*.

Convinieron todos en que así debía ser, pero el Barani, abrumado por su problema, no atendía a razones.

—¿Dónde encontraré gente entendida y generosa que sepa apreciar un género exquisito como el que yo ofrecía? —se preguntaba—. Tendría que emigrar a Bagdad, o a El Cairo.

—O a Estambul —terció Alí *el Cojo*, mirando a Orbán. Orbán hizo una venia, agradeciendo el cumplido.

—Soy demasiado viejo para eso —se lamentó el Barani—. Ahora tendría que hacerme con un mercado, buscar nuevos proveedores.... Y una cartera de clientes: allí no conozco a ningún tratante de esclavas que me ceda parte del negocio. Me estafarán... ¿Quién me va a solicitar una tunecina, morena y menuda, con su acento que parece que cantan, su hermoso rostro y su coquetería?

—¿Son así las tunecinas? —se interesó Alí *el Cojo*.

—Tienes esas prendas y muchas más —respondió el Barani—. No son celosas, se contentan con poco y no están todo el día enfurruñadas por una fruslería.

—Yo tuve una beréber —intervino Ibn Qutiya, soñador—. Bueno, en realidad la tuvo un tío mío. Tenía un trasero levantado hermoso como la luna de abril.

—¿Tu tío tenía ese trasero? —lo interrumpió al Farush, el ceramista.

—¡No, coño, la beréber, que pareces tonto! —replicó Ibn Qutiya—. Las tetas, en cambio, hubieran mejorado de ser un poco más grandes. Era muy paciente con los niños y no se negaba nunca cuando le pedías amor.

—¡Para dispuestas, las zanjíes! —terció el Barani—. Ésas están siempre aparejadas para pijar y no le hacen ascos a ninguna postura ni a la introducción por orificio alguno, pero son de mala condición y demasiado morenas. En el fornicio son como fieras, pero luego tienen mal carácter y son de difícil conformar.

—Las oranesas —dijo Ibn Qutiya—, ésas tienen el hígado inflamado y son de natural colérico. Para los trabajos duros van bien, pero no valen para el placer.

—Es que no se puede tener todo, queréis una que sea hermosa, complaciente en la cama, con conocimientos de cocina y laboriosa —observó el traficante.

—... y que sepa tejer, no lo olvides —añadió Ibn Qutiya.

—¿Dónde encontraremos una esclava así? —se preguntó el Barani—. ¡Señaládmela, que me caso con ella!

—En ninguna parte, ésa es la verdad —reconoció Mohamed Qastru—. Cuando los tiempos vienen malos, vienen malos para todo.

Sonó la voz del muecín llamando a oración y al Farush dijo:

—¡Que Alá sea alabado y se apiade de Granada!

Se arrodillaron sobre las esterillas y oraron. En otro tiempo algunos lo hacían de mala gana y, si no los veían, se saltaban la oración, pero los fundamentalistas que señoreaban Granada habían apedreado a más de un impío. Granada estaba llena de forasteros fanáticos y convenía mostrarse piadoso.

En las plazas de Granada, en los cuarteles de los *muhaidines*, los ánimos estaban exaltados. El *mexuar* había decidido aguardar acontecimientos sin salir a los cristianos. Tan sólo algunas patrullas de reconocimiento, que tenían orden de no enfrentarse a los merodeadores de Fernando.

Ibrahim al Hakim, el caudillo de los almogávares rondeños, tendió una celada a los cristianos que se acercaban a la ciudad. El propio marqués de Villena con su hermano don Alonso Pacheco acudieron en socorro de los suyos rodeados de moros. El marqués derribó a dos moros, pero recibió una herida que lo dejó inútil de un brazo. Murieron en la refriega don Alonso y el caballero don Esteban de Luzón.

Aquella noche, en el campamento, Fernando le preguntó al marqués cómo arriesgó su vida por salvar la de su criado Soler:

—Si él tuviera tres vidas, las habría dado todas por mí, señor.

Los cristianos tomaron el desquite dos días después. A dos leguas de Granada, los moros tenían el castillo de la torre Roma guarnecido de veteranos. Ya había anochecido cuando los centinelas de la torre Roma vieron acercarse por el camino de Granada una veintena de mulas cargadas con fardos y una docena de *muhaidines* que charlaban entre ellos en árabe. El oficial de servicio mandó abrir las puertas a los que llegaban. Los falsos *muhaidines* resultaron ser hombres de Yayya, el renegado, que después de acuchillar a los porteros, rompieron las quicialeras y ocuparon el castillo para Fernando.

CAPÍTULO XL

Fue un verano muy caluroso. El desaliento y el hambre cundieron en Granada. Aunque los pósitos estaban llenos cuando llegaron los cristianos, había tantas bocas que mantener que las reservas de trigo menguaban rápidamente. El número de indigentes que acudían a los patios de las mezquitas para comer en la beneficencia aumentaba a diario.

Un poco antes del cerco, numerosos *muhaidines* habían llegado a Granada. Algunos eran fugitivos de los lugares conquistados por Fernando; otros, voluntarios de ultramar para la *yihad*. Estos exaltados seguían las prédicas del alfaquí Hamet ibn Zarrax.

Ibn Zarrax, alto y enjuto, de cabeza calva, ojos hondos y oscuros, mirada febril y barba gris hasta medio pecho, clamaba contra la corrupción de los tiempos y consideraba a los cristianos una calamidad enviada por Alá para castigar la ligereza con que los fieles se tomaban las consignas del sagrado Corán.

Todo el que aspiraba al martirio se vistió de negro y se integró en la muchedumbre que seguía a Ibn Zarrax.

—¡No hablo por mi boca —predicaba con su voz potente y bien modulada—, hablo por el sagrado Corán, que nadie se llame a engaño, la verdad revelada por Alá! Si buscamos en la Sura 78, ¿qué encontramos? La palabra sagrada dice: «Para los temerosos de Alá hay una morada colmada de deleite, cuidados jardines y viñedos; y doncellas de senos turgentes como compañeras y una copa llena.»

»Ahora os leeré de la Sura 44: «Los piadosos estarán en una apacible morada, entre jardines y fuentes, vestidos de satén y brocado, unos enfrente de otros. Y les daremos por esposas a huríes de grandes ojos. Rodeados de calma, pedirán toda clase de frutas.»

»Ahora de la Sura 55: «Estarán reclinados en divanes revestidos de brocado y tendrán a su alcance la fruta de los dos jardines. Allí habrá doncellas de recatado mirar, que ningún hombre habrá tocado hasta entonces, como jacintos y perlas. (...) En esos jardines habrá castas y bellas vírgenes, ninfas recluidas en sus tiendas.»

»Escuchad la Sura 56: «Se reclinarán en divanes entretejidos de piedras preciosas unos enfrente de otros, y jóvenes sirvientes de eterna juventud les llevarán jofainas y aguamaniles y una copa del más puro vino, que no les dará dolor de cabeza ni les enturbiará la mente; con fruta que ellos escogerán y la carne del ave que les apetezca. Y habrá huríes de ojos oscuros, castas como perlas escondidas, como retribución a sus obras.»

»Eso es lo que dice el sagrado Corán, eso es lo que encuentran los justos que salen a los cristianos a dar muerte a los perros y a recibir el martirio. ¡Hijos míos, seguid la enseñanza del sagrado Corán, salid a la *yihad*, morid y viviréis eternamente en el paraíso. El venerado Sayuti lo ha explicado: cada vez que dormimos con una hurí, ésta es nuevamente virgen. Además, el pene de los Elegidos nunca se ablanda: la erección es eterna. La sensación que experimentáis cada vez que copuláis es absolutamente deliciosa y sin par en este mundo, porque si la experimentarais en esta tierra perderíais el sentido. Cada elegido tendrá como esposas a setenta huríes, además de las que haya tenido en la tierra, y todas tendrán apetitosas vaginas.» (1)

(1) Palabras del sabio Suyiti, citado en Bouhdiba, Abdelwahab, *La sexualité en Islam*, París, 1975, pp. 95-96.

CAPÍTULO XLI

Orbán e Isabel se encontraban después de la oración principal del viernes en la casa de un alfarero amigo de Alí *el Cojo* que les cedía la torre, bajo el palomar, para que disfrutaran de cierta intimidad.

La ilusión por el encuentro, las horas de mutua compañía y el gozo compartido acrecentaba la pasión de los dos enamorados durante los forzosos días de separación.

La rutina era siempre la misma. Ella lo esperaba en el estrado, bañada y perfumada, con su mejor túnica bordada. Se abrazaban en silencio, se besaban con fruición, él la tomaba en brazos y la llevaba al cuarto del estrado, caldeado en invierno, fresco y recién regado en verano, en el que ella había dispuesto un camastro y un braserillo con hierbas olorosas. Orbán la desnudaba, se desnudaba, y la penetraba, primero tendido sobre ella, después, arrodillado, sosteniendo en alto y separados los pies de ella cogidos por los tobillos, contemplando su belleza y recreándose, su pubis duro y casi infantil, con el vello rizoso peinado hacia el centro, como la espina de un pez, el vientre terso, los pechos grandes y blancos, con pezones rosados gravitando hacia los brazos. Llegaban simultáneamente al orgasmo y quedaban rendidos, uno al lado del otro, sudorosos, con la respiración entrecortada, las manos anlazadas, los cuerpos tocándose. Charlaban, descansaban y cuando Orbán se reponía, repetían el amor.

Después Isabel lo masajeaba con una toalla caliente y lo dejaba dormir un poco mientras cocinaba en el hornillo del patio alguno de los platos granadinos aprendidos en las cocinas de Aixa la Horra, pollo o cordero con guarnición de verduras aderezadas con pimienta jengibre y azafrán. Un banquete en el que no faltaba el vino, del que Orbán aportaba una frasca. Después del almuerzo volvían al camastro y charlaban. Hacían planes para el futuro, cuando estuvieran en las tierras de Bayaceto.

Orbán describía el Gran Bazar de Estambul, con sus callejuelas comerciales cubiertas por antiguas bóvedas, sus almacenes umbríos, amplios como iglesias, con varios pisos de madera, sus tiendas familiares, sus tenderetes individuales en los que el género invade la fachada, colgado de ganchos que el vendedor tarda media mañana en exponer y media tarde en retirar, sus tiendas agrupadas por gremios: cuero, vidrio, ámbar, oro y plata, vajilla, sedas, drogas, tintes, armas...

—Son turcos, no moros —advertía Orbán alejando las íntimas objeciones de Isabel—. Musulmanes, sí; pero no hay que confundir. Los turcos son afables, devotos, fieles a su palabra, personas de principios. Todos los miércoles, el gran visir inspecciona los mercados, especialmente el de caballos, el de aves y el de esclavos negros. Comprueba que los precios sean los mismos que ha fijado el consejo de ministros y castiga a los defraudadores, a los falsificadores y a los delincuentes.

Orbán le hablaba de la multitud de vendedores ambulantes que pululan en las proximidades del Gran Bazar, de los bomberos prestos a intervenir, de los tintoreros, los borceguineros, los vendedores de hígado para gatos, de cordones para los zapatos, de flores de trapo perfumadas, de los peluqueros que ejercen su oficio en los baños, de los concertadores de huesos que aguardan clientes con el bastidor de madera que les sirve para su oficio... todos forman parte de las más de dos mil corporaciones que existen en Estambul, cada una con su patrón y su insignia, y su juez que vela por los precios y la calidad de los productos.

«En la mezcolanza de cabezas distinguirás el rango social y la nacionalidad por el turbante: los turcos lo llevan blanco; los árabes de color indeciso, dibujado; los judíos, amarillo; los griegos, azul. Los genoveses llevan gorra de terciopelo y los esclavos, la cabeza descubierta.

»Te asombrarán los zíngaros domadores de osos que hacen bailar y dar trepolinas a la bestia y realizar toda clase de piruetas. Al final de la actuación, el oso fiero abraza al domador, con su enormidad, como un bebé monstruoso que se ciñe a su madre cuatro veces más pequeña. Verás los vendedores de especias, los fabricantes de turbantes, los aguadores, los herbolarios, los encantadores de serpientes que se mantienen dentro de una cuba de madera rebosante de reptiles. En medio de la multitud, de vez en cuando, pasa un penado en el cepo, con campanillas, para que la gente se aparte, y un cartel con el delito. Unos van al cepo y a otros se les aplican vergajazos en la planta de los pies, donde más duele.»

Orbán relata anécdotas y chistes del albañil Karagoz y el herrero Hadjivat, los populares personajes del teatro de títeres. Los dos son amigos y compadres y trabajan en la construcción de la mezquita de Orhan, en Bursa. Como están siempre charlando, retrasan el trabajo. El sultán los condena a muerte, pero antes de ejecutar la sentencia les pide que ellos mismos intenten defender su causa. Le hacen tanta gracia con sus chistes, sus réplicas y sus ocurrencias que los indulta.

Se reía Isabel anticipando el placer del teatro de títeres.

—También iremos al mesón de Bilah, y comeremos cordero con arroz sazonado con pimienta y cubierto de azafrán.

Isabel se interesaba por el vestido femenino:

—Podrás vestir como quieras, pero es seguro que te aficionas a vestir como las turcas. Las mujeres en el Valle de los Herreros también visten así. Un calzón de seda, una saya de terciopelo, una camisa y zapatillas. Eso en casa. En la calle, además, se cubren con un mantón, se pintan las cejas y los párpados con rimel negro y las uñas con carmín y se reúnen una vez a la semana en el baño, que es sólo para ellas, a charlar con las amigas de los dos temas dominantes en una conversación femenina.

—¿Qué temas? —se interesa Isabel.

—Textil, o desuello del prójimo.

Lo decía en broma. Isabel, también en broma, fingía que lo castigaba propinándole palmadas en la espalda.

—¡Perdón, perdón! —suplicaba Orbán.

Ella arreciaba en el castigo, él se refugiaba en sus brazos y la besaba. Se besaban, rodaban sobre el camastro y repetían el amor. A media tarde reponían fuerzas con dulces de piñón y almendras garrapiñadas que Isabel traía de la casa de la Horra, con hidromiel suministrado por Alí *el Cojo*. Algunas veces Orbán se dormía arrullado por la voz de Isabel que entonaba bellos romances o nanas para dormir niños grandes que ella misma componía:

> *Adurmiose el caballero*
> *en mi regazo acostado.*
> *En verse mi prisionero*
> *muy dichoso se ha quedado.*

Así pasaban las horas hasta que, antes de la oración de la tarde, la voz del muecín los alertaba de que era hora de despedirse, lo que hacían entre suspiros y protestas de amor, hasta la semana siguiente.

CAPÍTULO XLII

El pendolista gordo con el cabello teñido de alheña vestía la impoluta chilaba blanca del servicio de palacio. Se acercó a Orbán cuidando de no refregarse con ningún objeto o persona de la herrería, porque todo tiznaba.
—Boabdil quiere verte —dijo.
—¿Boabdil?
—Sí, quiere que asistas al consejo. Yo te acompañaré.
Afuera aguardaba Luis *el Francés*, el jefe de la fundición, igualmente convocado a la Alhambra.
Era la primera vez que Orbán subía a la Alhambra, donde estaban los palacios del sultán y las residencias de la aristocracia. Ascendieron la cuesta, a la sombra de los árboles centenarios. El estruendo matinal de la pajarería apenas dejaba oír la cadencia de las innumerables fuentes y regatos. Orbán pensó en el privilegio de vivir allí: palacios rodeados de bosque poblado de ciervos y gacelas, balcones desde los que, al levantar la vista, se ve un cielo azul purísimo y montañas nevadas a lo lejos.
La puerta de la Justicia se alzaba inmensa ante ellos, fuertes muros rojos con el talismán de la mano y la llave en la clave del arco. Había cierta concurrencia de ulemas y abogados porque aquel día fallaban los tribunales de causas ordinarias. El emisario de Boabdil era conocido del sargento de guardia. Se saludaron y lo dejó pasar con su acompañantes.

Remontaron una calle empinada, con residencias de funcionarios a uno y otro lado. Un grupo de niños jugaba a la guerra, moros contra cristianos, con espadas y lanzas de caña. El que los mandaba pretendía ser Ibrahim al Hakim. Se había dibujado, con jugo de dompedros, una larga cicatriz roja en la mejilla y fingía fumar hachís, la droga de moda entre la aristocracia granadina. El que hacía de Fernando estaba en el suelo, malherido, y suplicaba clemencia.

Llegaron a la amplia explanada que separaba las residencias reales del barrio castrense. Entre las almenas de los bastiones asomaban las bocas de una docena de bombardas. Un rebaño de secretarios y visitantes mataba el tiempo en torno al pozo de Alhamar.

—¿Queréis agua? —preguntó el emisario volviéndose hacia los artilleros.

El agua de aquel pozo pasaba por ser la más fina y digestiva del mundo. Según la leyenda, Alhamar, el fundador de la dinastía nazarí, probó aquella agua tras una agotadora jornada de caza y la encontró tan deliciosa que decidió construir en aquella colina su residencia y trasladar su capital a Granada.

Bebieron en vasos de cristal que el aguador les ofreció después de enjuagarlos en la cuba de cobre. Luis *el Francés* elogió la pureza del agua.

—¡Tan fresca y rica como la de Francia! —dijo—. Lo que no es frecuente en esta tierra de aguas salobres.

Atravesaron un jardín y llegaron a un muro liso, modesto, en el que se abría la puerta de las escribanías. El portero, vestido con la librea roja del sultán, saludó al emisario y le franqueó la entrada. Dentro había un patio con soportales en los que trabajaban los escribientes del *mexuar*, en mesas llenas de papeles y estantes con registros, la burocracia del reino.

El emisario condujo a los visitantes a través de dos

nuevas puertas y de un corredor en recodo. Salieron al patio del *mexuar*.

Orbán se quedó suspenso ante la belleza de la fachada cubierta de yeserías que reproducían minuciosos trazados geométricos, abstracciones de flores, plantas y minerales, el ordenado tapiz de la creación convertido en belleza por la mano paciente de docenas de artistas.

Recordó Topkapi, la arquitectura como expresión de la majestad y el poder. Como los griegos en Bizancio, los moros habían acumulado belleza en aquellos palacios y ahora, fatalmente, tendrían que cederlos al poderoso enemigo que los codiciaba.

Dos guardias reconocieron al secretario. Los condujeron al patio de los arrayanes. Tras el seto de plantas aromáticas resonaban risas femeninas. Varias damiselas alimentaban con miguitas de pan a los ciprinos dorados del estanque central. Los parterres y arriates estaban a un nivel inferior, de manera que las flores, al crecer, alcanzaban la altura de los pasillos de mármol y semejaban un tapiz natural extendido sobre el suelo.

En la entrada del *mexuar* graves funcionarios vestidos de chilabas bordadas y tocados con turbantes de seda aguardaban a los convocados. El emisario presentó a Orbán y a Luis *el Francés* al mayordomo, un anciano cuya barba de armiño hacía juego con la chilaba que vestía, blanca, inmaculada, sin adornos.

—¡Los peritos del hierro! —los saludó—. Aguardad aquí.

Permanecieron en un rincón de la sala de la barca, marginados, como parientes pobres, mientras iban llegando hombres de alto rango que competían en riqueza y elegancia, marlotas bordadas, chilabas teñidas con tintes caros, babuchas cosidas con oro. Orbán reconoció a los Abencerrajes, a los Venegas, miembros del consejo y otros cargos palatinos pertenecientes a linajes importantes. Había varios militares de alto rango, entre ellos el Zegrí, que se alegró al ver a Orbán.

Al rato se reunieron hasta dos docenas de personas que, tras intercambiar saludos, besos en la mejilla y parabienes, y preguntarse mutuamente por las familias, se enzarzaban en las conversaciones normales aquellos días. Comenzaron una disputa doctrinal sobre los animales admitidos en el paraíso; todos estaban de acuerdo en que allí estaba el gato de Mahoma, la ballena de Jonás y la cotorra de la reina de Saba, pero había diversas opiniones sobre el cordero sacrificado por Isaac.

Hacía poco que un gran incendio fortuito había consumido el campamento cristiano. Unos creían que había sido provocado por Fernando, que deseaba un pretexto para establecer un campamento fijo, de piedra y teja, como había hecho en Loja; otros creían que el incendio fue fortuito.

—En cualquier caso, los cristianos están construyendo ahora una ciudad —dijo el cabeza de los Venegas—. La llaman «bastida de Santa Fe».

Se discutía el porvenir de tal empresa.

—La ciudad está bien defendida por los propios marjales de cultivo y está bien comunicada con Loja. Desde ella se pueden controlar los caminos de la Alpujarra.

—Hace tiempo que nos despedimos de los granos y los bastimentos de las Alpujarras —reconoció uno de los Venegas.

—No deberíamos renunciar a las Alpujarras —lo contradijo otro—, porque Granada resistirá lo que duren sus alimentos y, aunque nosotros no lo notemos, la gente anda hambreada. No me refiero a esa plaga de africanos enlutados, sino a los granadinos de toda la vida, gentes que tenían un buen pasar, incluso artesanos prósperos que hoy sufren la vergüenza de hacer cola en la sopa de beneficencia.

El visir Abulcasim al-Mulih apareció seguido de su secretario de cartas. Batió palmas pidiendo atención y anunció:

—El consejo va a comenzar.

Precedidos por dos servidores vestidos con la librea roja del rey, pasaron a la sala de Comares, bajo el alto techo que figura los siete climas del universo.

Boabdil estaba sentado en su nicho, recortado en la luz de la mañana, con el Albaicín al fondo. Los notables se acomodaron en sus almohadones, ordenados por jerarquías y familias, «formando el magnífico collar cuyo colgante es el propio sultán», como escribió un secretario adulador.

El alfaquí Mohamed al Pequenni dirigió una breve invocación para que Alá, el clemente, el misericordioso, dispensara raudales de luz sobre el entendimiento de los creyentes. Orbán siguió los rezos con prudente recogimiento.

Boabdil tomó la palabra, carraspeó ligeramente y dijo:

—Hoy nos reunimos a ruegos del visir al-Mulih, que tiene algo que decirnos.

El visir, desde el fondo de la sala, de espaldas a la entrada, y al patio de los arrayanes, se removió en sus cojines y dijo:

—Está escrito que los Abencerrajes y los Venegas son el amparo del reino, sin olvidar a los otros linajes. Con la ayuda de Alá, el sultán vengará las ofensas a nuestra religión. Toda la confianza del creyente está en las manos de Alá, el clemente, el que todo lo puede. Sin embargo, Alá quiere también que el creyente adopte actitudes sensatas y provea a las necesidades de la defensa del reino, sin escatimar un adarme a la verdad. En las plazas y calles de Granada oímos muchas palabras y muchos rezos, la palabra inflamada que arrastra a los creyentes a buscar el martirio. Sin embargo, nosotros debemos analizar la situación con el corazón frío.

Los presentes intercambiaron miradas alarmadas.

—¿Cuándo nos darás la mala noticia, visir? —preguntó bruscamente Ahmed el Zegrí.

El visir miró al general con sus ojos cansados. Decidió que no valía la pena replicar mordazmente. El general tenía razón. Extendió su mano blanca hacia el intendente Aben Comixa y le dijo:

—Expón lo que tienes que decir, te lo ruego.

—Hay en Granada cien mil bocas que alimentar. Desde que los cristianos nos cercaron, hemos dejado de recibir víveres de las Alpujarras. Lo que podemos cultivar dentro de las murallas sólo alcanza a alimentar a unas diez mil personas. Eso quiere decir que tenemos víveres para dos meses. Después tendremos que racionarlos drásticamente y en ningún caso aguantaremos más allá de seis meses.

—¿Hay algún indicio de que Fernando piense levantar el campamento este invierno? —preguntó Boabdil.

Le tocaba hablar al general el Zegrí.

—Lo están construyendo de obra permanente, *mawlana,* como hacen siempre, para demostrarnos que no se van a mover.

—¿Nos rendirán por hambre? —preguntó Boabdil.

—Si nos dejamos acogotar, sí, *mawlana,* pero si presentamos batalla podemos obligarlos a abandonar la presa con los dientes rotos —expuso el Zegrí—. Os recuerdo que esos cristianos son los mismos a los que derrotamos en Loja y en la Ajarquía.

—Llevamos siete años viviendo de las rentas de la Ajarquía —replicó suavemente al Mulih—. Desde que ocurrió aquello, los cristianos nos han derrotado media docena de veces y nos han arrebatado las principales ciudades del reino, una a una.

Un murmullo de reprobación se elevó de los presentes. Casi todos habían vivido renuncias y situaciones dolorosas en esos años.

—Los cristianos están equilibrados con nosotros en cuanto a hombres —señaló el general—. Ellos tienen caballería pesada de la que carecemos, pero nosotros los aventajamos en caballería ligera, lo que compensa un tanto la desproporción.

—Sin embargo nos aventajan en artillería —replicó el visir—. Es muy probable que quieran conquistar Granada por la fuerza. Para eso están acumulando sus bombardas. Ya tienen más de quinientas piezas y siguen construyendo otras en Baza y Écija. Si asaltan nuestros muros ¿con qué contamos nosotros, con doscientas bombardas, muchas de ellas en mal estado?

—Las forjas trabajan intensamente —intervino el visir—. Producimos dos por semana. Que informe Orbán.

Orbán se levantó y dirigiéndose a Boabdil, o a su sombra recortada en el contraluz de la ventana, dijo:

—Llevamos dos meses fabricando cañones de bronce de ocho pies de largo, menos pesados que las bombardas y dotados de muñones para montarlos sobre cureñas, lo que facilita el transporte. Podremos llevarlos de un sector a otro de los muros según las necesidades.

—¿Qué clase de munición utiliza? —quiso saber un Abencerraje.

—Balas de hierro forjado, más pesadas que el equivalente de piedra. Causan mayor estrago, especialmente si disparamos a otros cañones, en contrabatería. El problema es que el efecto es tres veces más destructivo para el ánima.

—¿Qué quieres decir? —intervino un general.

—Después de trescientos disparos, el cañón pierde potencia y es mejor fundirlo de nuevo —intervino Luis *el Francés*.

—Nunca tendremos suficientes —concluyó el visir.

—Hay otra posibilidad que debemos considerar —dijo Orbán.

Miró al visir, que asintió brevemente animándolo a hablar. Ya habían discutido eso unos días atrás y probablemente Boabdil lo había invitado por indicación del visir, para que expusiera su idea al consejo.

—En el ejército hay muchos honderos que son poco operativos. Es un dolor ver a tanto *muhaidin* entrenándose en la honda cuando de entre ellos podrían salir buenos ballesteros y espingarderos. La formación de un ballestero es compleja, lo sé, y no se hace un buen ballestero a no ser que lo sea desde su juventud, pero un espingardero se puede formar en unos meses y para una guerra de asedio, como la nuestra, no existe arma mejor que la espingarda. Cuando los cristianos acerquen sus torres o sus escalas a estos muros, los espingarderos podrán hacer gran mortandad en ellos desde posiciones que los hacen prácticamente invulnerables.

Discutieron la idea y convinieron en que parecía razonable.

Boabdil, siempre amigo de novedades, se mostró entusiasmado, dentro de su natural melancólico.

—¿Tenemos material y gente que fabrique espingardas?

—Las tenemos, *mawlana* —dijo Orbán.

—En ese caso tú te encargarás de revisar la fabricación y de entrenar a los espingarderos —dijo el visir.

—Si se me permite, los escogeré entre los *muhaidines* más capaces.

—El general el Zegrí pondrá a tu disposición todo lo necesario. Mientras tanto Luis *el Francés* activará la fundición de cañones de bronce. Os recompensaré si incrementáis la producción a cuatro piezas semanales.

Tomaron otras decisiones necesarias para la defensa, alistar más guerreros, designar alguaciles que entrenaran a los *muhaidines*, reformar el reparto de ranchos colectivos en los cuarteles de las barriadas donde solían producirse tumultos. El mando de la caballería se le entregó a Muza Abul Gazán; el de las puertas a Naim Reduán y Mohamed Aben Zayde; el de los muros se le confirmó a Abdel Kerim Zegrí.

El informe final del visir al Mulih hablaba de ciertas dificultades de Fernando con el rey de Francia.

—Quizá compense enviar un embajador al francés —sugirió un Venegas.

—No creo que compense —lo desestimó el visir—. Lo que tenga que ocurrir ocurrirá en los próximos cinco o seis meses. La diplomacia es muy lenta. Antes de que veamos resultados, estará todo concluido en un sentido o en otro.

—¡Ésas son palabras de derrota! —se dolió el Zegrí.

—Mi señor ha depositado la confianza en mí para que cuente las verdades por desagradables que sean —se defendió al Mulih—. Para sermones que enfervoricen a los oyentes ya tenemos a Hamet ibn Zarrax.

Se inició una discusión acalorada. Después de un buen rato de porfía, sin que nadie alcanzara a escuchar realmente las razones de su vecino, Boabdil puso paz con palabras de distensión y despidió a la asamblea.

CAPÍTULO LXIII

El santón Hamet ibn Zarrax, crecido por la muchedumbre de fanáticos que lo seguía, comenzó a predicar contra Boabdil: con mirada furiosa contemplaba los muros de la Alhambra y señalaba:

—¡Aquí no se escucha la voz de Alá, la voz de Alá truena en el valle pero en la montaña hacen oídos sordos! ¿Qué dice la voz de Alá? La religión es comparable a una columna: el fuste es la sumisión a Dios y el capitel es la *yihad*. La función de príncipe es mantener la religión, hacer la guerra al infiel, pero Boabdil ha olvidado esos sagrados deberes, ese gorrión asustado aguarda en su nido de oro mientras los infieles asolan la vega y queman los panes de nuestros hijos.

La fiesta del final del Ramadán se celebró con torneos de cañas, juegos de tablas y el acostumbrado combate singular entre un toro enfurecido y media docena de perros de presa. Muerto el toro, su carne se cocinó en grandes calderas y de ella comieron los famélicos granadinos.

Mientras tanto, Orbán se multiplicaba atendiendo los hornos de fundición, las herrerías y el campo de tiro, donde entrenaba a los espingarderos. Se había propuesto formar un núcleo de tiradores escogidos que durante el asedio pudiera acudir a las partes de la muralla donde el asalto fuera más enconado.

Algunos voluntarios hacían rápidos progresos, después de perderle el miedo al trueno y al retroceso de la espingarda.

—Olvida lo que has sido antes y lo que serás después —les encomendaba Orbán—. La mano en el hierro, así, firme. El trueno está encadenado a tu voluntad. No respiras. Escucha el pulso golpeando en tus sienes, concentrado, así. Miras el blanco: aquella teja es el pecho de un caballero. Apuntas con tu mirada en la protuberancia del cañón. ¿Lo tienes? Entonces acercas la mecha encendida a la cazoleta. Así. Cuando apuntas sólo vives ese tiempo, la explosión que libera la muerte de tu mano.

Al caer la tarde, el caudillo Tarfe salió de Granada por el postigo de la puerta de Elvira y cabalgó en solitario, desapercibido, oculto por ribazos y desenfiladas, hasta las proximidades del campamento cristiano. A la vista de las barreras, picó espuelas a su caballo y, aproximándose a una distancia temeraria, lanzó un venablo por encima de la empalizada con un mensaje de desafío para la reina Isabel.

La hazaña del moro conmocionó el campamento. Algunos caballeros solicitaron permiso a la reina para aceptar el desafío, aunque Fernando había prohibido los duelos singulares. La reina respetó la voluntad de su esposo y los despidió con buenas palabras: no había nada que hacer.

A pesar de la prohibición real, Hernán Pérez del Pulgar, el desobediente (no en vano la divisa de su escudo era «Pulgar, quebrar y no doblar»), concibió la idea de entrar en Granada con un grupo escogido de caballeros e incendiar la alcaicería, el mercado de los bienes de lujo, en el corazón de la ciudad. Con un poco de suerte el incendio se propagaría a otros edificios y quizá toda la ciudad ardería en una pira.

En la confluencia de los ríos Darro y Genil había una poterna mal protegida. Los quince conjurados aguardaron a que fuera luna nueva y, con el agua por las cinchas de los caballos, entraron en la ciudad después de degollar a dos centinelas. Pérez del Pulgar, Tristán de Montemayor, Francisco de Bedmar y Pedro de Jaén, ascendieron por la ribera de Curtidores y, tras deslizarse por algunos callejones solitarios, llegaron a la alcaicería. Llevaban consigo frazadas de lino y teas de brea, pero cuando intentaron prenderlas resultó que habían olvidado los avíos de hacer el fuego.

—¡Creía que los traías tú, Tristán! —dijo el de Bedmar.

—Y yo creía que los traía Pedro —se defendió el aludido.

—¡Los unos por los otros, la casa sin barrer! —comentó Pulgar.

En ese momento se abrió una celosía y en la ventana asomó un barbudo con turbante al que las almorranas tenían desvelado. Al advertir la presencia de cristianos, se puso a chillar como un poseso, despertando al vecindario que dormía con las ventanas abiertas por el calor. En las calles adyacentes sonaron los silbatos de la ronda de alguaciles.

—¡Tenemos que salir por pies! —urgió Pedro de Jaén.

Hernán Pérez del Pulgar había preparado una hazaña adicional que contribuyera a su fama personal. Se sacó del brazo un pergamino en el que había escrito, en letras grandes, AVE MARÍA, y lo clavó en la alcayata de los avisos de la puerta principal de la mezquita.

—¡Tomo posesión de esta iglesia en nombre de Dios y de los Reyes! —gritó solemnemente a la plaza vacía.

Después los cristianos huyeron por donde habían venido y uniéndose a sus compañeros, que aguardaban con los caballos bajo el puente del Darro, regresaron al campamento.

CAPÍTULO XLIV

El confidente de Aixa la Horra, un eunuco mochilón llamado Inmanuel Osorio, penetró en la alcoba principal, apartó la cortina bordada que representaba ciervos y fuentes en la umbría de la Alhambra y despertó a su señora.

—Anoche los cristianos llegaron en cabalgada hasta la mezquita mayor y clavaron en la puerta un cartel con conjuros heréticos —informó.

Aixa se incorporó en el lecho.

—¿Dónde están ahora?

—Huyeron. No eran más de una docena. Entraron por el río.

Aixa asintió en silencio.

—¿La gente lo sabe?

—La noticia corre de boca en boca. La gente acude a la mezquita para ver, pero ya han quitado el cartel de la profanación.

Aixa terminó de vestirse y volvió al salón del telar, donde sus criadas y damas guardaban silencio y se fingían compungidas por la noticia.

—¡Hijas, aguja y seda: bordemos como si nada hubiera ocurrido! —ordenó—. Ni una hoja se mueve en un árbol sin la voluntad de Alá.

El santón Hamet ibn Zarrax amaneció en la plaza de Bibarrambla con la cabeza cubierta de ceniza, los ojos inyectados en sangre, las venas del cuello a punto de estallar.

—¡Desdicha y maldición sobre nosotros, que ya no sabemos ni defender lo sagrado de la blasfemia de los perros infieles!

La turba de sus seguidores aullaba de indignación. Unos levantaban puños al cielo, otros se golpeaban el pecho con guijarros, otros recogían puñados de polvo y se lo esparcían sobre la cabeza, mientras aullaban consignas con fervor islámico: «¡Muerte a Fernando. Muerte a Isabel. Alá es grande. Muerte a los perros!»

Habían improvisado una bandera de Castilla, con una torre torpemente dibujada, la extendieron en el suelo y desfilaron sobre ella pisándola con saña mientras gritaban mueras a los cristianos. Después de zapatearla a placer, la quemaron en la plaza pública entre extremas manifestaciones de ira.

—El que no se consuela es porque no quiere —comentó en voz baja un viejo vendedor de alfombras cuando vio pasar la manifestación por la puerta de su tienda.

Mientras el consejo del reino deliberaba en el *mexuar*, Mohamed el Pequenni, el alfaquí, ascendió penosamente los pinos peldaños de la angosta escalera de caracol que conducía a la azotea del minarete de la mezquita mayor, el punto más alto de la medina.

Hacía mucho tiempo que relegaba la llamada a la oración a un muecín más joven, pero en esta ocasión quería realizar el esfuerzo por sí mismo, a modo de desagravio por la profanación cristiana. Ya había olvidado las fatigas de ascender por aquella escalera. A medio camino le faltó el aire y sintió una opresión en el pecho. Se detuvo a tomar resuello, apoyado en el antepecho de un ventanuco que daba luz y ventilación a la escalera. Arriba zureaban las palomas, una cotidianeidad que recordaba de sus tiempos jóvenes.

De pronto, el Pequenni fue consciente de que probablemente era la última vez que subía aquella escalera y la última vez que dirigía los rezos en la mezquita de cinco naves donde los musulmanes granadinos habían elevado sus preces mirando a la Meca durante varios siglos.

—¡Todo comienza y todo acaba, por voluntad de Alá! —murmuró.

Terminó la ascensión y salió al balcón circular que coronaba el minarete. Allá arriba soplaba un viento frío procedente de las nieves. El muecín contempló la hermosa vista de Granada, el panorama de rojos tejados y verdes cármenes que se divisaba desde aquella altura. En el aire helado respiró los aromas de la ciudad confundidos con los de la vega, olor a agua regando verdores, a humo de asadores de castañas, a otoño.

—En el nombre de Alá, el clemente, el misericordioso... —murmuró para sí. Tosió para aclararse la voz. Se llevó las manos a los lados de la cara, con las palmas abiertas, los pulgares sobre los oídos, y gritó su piadoso pregón, con toda la fuerza de su voz, a los cinco barrios de Granada: «Alá es grande.» Después, recitó dos veces, mirando hacia Oriente y hacia Occidente: «Soy testigo de que no hay más dios que Alá; soy testigo de que Mahoma es el mensajero de Alá, apresuraos a orar; apresuraos al éxito; Alá es el más grande.» Finalmente dijo: «No hay más dios que Alá.»

Le dolía la garganta. Todavía se recreó un rato mirando el paisaje. ¿Se resignaría a vivir lejos de aquella hermosura? Había nacido en Granada, se había formado en Granada, en la madrasa y en la mezquita, nunca había salido de la ciudad más allá de alguna excursión a alguna alquería de la vega, salvo cuando, ya cumplidos los cuarenta, viajó hasta Motril para ver el mar. Para él Granada era el centro del mundo y desde luego el centro del islam. En la biblioteca de la mezquita tenía cuanto podía desear, mejor que si estuviera en Fez o El Cairo o Bagdad. Y ahora todo podía perderse, todo iba a perderse, por el signo aciago de los tiempos. Fernando le había prometido a Boabdil un ducado en una reserva musulmana en las Alpujarras, pero ahora que Boabdil vulneraba el compromiso, Fernando se consideraría eximido de cumplir los acuerdos. ¿Qué porvenir les esperaba a los vencidos? ¿Regresar a África, al desierto pedregoso del que salieron sus padres, los conquistadores de al-Andalus, veinte generaciones atrás? Mohamed el Pequenni conocía lo que era el Magreb, la vida, primitiva; la tierra, pobre; los caminos, inciertos; las ciudades, polvorientas; el gobierno, tiránico; tapias derruidas con cuadrillas de vagos malencarados vegetando a la sombra. Él, acostumbrado a las comodidades y a las bellezas de Granada, no se acomodaría a vivir allí la enfadosa vejez. ¿Quedarse en Granada? Quizá en la corte de Fernando hubiera un resquicio para él, de secretario de cartas árabes, de trujamán, de calígrafo. Envidió a su padre que nació y murió en la ciudad sin sobresaltos, dedicado a sus libros, consultado por los gobernantes, respetado por el pueblo. Alá le deparaba a él estos tiempos tan turbios. Sea su voluntad.

En estas consideraciones estaba cuando el rumor creciente de un tumulto atrajo su mirada hacia el callejón de la alcaicería. Por la plaza adyacente llegaba una multitud de *muhaidines* vestidos de negro que rodeaban y aclamaban a Hamet ibn Zarrax, el santón.

—¡Que Alá se apiade de nosotros! —murmuró el Pequenni—. ¡Lo que faltaba!

Ibn Zarrax avanzaba rodeado por sus más fieles discípulos que apartaban perentoriamente a los devotos que intentaban tocar la chilaba negra del santo.

El santo penetró en el patio de abluciones de la mezquita y se dirigió a la fuente de doce caños de bronce. Después de olfatear tres veces el chorro, comprobando la pureza del agua, se lavó los brazos hasta los codos y los pies hasta los tobillos, se enjuagó la boca, se lavó las orejas y se pasó tres veces los dedos mojados por la cabeza desde la frente a la nuca. La fuerte cabellera del predicador brillaba como ébano al sol mañanero.

Seguido de la multitud, Ibn Zarrax entró en el edificio.

Mohamed el Pequenni había descendido de su observatorio y se había incorporado en la cabecera de la mezquita para dirigir el rezo. En el recinto no cabía un alma. Miró el fondo enteramente ocupado por la marea negra de los *muhaidines*, con su santón al frente.

A una señal del alfaquí, los fieles que estaban de pie, la cabeza inclinada y las manos cruzadas sobre el pecho, se inclinaron hacia delante, se arrodillaron y tocaron la tierra con la frente. Repitieron la acción cuatro veces.

—¡Impetramos la bendición de Alá, el clemente, el misericordioso, sobre nuestras tropas! —comenzó el Pequenni—. Los valerosos guerreros del islam que han salido a reñir con los cristianos en defensa de nuestra fe y de nuestra tierra, con la bendición de Alá.

Aquel día rezaron con especial fervor y en la plegaria se confundieron las voces de ordinario discrepantes de los que vestían el negro riguroso de los mártires y los que en la calle se apartaban de ellos con disgusto. Al Pequenni, con lágrimas en los ojos, miró el milagro de la concordia bajo el manto de la palabra santa.

Mientras tanto, en la vega, Abdala Ibn Tarfe, uno de los más famosos campeones de Granada, cabalgaba en solitario hacia las barreras del campamento cristiano. Los centinelas anunciaron que se acercaba un moro solo, sin bandera de parlamento. Cuando estuvo a la distancia de la voz, Ibn Tarfe mostró el pergamino del Ave María que

Hernán Pérez del Pulgar había clavado en la mezquita y a grandes voces dijo:

—¿Hay algún perro que quiera rescatar este papel?

Esperó un momento haciendo caracolear el caballo y repitió a voces:

—Perros, ¿no hay ninguno entre vosotros que quiera rescatar el papel? Mirad lo que hago con él. —Y volviéndose sobre la silla lo remetió en el arnés de la cola, de manera que el «Ave María» quedaba sobre la trasera del caballo.

Ibn Tarfe era un guerrero de la frontera, diestro en la lucha. Llevaba guerreando toda la vida, unas veces contra moros, en las contiendas civiles, otras contra cristianos. Su nombre andaba en las bocas de los juglares. Había realizado grandes hazañas y nunca lo habían derrotado.

Las bastidas del campamento cristiano se llenaron de peones que contemplaban, con aprensión, la enorme envergadura del gigante, casi dos metros de altura y un tórax que, con la coraza, abultaba como dos hombres. Su adarga y su lanza eran también de un tamaño superior al normal.

Alertados por los curiosos, algunos caballeros cristianos fueron llegando a las barreras, pero cuando veían la clase de coloso que los desafiaba se acordaban de que Fernando había prohibido los duelos singulares.

Mientras tanto Ibn Tarfe caracoleaba con el «Ave María» en la culata del caballo, profiriendo desafíos e insultos.

—¿No hay algún perro que se atreva a rescatar este letrero? ¿Os tiembla la barba, mariconazos?

Un rumor se extendió por las barreras cuando apareció en el campo otro jinete armado de lanza, coselete, casco y escudo metálico liso, sin señal ni divisa. Algunos reconocieron, por los arneses, que era Garcilaso de la Vega, un joven caballero recientemente incorporado al séquito de la reina Isabel.

El duelo sólo duró unos instantes. Al verlo aparecer, Tarfe se bajó la visera de su celada, con un gesto brusco, embrazó la lanza y arremetió contra él. El cristiano picó espuelas y se dirigió al trote contra su enemigo. En el encontronazo la lanza de Tarfe se quebró después de hendir y abollar el escudo de Garcilaso. La del cristiano dio contra la adarga de piel de antílope de su oponente y se quebró, pero una de las astillas malhirió al caballo clavándose profundamente en la cruz.

Descabalgado, Tarfe echó mano de la espada con la que había matado a decenas de hombres. Garcilaso desenvainó la suya, más habituada a los postes de entrenamiento que a los combates. Intercambiaron varios golpes y estocadas sin consecuencia antes de trabarse cuerpo a cuerpo y rodar por el suelo. Garcilaso, con la agilidad de su juventud, desenvainó la daga que llevaba a la cintura y la introdujo con presteza por la juntura del coselete del gigante, a la altura de la clavícula izquierda, directa al corazón. Tarfe exhaló un penetrante gemido que resonó en la bocina de su celada, agitó un poco las pesadas piernas, miró al cristiano, tan joven, con incredulidad, los ojos vidriosos, vomitó una bocanada de sangre y murió.

De las barreras cristianas se alzó una aclamación que se oyó en Granada, donde las murallas se habían coronado de curiosos.

Garcilaso rescató el cartel del Ave María y se lo guardó en el pecho. Luego tomó la espada de su enemigo y de un solo tajo le cortó la cabeza. Clavó el sangriento trofeo en el hierro de su lanza rota, tornó a cabalgar y de esta guisa regresó al campamento entre las aclamaciones de las tropas. Fernando, siempre práctico, decidió que no castigaría aquella desobediencia, ya que tampoco había castigado la de Hernán Pérez del Pulgar al entrar sin su permiso en Granada. Antes bien les concedió cuarteles: a Hernán Pérez del Pulgar que añadiera a su escudo un Ave María; a Garcilaso, una pica con cabeza de moro en el extremo y el letrero «Ave María».

El consejo del *mexuar*, aquella tarde, decidió que los últimos acontecimientos requerirían una réplica que sirviera de escarmiento a los cristianos. Antes de amanecer saldrían a la vega las mejores tropas y atacarían las posiciones cristianas más alejadas del campamento principal. La visión de cabezas cristianas y de soldados cautivos levantaría la decaída moral del pueblo. Esta vez Boabdil no se contentó con enviar a los capitanes designados por Ahmed el Zegrí, sino que él mismo se puso al frente de las tropas con el Zegrí e Ibrahim al-Hakim y sus almogávares rondeños.

Mientras los moros dirigían su cabalgada hacia el sur, los cristianos, alertados por sus espías, habían salido a saquear e incendiar Albolote y Aynadamar, las alquerías más cercanas a Granada. Se produjeron escaramuzas en Nívar y Víznar. Muza ben Abul Hasán había preparado una de sus mortíferas celadas, pero, tras el rebato en el campamento cristiano, al saberse que el propio Boabdil estaba en el campo, no hubo caballero que no saliera al frente de sus mesnadas. Cuando levantó la mañana, clara y fría, había tantos cristianos en el campo que no era posible sorprenderlos. La situación se volvió apurada a las pocas horas. A la caballería nobiliaria habían seguido las tropas concejiles, peones fogueados por varios años de guerra que conocían el oficio y sabían mantenerse agrupados y alerta, con sus ballesteros y espingarderos atentos a cualquier cabalgada enemiga.

Ibrahim al-Hakim recibía a sus exploradores enviados a tantear distintos lugares de la vega. Las noticias eran las mismas. No dejaban de llegar cristianos. En repetidas ocasiones, al-Hakim rogó al-Zegrí que pusiera al rey a salvo en Granada, pero Boabdil se resistía.

—Cada vez que se ha puesto al frente de las tropas hemos cosechado un descalabro —murmuraba al-Hakim iracundo—. ¿No sabe qué es *el Zohoibí, el desdichado*? Llévatelo, señor, y deja que, libres de preocupación de defenderlo, les ajustemos las cuentas a los cristianos.

El Zegrí comprendía las razones de su capitán, pero la decisión de que Boabdil saliera era también suya, una decisión política. Había que elevar la moral de la población. Que vean que el rey combate personalmente, que arriesga su vida por defender la ciudad, que es un digno descendiente de su estirpe. En ningún momento pensaron que pudiera generalizarse una batalla. La posición de los defensores de la ciudad se agravaba por momentos.

—¡Míralos, señor, congregarse tras las acequias como lobos hambrientos! —insistía al-Hakim.

—Vendrán contra ti con todo su poder y si tú te pierdes nos perdemos todos —advertía Muza ben Abú Hasan.

El marqués de Cádiz y Alonso de Aguilar habían concentrado sus tropas detrás de un ribazo y proyectaban un ataque envolvente que atrapara a Boabdil y a la aristocracia granadina. Casi lo consiguieron. Un escuadrón de caballería pesada cargó contra el grupo de Boabdil. Mientras algunos nobles Abencerrajes sostenían la carga y se sacrificaban por salvar al rey, Boabdil *el Zohoibí* se dejó convencer, al fin, de la conveniencia de retirarse y, perseguido por un tropel de enemigos, a galope tendido, logró, a duras penas, ponerse a salvo, con tres de los suyos, por la puerta de Elvira.

En la Alhambra lo esperaba Aixa la Horra.

—¿Estás contento, hijo? —le espetó—. ¿Te has demostrado ya tu valor?

—¡Un rey tiene que dar la cara alguna vez! —replicó Boabdil, molesto—. Fernando e Isabel se ponen al frente de sus tropas.

—Sí, pero son reyes, no se ponen en peligro. Piensa

qué va a ser de nosotros si te matan. Al Mulih y Aben Comixa venderían a los cristianos a tu familia y a tu madre.

—Mientras dure la guerra, saldré al frente de mis hombres —afirmó Boabdil.

Aixa se echó a llorar.

—¿A quién encomendaréis vuestra madre y mujer e hijos y hermana, parientes y criados y toda esta ciudad?

—Señora, mejor morir de una vez que vivir muriendo tantas veces. Y ahora discúlpame porque tengo mucho trabajo.

Salió Aixa la Horra en compañía de su eunuco Inmanuel Osorio y regresó al Albaicín.

Aquella tarde, Boabdil, deprimido y más melancólico que nunca, conferenció con al Mulih:

—Hoy hemos sufrido un buen descalabro —dijo el visir—. Y nuestras gentes están exhaustas. Si no recibimos víveres, pereceremos.

—Granada está perdida —reconoció Boabdil—. Tú y yo lo sabemos. ¿Por qué resistimos entonces?

—Tú lo sabes, *mawlana*. Resistimos por miedo a la muchedumbre hambrienta que cree en los predicadores y espera un milagro de Alá.

CAPÍTULO XLV

Mientras los herreros trabajaban frenéticamente para fabricar las armas que defenderían Granada, los dirigentes de la ciudad preparaban su entrega en los términos más ventajosos para ellos.

El 25 de noviembre el visir Abulcasim al Mulih, el intendente Aben Comixa y el embajador Ahmed Ulailas se entrevistaron en Churriana con Gonzalo Fernández de Córdoba y con el secretario de Fernando, Hernando de Zafra.

Al Mulih expuso la situación con franqueza:

—Los *muhaidines* y los fanáticos están cada día más desesperados por las derrotas, las privaciones y el hambre. Existe el peligro de que se subleven y entreguen el poder a los partidarios de una guerra a ultranza. Tanto el sultán como la nobleza de linaje estamos interesados en que la entrega de Granada sea pacífica, pero necesitamos tiempo.

—El tiempo puede empeorar las cosas —objetó Fernández de Córdoba.

—En este caso, no —intervino Aben Comixa—. Estamos convenciendo a los Abencerrajes, a los Venegas y a los jefes militares para que no se opongan a la entrega de Granada, pero esa negociación es compleja porque cada uno intenta asegurarse un futuro sin problemas y hay que debatir cada caso discretamente.

Después de tres horas de discusiones acordaron una

tregua de setenta días. Boabdil entregaba los rehenes y a otros cuatrocientos muchachos de las principales familias de Granada. Granada se rendiría a finales de enero. Sus habitantes quedarían libres y podrían conservar sus pertenencias muebles, armas incluidas, a excepción de la artillería y las armas de fuego. Algunas cláusulas secretas garantizaban los bienes de Boabdil, los de su esposa Morayma, los de su madre Aixa, los de sus hermanos, los de Soraya, la viuda del antiguo sultán Muley Hacén, y los de una lista de magnates.

Los moros que quisieran podrían permanecer en Granada. Los cristianos respetarían su religión y sus instituciones.

Mientras los enviados de Boabdil discutían los términos del acuerdo, los alfaqueques cristianos se entrevistaban con nobles Abencerrajes y con la aristocracia granadina y compraban su complicidad a cambio de generosos sobornos. A las autoridades religiosas y judiciales les prometieron mantenerlas en sus puestos, así como a los alguaciles y a los funcionarios de la administración local. Los jefes militares, por su parte, recibirían una recompensa adecuada a la importancia de cada uno, en oro o en paños y tejidos (que tenían un valor alto y estable). En el reino de Granada se mantendrían los linajes y calidades. Los que abrazaran el cristianismo encontrarían grandes prebendas y oportunidades de promoción.

Los compromisarios fueron generosos incluso con los renegados y elches y con los prófugos de la Inquisición que había en Granada y que, estimulados por el ejemplo de los elches de Málaga, que fueron ejecutados sumariamente a la entrada de Fernando, formaban parte de la facción más guerrera.

Mientras en la Alhambra se fraguaba la entrega de la ciudad, el pueblo, desesperado por el hambre, el frío y las privaciones, atendía a las prédicas de Hamet ibn Zarrax y se mostraba cada vez más belicoso. El número de *muhaidines* dispuestos al sacrificio crecía de día en día. Ibn Zarrax había soñado que un legendario jinete árabe montado en un caballo blanco se ponía al frente de la multitud de mártires de la fe y derrotaba a los cristianos.

El obispo de Segovia había instalado su tienda cerca de la de la reina Isabel, en el campamento de Santa Fe. Cada día departía con su hijo, el deán Pedro Maqueda, sobre asuntos concernientes a sus mesnadas y a la hacienda episcopal.

—Dentro de un mes, la guerra habrá terminado y podrás regresar a Segovia —le dijo— a dar una vuelta por las haciendas, que están muy abandonadas.

—Tío, a mí me parece que la ciudad no se entregará antes del verano —objetó el deán.

El obispo rió secamente con su risa cascada.

—Hijo, Granada está ya entregada y las capitulaciones firmadas. Sólo estamos haciendo tiempo. No habrá asalto, ni más ocasiones de heroísmo, no habrá más sangre.

—¿Van a ceder la ciudad así como así?

—Se la hemos comprado al precio de muy buenas doblas. Hemos sobornado a los nobles y a los jefes militares y hemos prometido que respetaremos los cargos y las haciendas.

El deán comprendió que sus sueños de gloria militar se habían esfumado. Sin embargo no se sintió demasiado contrariado. Después de todo se trataba de recuperar, por el medio que fuera, la última tierra del reino en manos de los moros.

—Quizá ahora podamos vivir en paz —dijo.

—¿Vivir en paz? —preguntó el obispo.

—Moros y cristianos, quiero decir.

El obispo exhaló un suspiro de resignación.

—En realidad les prometemos lo que no podremos cumplir —confesó.

—¿Por qué no, tío? ¿Por qué no podremos vivir unos entre otros respetándonos?

—Hijo mío, los moros están dotados para el disimulo y el engaño. Cuando son débiles, se muestran sumisos; cuando son fuertes, crueles y desconsiderados. Fingirán que se convierten al cristianismo, fingirán que son buenos súbditos de los reyes y, en cuanto se apareje la ocasión, se revolverán contra nosotros y nos arrebatarán la tierra. No podemos convivir con esa sociedad cerrada, aplastada por Dios... —objetó el prelado.

—¿No estamos también nosotros aplastados por Dios, tío?

—¿Ves el poder de los reyes, el poder de las ciudades, las cortes que les votan subsidios, los nobles que, cuando se incomodan, retiran sus mesnadas? La sociedad cristiana camina hacia la libertad... Nos queda todavía un largo camino, pero ya lo estamos recorriendo. Los moros, por el contrario, recorren ese camino a la inversa. El futuro traerá más diferencia, más resentimiento, más fanatismo. Nos envidiarán y nos odiarán por ser cristianos y pensarán que nosotros somos su problema.

—¿Y cuál es su problema?

—La religión inflexible y ciega, la aplicación intolerante de normas crueles y absurdas superadas por el tiempo. Cuanto más abunden en la falsa solución, su fanatismo religioso, más se hundirán en la desesperación de no resolver el problema. Hace siglos eran libres, ahora ellos mismos se reducen a no serlo, aplastados por un dios tiránico y opresivo. Hubo un tiempo en que el islam celebraba la vida y consideraba la existencia terrenal un camino de gozo y placer en su ineludible marcha hacia la muerte. Incluso hubo un tiempo en que grandes filósofos como Averroes señalaron el camino que reconcilia a la religión con el hombre, el camino de la piedad, del respeto de lo distinto, el camino de la razón, pero ese islam amable que un día humanizó la vida de los moros hace tiempo que desapareció. Hoy profesan un islam simplificado y arcaico que vuelve la espalda a la sabiduría y a la razón y basa su doctrina en la aplicación de una ley brutal. Su fanatismo no respeta al hombre ni respeta la vida. Niegan la civilización que los engendró. Viven el sueño de que son superiores y detentadores de la verdad. No aceptan haber pasado de dominadores a dominados, ni lo aceptarán nunca. Si les permitimos vivir junto a nuestras puertas, un día aprovecharán nuestra debilidad para alzarse contra nosotros. Los moros sueñan con restaurar la pasada grandeza. Su orgullo vencido y la constatación de la superioridad de los cristianos, engendra resentimiento y odio. Sólo aguardan la hora de la venganza. Creen que su derrota se debe al abandono de su dios y creen que ese dios les exige mayor rigorismo.

—Tío, nuestro Dios cristiano también es despótico y cruel.

—Si lo tomas al pie de la letra, puede serlo, pero no olvides que también predica el amor. Durante mucho tiempo nos hemos regido por la unión del rey y el Papa, pero desde hace un tiempo está alboreando un modo menos riguroso. Hemos descubierto nuevamente a Platón y Aristóteles, que al enseñarnos el mundo perfecto que vivieron nuestros abuelos, en los tiempos de los griegos y de los romanos, nos anuncian la posibilidad de un mundo nuevo en el que la sabiduría de los antiguos se aúne con la fe de los cristianos. La Iglesia, tú y yo, estamos cediendo a la sabiduría, buscando nuevos caminos de existencia más sabia para mostrárselos al rebaño que nos sigue, a los fieles.

—Padre, esto que me dices me provoca más dudas que certezas —confesó el deán.

—Dudar es bueno, hijo mío. Piensa y entiende.

CAPÍTULO LXVI

El día 2 de enero, Orbán despertó más tarde que de costumbre. La chimenea estaba apagada y la habitación, helada. En el ventanuco había una raya de luz. Abrió los ojos y se despabiló. Supuso que Jándula preparaba el desayuno. Se levantó, envuelto en una manta, y se asomó a ver cómo estaba el día.

La torre de la Vela se recortaba en el cielo despejado y azul. Buen día para los hornos, pensó. Satisfecho se volvió para vestirse. Sentado en la cama se calzó la bota izquierda; con la derecha en la mano, le asaltó una duda. Le había parecido....

Regresó a la ventana, cojeando con una bota solo, y miró de nuevo la torre de la Vela.

Sobre la torre de la Vela, en el punto más alto de Granada, ondeaba una bandera con dos castillos y dos leones.

¡Los cristianos habían tomado la Alhambra!

Si habían tomado la Alhambra, la ciudad había caído.

Orbán se precipitó escaleras abajo.

—¡Jándula, Jándula! ¿Dónde estás?

La casa estaba desierta.

Terminó de vestirse, se echó el pellico sobre los hombros y salió a la calle. Hacía frío. En la plazuela conversaba un corro de hombres, las manos en los bolsillos de las chilabas.

—¡Hay una bandera cristiana en la torre de la Vela!

Un anciano de rostro arrugado lo miró.

—Lo sabemos. Los cristianos han ocupado las puertas y los castillos. Boabdil se los ha entregado.

Regresó a casa. Jándula había vuelto con noticias. La noche anterior, las tropas castellanas habían penetrado en la ciudad a petición de Boabdil, que se veía incapaz de contener a su pueblo y temía por su vida si los *muhaidines* y los descontentos se amotinaban.

—Anoche le entregó las llaves de la Alhambra a don Gutierre de Cárdenas, y esta mañana el conde de Tendilla ha ocupado con más tropas toda la alcazaba. Es el nuevo alcaide.

Mucha gente permanecía encerrada en sus casas temiendo la llegada de saqueadores cristianos. Los que tenían dinero o joyas las ocultaban en corrales y escondites. Algunos curiosos se habían asomado a la muralla, de la que habían desaparecido guardas y centinelas, a presenciar la llegada del ejército castellano con sus escuadrones de caballos y de peones.

—¡Se terminó la guerra! —decía un alfarero.

—¡Y el hambre!

Habían desaparecido los *muhaidines* que sólo unas horas antes alborotaban en calles y plazas, los ropajes negros de los aspirantes a mártires sustituidos por chilabas claras y turbantes coloreados.

A lo largo del día circularon contradictorios rumores. Algunos testigos habían presenciado cómo pelotones de almogávares cristianos acompañados por funcionarios palatinos ocupaban la Alhambra y el resto de las torres y castillos, con buen orden y en silencio. Fray Hernando de Talavera, confesor de la reina y obispo de Ávila, alzó el pendón de Castilla en la torre de la vela y un heraldo de armas que lo acompañaba ondeó el pendón mientras gritaba: «¡Santiago, Santiago, Santiago! ¡Castilla, Castilla,

Castilla!, ¡Granada, Granada, Granada por los muy altos y muy poderosos señores don Fernando y doña Isabel!»

A media mañana Boabdil abandonó la Alhambra y salió de Granada a recibir a los reyes y entregarles las llaves de la ciudad. Los reyes y su séquito de obispos y nobles comparecieron muy ricamente ataviados con marlotas y aljubas de brocado de seda. Con ellos cabalgaba el hijo de Boabdil, el infantito, que le devolvían al padre.

Según lo acordado, Boabdil intentó desmontar, lo que Fernando no consintió, y luego hizo ademán de besarle la mano, sin que Fernando lo permitiera, pero Boabdil le besó el hombro derecho.

Detrás de Boabdil, a prudente distancia, llegaron los cuatrocientos cautivos de Granada, liberados aquella misma noche de las ergástulas del campo del Príncipe. Iban en solemne procesión, detrás de una cruz sencilla, descalzos y famélicos, vestidos con sus andrajos, algunos con grilletes y cadenas al cuello en señal de penitencia. A la vista de los reyes, entonaron el *Te Deum Laudamus*. Fernando e Isabel se apearon de sus caballos y se arrodillaron en el barro frente a la cruz, gesto que fue imitado por los obispos, magnates y cortesanos del séquito. Los escuadrones formados que seguían a los reyes prorrumpieron en ovaciones. Muchos lloraron en el emotivo momento. Después de la ceremonia, los reyes regresaron a su campamento. Boabdil dispondría de cuatro días para abandonar la Alhambra antes de que ellos entraran oficialmente en Granada.

Los maestres de campo habían prohibido a las mesnadas entrar en Granada antes de que salieran los moros, pero con el entusiasmo de la victoria los vivanderos y los mercaderes se metieron en la ciudad y detrás de ellos muchos soldados que llenaron las calles. Los pajes del conde de Cifuentes, medio borrachos, paseaban un jamón en lo alto de una pica.

—¡Regocijaos moros, que ha llegado el jamón! —iban pregonando.

La gente de Granada, viendo tanta concurrencia pacífica y festiva, montó puestos en las plazas y cambiaban tejidos, ropa y enseres por comida, aquejados como estaban de hambre. Las familias enviaban a los criados a vender lámparas de bronce, telas, cintillos de oro, tazas y platos magníficos, hasta los llamadores de las casas, a cambio de víveres. Los alguaciles moros, junto a los cristianos, cuidaron de que no se produjeran saqueos ni abusos.

Algunos paladines se habían suicidado, unos por su propia espada; otros, colgándose de una viga o de las ramas de una higuera. El campeón Muza ben Kabul Hasán, incapaz de soportar el deshonor de la rendición, abandonó la ciudad y arremetió contra los primeros cristianos que encontró en su camino. Mató a varios antes de caer, herido, al Genil, donde se hundió lastrado con el peso de su armadura. Unos hortelanos encontraron su caballo vagando entre los cañaverales de la orilla.

Mohamed el Pequenni recibió la noticia de la entrega de Granada en la biblioteca de la mezquita. Un alfaquí amigo suyo, al Saqundi, le comunicó su proyecto de marchar al Magreb.

—Yo todavía no sé qué hacer de mi vida —confesó—. Seguramente me iré a las Alpujarras, detrás de Boabdil, si de verdad nos permiten seguir siendo musulmanes allí.

—También puedes quedarte en Granada. Las capitulaciones determinan que los cristianos respetarán a la comunidad musulmana, con sus costumbres y sus creencias.

—¡Ay, pobre amigo mío, qué inocente eres! No respetarán a nadie. Ahora lo prometen todo, pero en cuanto se asienten atropellarán al islam. De esos perros no se puede esperar nada. ¿Cómo podremos convivir con gentes que adoran ídolos, crucificados de palo, madres de Cristo hechas de barro cocido, ante las que se postran, a las que les ponen velas y les rezan y les piden curaciones y milagros? ¿Cómo transigir con los que dicen que adoran a un Dios que en realidad son tres personas, una de ellas una paloma? Los que creen esas locuras, que repugnarían la inteligencia de un niño de diez años, nunca podrán respetar una religión y unas creencias tan bien fundamentadas como las nuestras, la santa revelación de Alá al profeta Mahoma.

—No todos tienen la robustez de tu fe, maestro. La aristocracia que debiera dar ejemplo reniega de Alá y se está convirtiendo a la fe de los cristianos —observó al Saqundi.

—¡Pobres desgraciados, malditos de Alá, fumadores de hachís! Venden su alma al diablo a cambio de conservar sus alquerías, sus fincas y sus mansiones, eso es lo que hacen. ¿Te imaginas a esos Venegas y a esos Abencerrajes cuando asistan a misa y se arrodillen delante del sacerdote y tengan que creer que, cuando el cura levanta un trozo de pan sobre sus cabezas, Jesucristo en persona baja a ese trozo de pan que, por magia, se convierte en carne y sangre del profeta que murió hace más de mil años en una cruz de Jerusalén?

—Es una figuración simbólica —objetó al Saqundi.

—Nada de eso, amigo: los cristianos creen firmemente que ese trozo de pan, la hostia, aunque aparentemente siga siendo lo que es, un trozo de pan, en realidad se ha transformado en carne y sangre de Cristo. Sin simbolismos, de un modo real.

—¡Si lo hiciera un prestidigitador lo apalearían por engañar a la gente!

—Los curas lo hacen cada vez que dicen misa, y además reparten entre sus feligreses esas supuestas carne y sangre de Cristo, de manera que cometen la barbaridad de comerse a su Dios. ¡Estos mitos absurdos que rechinan en cualquier inteligencia, los dan por buenos y por santos esos malditos de Alá! También te obligan a contarles tus pecados, arrodillados delante de ellos, porque son los únicos que pueden perdonarlos, lo que aprovechan para interrogar a las mujeres sobre cuántas veces yacen con sus maridos y en qué posturas y recabar otros detalles de la jodiendia que ellos, como se mantienen absurdamente castos, están deseosos de conocer. Luego a los niños les preguntan, babeando de gusto, cuántas veces al día se la menean y les imponen penitencias y les inculcan que es un grave pecado. ¡Abominación sobre los que han declarado ilícito lo lícito y lícito lo ilícito! No pienso vivir entre ellos, aunque me cueste la propia vida abandonar mi querida Granada.

CAPÍTULO XLVII

Granada había caído. De pronto nadie tenía obligaciones. No había ya nada que defender. Los cristianos ocupaban pacíficamente la ciudad, sin saqueo ni matanza, con arreglo a lo pactado.

—Ya no hay prisa con las espingardas —comentó Jándula mirando ondear los pendones cristianos sobre las murallas.

—Me temo que todo eso se ha acabado —corroboró Orbán.

No quería pensar en las consecuencias, aunque se temía lo peor. Fernando no le perdonaría fácilmente su defección y su regreso al campo enemigo. Pensó en Isabel, nuevamente al alcance del deán. Fueron a la casa de Aixa la Horra en el Albaicín y encontraron la calle cortada en sus dos extremos por sendas patrullas de soldados que sólo dejaban pasar a los dignatarios que acudían a visitar a la reina madre.

Había gente en la calle. Muchos permanecían en sus casas, temerosos, pero centenares de curiosos querían ver a los reyes cristianos, los que llevaban años escuchando que Fernando era enano y con un ojo huero e Isabel una harpía que se lo hacía con los muleros. Toda la tarde anduvieron Orbán y Jándula de un lado para otro entre la anónima multitud. En la plaza de Bibarambla un aprendiz de las fraguas lo señaló a un pelotón de soldados castellanos.

—¿Eres Orbán, el herrero? —le preguntó el sargento.

Orbán asintió resignado. Había llegado su hora.

—¡Date preso en nombre de los reyes!

Uno de los guardias le ató las manos a la espalda.

A Jándula, que pretendía acompañarlo, lo apartaron de un empellón.

—¡Díselo a Isabel! —le grito Orbán desde lejos.

Lo unieron a un grupo de renegados cristianos capturados. Algunos se habían afeitado la barba islámica en un intento de pasar desapercibidos, pero los delataba la palidez del rostro.

Los condujeron a la ergástula del campo del Príncipe, unas cavernas naturales, ampliadas a golpe de pico. Había ya cientos de presos hacinados en los antiguos calabozos subterráneos. Orbán advirtió que casi todos eran elches y renegados cristianos conversos al islam. No se hacían ilusiones. Sabían que les aguardaba la muerte. Algunos sollozaban sentados en la paja del suelo, otros afrontaban el destino con dignidad, conversaban en corrillos o guardaban silencio, sumido cada cual en sus pensamientos.

En la cueva subterránea no hacía frío, aunque la humedad era notable debido a las filtraciones de la ladera de la Alhambra. Algunos penados arrimaban sus escudillas a la pared y bebían del agua sucia.

Por la noche llegaron dos carceleros con una caldera y repartieron el rancho, una escudilla de caldo en el que flotaban lentejas agusanadas.

CAPÍTULO XLVIII

Los mercaderes genoveses y pisanos vestidos de brocado y seda, con sus buenos séquitos de criados y muleros, habían asistido a la ceremonia de rendición de la ciudad como testigos del acontecimiento.

Granada, en manos cristianas, prometía grandes oportunidades de pingües negocios. El comercio abandonado, los pósitos vacíos, los almacenes y los talleres, toda aquella riqueza cambiaba de manos y pasaba a propietarios inexpertos que necesitarían suministradores, compradores, prestamistas para reflotar la economía de la ciudad. Los almacenistas de artículos artesanales, telas, sedas, damascos, taraceas y joyas traspasaban sus negocios a cristianos que no sabían cómo negociar la cartera de clientes de los primitivos dueños, que abarcaba todo el Mediterráneo. Para eso estaban allí los mercaderes italianos, para comprar información a los que no tenían otro patrimonio que el conocimiento, tasarla y venderla, casi subastarla, en las mejores condiciones, a los nuevos propietarios. Por otra parte los nobles cristianos heredados con palacios y casas nobles de Granada venderían en almoneda muchos objetos de lujo, marlotas, pebeteros, candelabros, lámparas, mesas con incrustaciones de plata y marfil, tapices... para todo eso existía un buen mercado en Flandes, en Alemania, en Roma, incluso en El Cairo.

Los genoveses ocuparon un par de edificios de la plaza Bibarrambla, cerca de la alcaicería. Aquel mismo día Centurione se entrevistó con el secretario real, Hernando de Zafra, que había instalado su oficina en la sala alta de la antigua madrasa. Zafra estaba sobrecargado de trabajo. Afuera había cola de personas con las que tenía que despachar asuntos urgentes, así que Centurione fue directamente al grano.

—Lo que quiero pediros es un favor personal —dijo—. Tengo entendido que tenéis en las mazmorras del campo del Príncipe a Orbán, el artillero búlgaro. Me gustaría pagar su rescate.

—No tiene rescate —informó Zafra, tajante—. Está condenado a muerte por felón y traidor. Juró fidelidad a Fernando y se pasó a los moros.

—Lo hizo porque sus hijos estaban amenazados —explicó Centurione—. Estoy dispuesto a pagar por su rescate, por crecido que sea.

Zafra se encogió de hombros en un gesto de impotencia.

—¡La ley es la ley! Un juramento al rey no se quebranta por ningún motivo, ni siquiera por la vida de los hijos. Orbán va a morir y no hay más vueltas que darle.

Molesto, hizo ademán de volver a sus papeles, pero el genovés permanecía impertérrito ante el pupitre.

—¿Puedes consultárselo a Fernando?

—¿Ves cómo estamos de trabajo? —El secretario abarcó con un ademán la sala atestada de pendolistas y de documentos—. Fernando está peor. Si le voy con una petición de clemencia para Orbán me echará a patadas. Por otra parte debes saber que ya intercedió por él Francisco Ramírez de Madrid, sin resultado.

Centurione comprendió que no había nada que hacer. Se despidió de Zafra y salió de la sala. En el patio despejado de la madrasa hacía frío. Dos criados descargaban libros árabes junto al horno que alimentaba la caldera de la calefacción. En la calle dos carros de libros, legajos y manuscritos aguardaban turno.

Pensó Centurione en la fugacidad de las cosas. En el mundo atropellado en el que vivía nada era perdurable, ni siquiera el conocimiento.

—Sólo tenemos la muerte y el olvido —murmuró para sí mientras se arrebujaba en la capa antes de salir al ventisquero de la calle.

En las mazmorras del campo del Príncipe se respiraba un aire denso y nauseabundo. El hacinamiento era tal que el canalillo central que evacuaba las heces se había obstruido. En la explanada superior, detrás de un mantelete que lo protegía del viento helado, ejercía su oficio maese Bascuñana, el verdugo de la reina. Lo hacía con destreza profesional, corte en la yugular y sección de la tráquea, casi indoloro. Dos auxiliares trasladaban al muerto a una carreta y de allí a la pira instalada en las afueras de puerta Elvira. Toda Granada olía a carne quemada.

Una patrulla militar descendió por las ruidosas escaleras de madera. Los acompañaba un clérigo joven, ya tonsurado, que se apretaba un pañuelo de perfume contra la nariz. A la luz vacilante de la linterna de sebo, el clérigo consultó un papel y comunicó un nombre al sargento.

—¡Orbán, el búlgaro! —gritó el carcelero.

Orbán estaba al fondo, sentado en un montón de paja. Se levantó y se abrió camino entre los prisioneros. Había llegado su hora. Mejor así, antes de que el abatimiento lo ganara por completo. En su corazón ya se había despedido de los seres queridos y de la vida.

El sargento lo contempló con una media sonrisa desde el otro lado de la reja:

—¡Estás libre!

El carcelero se encogió de hombros, introdujo la llave en la cerradura y descorrió el cerrojo. La reja cedió con un quejido herrumbroso.

Orbán permaneció un momento dudoso frente a la puerta abierta. ¿Se burlaban de él haciéndole concebir falsas esperanzas antes de ajusticiarlo? ¿Intentaban añadir un nuevo tormento a su condena? Le pareció lo más probable. Seguramente el verdugo lo aguardaba arriba, en la tarima de las ejecuciones.

—¡Vamos! —rió el sargento comprendiendo su angustia—. ¡Eres afortunado! Fernando te perdona.

El clérigo se había guardado el papel y contemplaba al reo con una expresión de disgusto mientras respiraba a través del pañuelo perfumado.

Orbán pasó al otro lado de la reja y siguió al sargento. El carcelero volvió a cerrar con el cerrojo y la llave.

Afuera respandecía el sol. Acostumbrado a la oscuridad, Orbán sintió un deslumbramiento doloroso. El aire puro y el sol, un breve instante de libertad y la cuchilla del verdugo, pensó. Entornó los ojos, a lo lejos las cumbres de la sierra nevada resplandecían.

El clérigo le entregó un salvoconducto firmado por Fernando Arias, conde de Saavedra y mariscal de Castilla, alfaqueque mayor del reino.

—¡Eres libre para regresar a tu tierra!

Libre. Todavía anonadado por la noticia echó a andar. En un extremo del campo, detrás de un redil, lo aguardaba Jándula.

—¡Amo! ¡Qué alegría verte libre!

—Es cierto. ¿Qué está pasando? ¿Dónde está Isabel?

—Ella me envía para que te lleve a su lado. Está bien. Sigue en la casa de la Horra. La Horra se fue con su hijo a las Alpujarras. Sus criadas y esclavas quedaron bajo la protección de fray Hernando de Talavera, el arzobispo.

Orbán y su criado tomaron el camino del Albaicín.

Volvía a haber gente en las calles. Algunas casas permanecían cerradas y sus puertas marcadas con cal, las asignadas en los repartimientos a los nobles y a los funcionarios de Fernando. En las plazas se formaban corrillos de curiosos que comentaban las últimas noticias.

—Los cristianos se han quedado con cuanto había de valor, pero de las personas no abusan —explicó Jándula—. Fernando ha pregonado castigos para el que agreda a un musulmán. Ahorcan a los soldados borrachos y a los violadores. Parece que todo eso lo tenían acordado secretamente con Aben Comixa y con el visir. No obstante, la gente se fía poco de ellos y teme que después de la euforia del triunfo reconsideren la situación y exijan más. Por lo pronto los ricos y todo el que tenía algo ha hecho el petate y se ha ido. Los caminos están llenos de fugitivos. Unos van a África y otros a las Alpujarras. Los Abencerrajes y los notables se han quedado en Granada, con sus casas y sus cuadras intactas. Muchos se convierten al cristianismo y los reyes les confirman sus bienes y sus fincas. A otros les dan heredamientos para compensar las villas y las prebendas que pierden. Al final todo fue un enjuague: vendieron Granada a los cristianos y el único que ha perdido es el pueblo. ¿Recuerdas la multitud de *muhaidines* deseosos de alcanzar el martirio? Pues se ha evaporado como el rocío matinal cuando sale el sol. Por doquier se ven camisas y harapos negros abandonados. Se lo han pensado mejor y ahora visten discretamente. Muchas personas dignas han dejado la ciudad y se van a las Alpujarras. La soldadesca toma las casas vacías, encienden sus hogueras con los libros de oración, se mean en los zaguanes, han habilitado pocilgas para los cerdos en los baños públicos y han colgado campanas de las mezquitas. Por cierto, ¿te acuerdas de Naryin, la cantora?

—Claro.

—Apareció en el patio de su casa, ahorcada con sus trenzas, que había cortado y tejido la noche de antes. Los que la encontraron la desnudaron para catar su belleza, y quizá algo más, y debajo de la túnica encontraron que era un hombre con su naturaleza como tú y como yo, quizá incluso más grande.

Orbán recordó con tristeza la primera vez que admiró la belleza y el arte de aquella criatura, en la fiesta de Centurione, cuando llegó a Almería, años atrás. Desde entonces habían ocurrido muchas cosas, su vida entera había dado un giro que nunca pudo prever.

—¿Y Boabdil?

—Boabdil se fue ayer a las tierras que le ha concedido Fernando, en el valle de Purchena, con más de cien mulas cargadas de equipaje. Lo acompañaba su pequeña corte y su consejero Aben Comixa, el maldito de Alá. Antes desenterró los restos de los sultanes del cementerio real para inhumarlos en sus nuevas tierras. Ahora se ha visto la prudencia de Muley Hacén que, presintiendo lo que había de pasar en cuanto el reino estuviera en manos del hijo, se hizo sepultar en el monte más alto de sierra, debajo de metros de nieve, donde nadie, ni cristiano ni moro, perturbara su sueño. Me han contado que cuando Boabdil trasponía detrás de las colinas, se volvió a contemplar por última vez la Alhambra, con lágrimas en los ojos. Aixa, la madre, que iba a su lado, le dijo: «Bien está que llores como una mujer por lo que no has sabido defender como un hombre.»

—Las madres, siempre tan consoladoras —comentó Orbán.

CAPÍTULO XLIX

Un estimulante olor a asado llenaba la calle. En la puerta de la casa de Aixa la Horra, una patrulla de guardias se calentaba en torno a una hoguera en la que asaban chorizos, morcillas y zolocos de tocino.

El sargento conocía a Jándula. Miró un momento a Orbán, sin disimular la expresión de desprecio.

—¡Ahí dentro está la cautiva! —le indicó señalando la poterna abierta de la casa—. Tienes el tiempo de dos avemarías.

Jándula se quedó en la calle, a prudente distancia de la soldadesca. Orbán franqueó la puerta y se encontró en un zaguán amplio. Una fámula mora barría el suelo.

—¿Vienes a ver a Isabel? —le dijo—. Ahí dentro la tienes.

Isabel lo esperaba en el patio. Se abrazaron en silencio. Ella rompió a llorar desconsoladamente.

—¡Ya está, mi amor! —la tranquilizaba Orbán—. ¡Me han liberado! ¡Ahora seremos felices!

Isabel lloraba tan de recio que no podía articular palabra.

Orbán le alcanzó un vaso de agua. Más serena, la muchacha emitió un profundo suspiro:

—¡Orbán, no me iré contigo! —dijo—. Al final he decidido quedarme.

Orbán sintió que la tierra cedía bajo sus pies. Habían hablado tantas veces de vivir en el Valle del Hierro que no acertaba a comprender aquel cambio de actitud. Quizá estaba asustada, por todos los acontecimientos vividos en los últimos días.

—¿No me quieres? —preguntó.

—No lo suficiente para dejarlo todo —dijo Isabel, seria.

Orbán iba a decir algo, pero ella lo interrumpió, le puso dos dedos sobre los labios y añadió:

—He tomado esa decisión; compréndeme, por favor. No me lo hagas más difícil. Ahora debes irte. No prolonguemos más esta situación que nos lastima a los dos.

—No te entiendo —protestó Orbán—. No te conozco. He arrostrado peligros por ti, te he dado mi vida y ahora me abandonas sin una explicación.

Isabel rompió nuevamente a llorar y se volvió para retirarse a los aposentos interiores. Orbán intentaba retenerla cuando el sargento de la puerta se interpuso.

—¡Se acabó el tiempo! Ahora, vete.

Intentó resistirse y el sargento le propinó un puñetazo en la boca del estómago.

—Lo siento, tienes que salir.

En la calle, los vigilantes, ya achispados por la bebida, coreaban una obscena canción de campamento que elogiaba la temperatura vaginal de las moras. Uno de ellos se dirigió a Orbán.

—¡Tú, hijo de Mahoma, bebe vino! —le ordenó tendiéndole una bota.

Orbán levantó la bota, y bebió un largo trago de vino agrio, soldadesco.

—¡Coño, míralo el moro, cómo peca! —dijo el borracho—. ¡Y seguro que también come tocino, el moro cabrón!

—No se lo des, por si acaso —replicó otro—, que éste nos deja sin almuerzo.

Le arrebataron la bota y lo despidieron con un puntapié en el trasero.

Unas casas más abajo, a prudente distancia de los soldados, aguardaba Jándula. Ya conocía las malas noticias.

—No he querido decírtelo, amo. Isabel me avisó de que te dejaban libre para que fuera a buscarte, pero no quiso acompañarme. Me dijo que no quería verte nunca más, que le daba miedo ir contigo al otro cabo del mundo, que te olvidaras de ella y siguieras tu camino.

Orbán asintió.

Se sentía fisicamente mal. La cabeza le daba vueltas. Se sentó en el sardinel de una casa.

—Déjame solo, Jándula.

El criado dudaba.

—¡Que me dejes solo!

CAPÍTULO L

Los soldados que lo detuvieron le habían confiscado la faltriquera, pero la dobla de oro que llevaba cosida en el forro del pellote había pasado desapercibida. En la plaza de Bibarrambla la soldadesca había instalado una taberna donde solían estar los talleres de los orfebres. Orbán llevaba dos años sin emborracharse. Isabel lo había apartado de la bebida. Ahora, sin Isabel y sin futuro, Jándula lo encontró arrecido de frío, lejos de las hogueras de los soldados, en un callejón de la alcaicería, tendido en su propio vómito.

—Amo, ¿cómo puedes quererte tan poco? —le reprochó mientras intentaba incorporarlo—. ¿Otra vez borracho, un hombre como tú?

El callejón estaba oscuro. El borracho hizo un esfuerzo para distinguir al que le hablaba.

—Soy Orbán, el turco, herrero de Bayaceto, perdido en la inmensidad del mundo —dijo con la lengua trabada—. ¿Dónde está el Kalindros? ¿Tú quién eres?

—Soy Jándula, amo. Vámonos donde te puedas lavar un poco.

La noche era heladora. En la Rambla, los hornos y las fraguas permanecían apagados, pero todavía conservaban el calor de la última carga. Jándula arrimó a su amo a un cobertizo. Otros herreros estaban agrupados al calor de la pared, arrebujados en sus capas.

—Han dicho que habrá trabajo para todos, que podemos seguir con la industria —dijo Alí *el Cojo*.

—Sí, pero Orbán tiene que irse —replicó Jándula—. Tiene quince días para salir de los dominios del rey. Lo destierran.

—Bueno. Él por lo menos tiene a donde ir —dijo Alí *el Cojo*—. Nosotros no tenemos más que nuestra tierra, que ya no es nuestra.

—Mi tierra era Isabel —murmuró Orbán, en su borrachera—. ¿Vosotros habéis visto el misterio de la mujer? Un día, daría la vida por ti; al día siguiente te rechaza y no quiere verte.

—Sí que son difíciles —comentó un herrero—. Hieren sin sangre y la herida no se cura. Yo llevo la mía.

—La mujer se vuelve de espaldas como desentendiéndose, pero en ese mismo movimiento está el ofrecimiento pasivo de su encanto, el trasero —dijo otro.

En los vapores de la borrachera, el herrero búlgaro recordaba aquel furor que había en la ternura de Isabel, aquel desgarro en su abrazo, con uñas y dientes, aquella fiera abrasada de deseo que era a veces, sentada sobre él, dominante en su trono, sobre su boca, su sexo abierto para que bebiera de él y aspirara el jugo de la vida.

—El día es nada —murmuró—. Pasa el día y, en cuanto te descuidas, ya es de noche.

—Muy cierto, Orbán —corroboró Alí *el Cojo*.

—Este corazón ansioso que atormenta el espíritu con vanas angustias. Demócrito dice que el coito es una pequeña apoplejía: un hombre sale de un hombre y se separa como si lo arrancaran de un golpe. El orgasmo funde cuerpo y alma y nos acerca a los dioses, nunca estamos más cerca de ser dioses.

—Es el simulacro de la muerte —convino Alí *el Cojo*.

Los otros herreros roncaban, cada cual en su tono, pero Alí *el Cojo* velaba por conversar con su amigo, el borracho Orbán. Aquella noche se dijeron confidencias que no habían tenido en los años de estrecha amistad.

—¿Cuál es la finalidad de la vida, el hambre, el sueño, el espasmo? —filosofaba Alí—. La única verdad, el orgasmo, el fin último, la medida de todas las dichas. El corazón es la tumba de aquéllos a los que has amado. El hombre ha nacido para la muerte.

—Yo tuve un preceptor griego, ¿sabes? Un hombre sabio que me enseñó muchas cosas. Las había olvidado y desde que me hago mayor las recuerdo. Orbán el terrible, ahora, vuelve a la sabiduría de Androcles, su preceptor. Sófocles el trágico murió con mi edad más o menos: dijo, antes de morir, finalmente soy libre de un amo furioso y salvaje, la libido. Pero ¿quién nos libera de ese otro amo, aún más furioso y terrible, el amor?

—De eso, a esta edad, deberíamos ser libres —convino Alí *el Cojo*—, pero tú te has abrazado a ella, aunque te aparejaba la muerte. Yo te he visto morir día a día, herrero, te he envidiado y te he compadecido.

Conversaron hasta que clareó el día. Entonces Orbán se adormeció, la cabeza apoyada en el regazo de Jándula.

Cuando despertó, ya estaba el sol en lo alto y atemperaba algo el aire purísimo y helado que soplaba desde las nieves.

—Tengo que ver a Isabel —dijo Orbán, ya repuesto de la resaca de la víspera, después de lavarse la cara con agua helada.

—Ya no está en la casa de Aixa la Horra —informó Jándula—. Ayer tarde partió para Castilla con el séquito de Beatriz Galindo que regresa a Toledo.

Granada sin Isabel. El mundo sin Isabel.

Cruzaron la ciudad en silencio, hasta la puerta de Elvira.

—El mayordomo real me indicó que te acompañara hasta aquí, amo. Y que te entregara esto, para el viaje.

Le dio una bolsa con un puñado de monedas, suficiente para llegar hasta la costa y pagarse un pasaje. El salvoconducto de Fernando Arias le otorgaba un plazo máximo de quince días para abandonar los reinos de Castilla.

Orbán y Jándula se abrazaron.

—¿Qué harás ahora? —le preguntó Orbán.

—Tengo entendido que Musa Ibn Hasin ha regresado a Málaga. No sé si ponerme nuevamente a su amparo, o si continuar al lado de Alí *el Cojo*, en las herrerías de Fernando. En cualquier caso, te echaré de menos. ¿Dónde voy a encontrar un amo que se deje sisar como tú?

Orbán sonrió.

—¡Ea, es hora de marchar! —dijo—. Te deseo suerte.

—Yo también te la deseo, Orbán.

Orbán tomó el camino de Málaga. Aunque estaba atestado de familias que se dirigían a la costa para embarcar hacia África, Orbán rehuyó el contacto humano, e hizo el camino solo.

La primera noche pernoctó en la alquería de Pinillos arrebujado en su capa, sobre un lecho de paja.

Brillaban las estrellas en la alta noche de enero.

El herrero búlgaro, contemplando aquella belleza a través de sus lágrimas, volvió a sentir, como antaño, la amargura de la soledad.

EPÍLOGO

Veinticinco años después

La pesada galera genovesa, *El Interés Compuesto*, atracó en el muelle de Pera, Estambul, con una carga de algodón, seda, higos y melocotones secos. Aquélla sería la última misión de Centurione. Tenía ya sesenta y ocho años, padecía de gota y había decidido retirarse a su residencia de la Strada Nuova y dejar que sus sobrinos Fabrizio y Renzo administraran sus acciones en la compañía.

—Todavía me queda algo por hacer aquí —le confió a su sobrino Renzo.

—Si lo deseas puedo acompañarte, tío —ofreció Renzo.

—Prefiero hacerlo solo. Es un asunto mío particular —dijo—. Cuando termine regresaré a Génova y esperaré tranquilamente el fin de mis días frente a la chimenea de mi biblioteca. Ya he trabajado bastante.

Unos días antes Centurione le había preguntado al cónsul armenio:

—¿Vive todavía Orbán, el herrero búlgaro?

—Está retirado ya. El que ahora dirige el Valle del Hierro es su hijo Mircea.

Eran dos días de camino, en etapas fáciles, desde Estambul. Centurione fue aplazando la visita, sin saber muy bien por qué, dado que ya nada lo retenía en Estambul, hasta que, finalmente, se decidió cuando faltaba una semana para que llegara la nao *El cuerno de la abundancia* de su compañía, en la que pensaba regresar a Génova.

Hizo el camino en una litera de mano alquilada, con un séquito de nueve criados. En el Valle del Hierro, un aprendiz les indicó la casa de Orbán al otro lado de las colinas.

Orbán se asomó a la puerta cuando le avisaron de que una litera se acercaba. Centurione vio en el umbral de la casa a un anciano vigoroso de más de sesenta años apoyado en un bastón. Estaba casi ciego, después de una vida socarrándose los ojos en el infierno de las fundiciones, pero cuando su visitante se detuvo a pocos pasos de distancia, lo reconoció, sonrió y dijo:

—¡Ennio! ¡Ennio Centurione! ¡Tan elegante como siempre!

—Me he puesto mi mejor traje para visitarte —dijo Centurione—. ¿Cómo estás, viejo amigo?

Los dos hombres se fundieron en un abrazo largo y cordial que Orbán prolongó para respirar un par de veces profundamente tratando de aguantar el llanto que desbordaba sus ojos llagados.

—¡Firuz —requirió a su criado—, trae agua y una túnica fresca, haz los honores de la casa a mi mejor amigo, a mi padre! ¡Apresúrate!

—¡Oír es obedecer! —dijo Firuz.

Centurione recordó, emocionado, que «padre» era el máximo tratamiento que los búlgaros daban a un amigo.

Se acomodaron en la sala baja, frente al brasero en el que ardía un tronco de encina. Una muchacha dejó una bandeja con frutos secos y dos tazas de vino fuerte.

—¿Cuándo nos vimos por última vez?

—El día que entraron los cristianos en Granada, ¿recuerdas? Intenté interceder por ti, pero no admitían rescate. Estabas condenado a muerte.

Orbán lo recordó con gratitud. Brindaron y comieron.

—Me acuerdo muy a menudo de Granada —confesó Orbán.

Centurione asintió, comprendiendo.

—Después de la entrega, a los pocos años, los moros se sublevaron.

—Algo oí de esa guerra.

—Murieron muchos, entre ellos tu amigo Francisco Ramírez de Madrid, el artillero.

—¡Era un buen hombre! —murmuró—. Y un gran herrero.

Quedaron callados un rato, cada cual abismado en sus pensamientos. Titubeaba Centurione.

—¿No me preguntas por Isabel? —dijo al fin.

Orbán asintió.

—Desde que te vi entrar pensé que me traerías noticias de ella. Su recuerdo amargo me acompaña. No me volví a casar, aunque Bayaceto me quiso recompensar con un matrimonio ventajoso.

—Te traigo algo más que recuerdos —dijo Centurione con pesar.

El genovés hurgó en su faltriquera y extrajo un extraño medallón en forma de media luna. Lo depositó sobre la bandeja, delante de Orbán.

—¡La joya de puntería! —exclamó Orbán—. Esta placa perteneció a mi bisabuelo. Yo se la di a Isabel.

—Isabel la llevó al cuello durante todo este tiempo. Hace un mes murió, pero antes me escribió una carta encomendándome que te la hiciera llegar.

—¿Muerta?

Centurione asintió.

Orbán miró por la ventana hacia los cerros lejanos, el tupido robledo donde un día soñó pasear con aquella mujer. Las lágrimas le corrieron silenciosas por las mejillas morenas.

—Antes de morir —prosiguió Centurione— quiso que supieras que nunca había dejado de amarte.

—No quiso saber de mí cuando cayó Granada.

—El obispo de Segovia le prometió salvarte del verdugo si aceptaba volver con su hijo, el deán. No le fue difícil conseguir que la reina te indultara. Aquella muchacha cambió tu vida por su libertad. Todos estos años ha vivido en la casa de deán y ha sido su barragana.

Orbán tomó la joya de puntería, aquella pieza de metal cálido que ella había llevado al cuello, sobre el limpio y palpitante corazón, tanto tiempo.

Sintió una congoja creciente en el pecho. La sangre se le agolpó en las sienes. ¿Cómo había estado tan ciego? Por eso lloraba tanto cuando lo rechazó, el último día.

—Un par de veces la vi en Málaga, donde el deán era administrador eclesiástico —prosiguió Centurione—. Me pareció que vivía como una señora. Compraba buenos paños en el comercio de los Lardi, pero tenía la mirada abatida y triste de las mujeres que no son felices. El deán la quería, tengo entendido, pero también la maltrataba. Era un hombre complicado, un clérigo adusto obsesionado por la culpa.

—¡Todo este tiempo... —murmuró Orbán—, me había esforzado por olvidarla!

—Ella nunca te olvidó —suspiró Centurione.

Orbán cerró la mano y apretó la pieza de chapa pulimentada. De sus ojos atormentados se deslizaron dos gruesas lágrimas que recorrieron las mejillas surcadas de arrugas y se perdieron en la barba.

—Ahora debo regresar —dijo el genovés, incorporándose—. Mis hombres me esperan.

Orbán lo acompañó hasta la silla de manos.

Los dos amigos se abrazaron en silencio, mientras caía la tarde y el mundo se teñía de violeta. Partió Centurione y cuando su comitiva desapareció en la vuelta del camino, el herrero búlgaro, con la joya de puntería apretada en su mano, siguió mirando con sus ojos torpes la nubecilla de polvo que dejaban los caballos, abstraído en sus pensamientos, sintiendo que la brisa cálida de las montañas le secaba las lágrimas.

Arjona, enero, 2004.
Mar de Sicilia, octubre, 2006.

Planeta

España
Av. Diagonal, 662-664
08034 Barcelona (España)
Tel. (34) 93 492 80 36
Fax (34) 93 496 70 58
Mail: info@planetaint.com
www.planeta.es

P.º Recoletos, 4, 3.ª planta
28001 Madrid (España)
Tel. (34) 91 423 03 00
Fax (34) 91 423 03 25
Mail: info@planetaint.com
www.planeta.es

Argentina
Av. Independencia, 1668
C1100 ABQ Buenos Aires
(Argentina)
Tel. (5411) 4382 40 43/45
Fax (5411) 4383 37 93
Mail: info@eplaneta.com.ar
www.editorialplaneta.com.ar

Brasil
Av. Francisco Matarazzo,
1500, 3.º andar, Conj. 32
Edificio New York
05001-100 São Paulo (Brasil)
Tel. (5511) 3087 88 88
Fax (5511) 3898 20 39
Mail: psoto@editoraplaneta.com.br

Chile
Av. 11 de Septiembre, 2353, piso 16
Torre San Ramón, Providencia
Santiago (Chile)
Tel. Gerencia (562) 431 05 20
Fax (562) 431 05 14
Mail: info@planeta.cl
www.editorialplaneta.cl

Colombia
Calle 73, 7-60, pisos 7 al 11
Bogotá, D.C. (Colombia)
Tel. (571) 607 99 97
Fax (571) 607 99 76
Mail: info@planeta.com.co
www.editorialplaneta.com.co

Ecuador
Whymper, N27-166, y A. Orellana,
Quito (Ecuador)
Tel. (5932) 290 89 99
Fax (5932) 250 72 34
Mail: planeta@access.net.ec
www.editorialplaneta.com.ec

Estados Unidos y Centroamérica
2057 NW 87th Avenue
33172 Miami, Florida (USA)
Tel. (1305) 470 0016
Fax (1305) 470 62 67
Mail: infosales@planetapublishing.com
www.planeta.es

México
Av. Insurgentes Sur, 1898, piso 11
Torre Siglum, Colonia Florida, CP-01030
Delegación Álvaro Obregón
México, D.F. (México)
Tel. (52) 55 53 22 36 10
Fax (52) 55 53 22 36 36
Mail: info@planeta.com.mx
www.editorialplaneta.com.mx
www.planeta.com.mx

Perú
Av. Santa Cruz, 244
San Isidro, Lima (Perú)
Tel. (511) 440 98 98
Fax (511) 422 46 50
Mail: rrosales@eplaneta.com.pe

Portugal
Publicações Dom Quixote
Rua Ivone Silva, 6, 2.º
1050-124 Lisboa (Portugal)
Tel. (351) 21 120 90 00
Fax (351) 21 120 90 39
Mail: editorial@dquixote.pt
www.dquixote.pt

Uruguay
Cuareim, 1647
11100 Montevideo (Uruguay)
Tel. (5982) 901 40 26
Fax (5982) 902 25 50
Mail: info@planeta.com.uy
www.editorialplaneta.com.uy

Venezuela
Calle Madrid, entre New York y Trinidad
Quinta Toscanella
Las Mercedes, Caracas (Venezuela)
Tel. (58212) 991 33 38
Fax (58212) 991 37 92
Mail: info@planeta.com.ve
www.editorialplaneta.com.ve

Grupo Planeta   Planeta es un sello editorial del Grupo Planeta   www.planeta.es